낮은 데로 임하소서

낮은 데로 임하소서

글쓴이 이청준

펴낸이 이재철

만든이 정애주

제작·미술 홍순홍 권진숙 서재은 편집 옥명호 정성수 김명화 이경희

관리 이남진 박승기 영업 오민택 성민수 총무 정희자 차회순

클회원관리 이순이 국효숙

펴낸날 1981. 7. 15 초판 1쇄 발행 1999. 2. 5 초판 99쇄 발행
2000. 11. 10 제2판 1쇄 발행 2001. 9. 27 제2판 4쇄 발행

펴낸곳 주식회사 홍성사
1977. 8. 1. 등록 / 제1-499호
서울시 마포구 합정동 377-9 TEL. 333-5161 FAX. 333-5165
http://www.hsbooks.com E-mail: hsbooks@hsbooks.com

ISBN 89-365-0487-8

값 10,000원 ※잘못된 책은 바꾸어 드립니다.

낮은 데로 임하소서

이청준 장편소설

홍성사

차 례

1 여호와는 나의 목자시니 내가 부족함이 없으리로다

그가 나를 푸른 초장에 누이시며

쉴 만한 물가으로 인도하시는도다

초원의 축제

1

사람의 마음을 향기로 맡아 내고, 그 향기 속에서 참 빛을 볼 때까지, 아버지 안진삼 목사는 나의 풀밭을 줄기차게 막아 선 빛의 차단자였다.

1939년 10월 어느 날, 아버지는 어머니의 몸을 빌려 한 마리 어린 새끼양을 얻으셨다—라고 말하는 것은 병섭, 병협 남매에 이어 얻은 그 두 살 터울의 세번째 자식에게 아버지는 형제간의 항렬자인 병(炳)자 돌림의 이름을 주시지 않았기 때문이다.

안요한—.

그것이 아버지가 당신의 새끼양에게 지어 주신 이름이었다. 그것은 이를테면 그 세번째 아이를 당신 가문의 차자가 아니라, 당신 자신이 너무 늦게 섬기기 시작한 당신의 하나님께 대한 참회와 감사의 속죄양으로 삼으시려는 뜻이 었다. 그리고 그 아이를 당신의 하나님의 종으로 삼아 그 태어남에서부터 아이의 삶 전체를 당신의 하나님의 뜻에 맡기고자 하신 굳은 결심의 표시였다.

"아버지 하나님, 감사합니다."

득남을 하고 나서 아버지에게 어떤 감사와 즐거움이 있었다면, 그것은 아마 무사히 아이를 낳은 어머니의 순산이나 가문의 토대를 튼튼하게 다져 나갈 사내아이를 얻음에서가 아니었을 터였다. 그보다 아버지는 당신의 믿음을 스스로 다짐할 한 마리 어린 속죄양을 얻음에서였음이 분명하였다.

그래 아버지는 한 마리 양의 새끼를 낳으신 것이었다(!).

그러니까 아버지는 내가 태어나던 그 해 봄까지도 기독교와는 전혀 인연이 없던 분이셨다 하였다. 내가 태어난 평남 순천 지방은 이 나라 어느 고을보다 예수교 교회가 일찍 세워졌고 선교활동도 활발하던 곳이었다.

하지만 순천 고을의 안씨 집안은 가문 대대로 가풍이 엄하고 완고하였다. 뿐더러 그처럼 완고하고 엄한 가풍을 유지할 만한 안씨 가문의 만만찮은 재산은 아버지 안진삼의 젊은 시절을 호방스런 오만기로 물들게 하였다. 가문 좋고 재력 있고 게다가 성격마저 호방스런 젊은 안진삼에게는 예배당의 종소리나 기독교의 교리 따위는 관심을 둘 일이 전혀 아니었다.

천지만물을 지으신 여호와니, 만인의 아버지니 하는 하나님의 존재나, 사람이면 누구나 태어날 때부터 사함을 받아야 할 원죄가 있다느니, 이 세상에서의 삶은 다만 순간의 그림자에 불과하며, 내세에는 다시 영생의 복락을 누릴 천국이 예비되어 있다느니 하는 따위의 이야기들은 젊고 오만한 아버지 안진삼을 유쾌하게 웃기기나 하였을 뿐이었다.

그런데 그 아버지가 못 가실 곳을 가시게 된 모양이었다. 한번은 아버지가 무슨 바람이 불어 이웃마을까지 부흥집회엘 다녀오신 일이 있었는데, 그로부터 아버지는 사람이 갑자기 달라지셨단다. 자세한 경위나 사연은 물론 알 수가 없는 일이었다. 그것은 믿음이 신통찮은 자식이 아버지에게 섣불리 물을 수가 없는 일인데다, 아버지로서도 이미 사실과는 거리가 썩 먼 감동적인 동기와 과장된 체험들을 마음 속에서 그새 많이 마련해 두고 계실 것이기 때문이었다. 그게 나의 오랜 생각이었다. 나는 아버지의 과장과 거짓이 두려웠기 때문이었다. 아니, 내겐 아버지의 그것들과 맞설 용기가 없었기 때문이기도 했으리라.

경위가 어쨌건 아버지는 바로 그 아이의 잉태와 더불어 사람이 놀랍게 달라지기 시작하신 것이다. 이를테면 아버지는 그 무렵 갑자기 성령 체험이라도 받은 사람처럼 예수교와 교회에 '엎어지기' 시작하셨는데, 아버지의 그런 변화와 관련하여 확실한 것은 다만 그것이 나의 잉태와 더불어

생긴 일이라는 것이다. 그리고 아버지가 그렇게 예수교에 엎어져 계시던 그 해에 내가 세상에 태어난 것이다.

하고 보면, 아버지가 나를 당신의 하나님의 종으로 삼고자 하여 그 이름부터 형제간의 항렬자를 주지 않고, 요한으로 지으신 것은 이해가 갈 만한 일인지도 모른다. 왜냐하면 나의 잉태와 더불어 갑작스레 예수교에 엎어지신 아버지의 심정도 심정이지만, 아버지의 그 뒤늦은 기독교에의 귀의는 당연히 당신의 젊은 시절의 방황에 대한 참회가 뒤따르게 마련이었고, 나의 출생은 그의 하나님에게 당신을 대신한 복종과, 부질없는 방황을 없애려는 뼈아픈 보상심리가 발동할 기회로 보이셨을 터이기 때문이다. 그리고 그것은 아마 그 후로 일관되어 온 교직자 생활을 포함하여 당신의 생애에서 가장 결정적인 체험이 아니었던가 생각된다. 아버지는 나에 뒤이어 태어난 아우와 여동생들 정자, 광자, 성숙, 영숙, 병한들에게서 볼 수 있는 바와 같이, 나를 제외한 자녀들의 이름에선 다시 가문의 항렬자와 세상의 풍습으로 되돌아가고 계셨기 때문이다.

아버지는 결국 그런 식으로 나를 출생에서부터 그 요한이란 이름으로 당신의 하나님의 종으로 삼고 싶어하신 것이었다. 아니, 아버지가 나를 하나님의 종으로 만드신 것은 단지 그 요한이란 이름으로써 뿐만 아니었다. 아버지는 요한이란 나의 이름과 더불어 아버지의 젊은 시절에 이미 내가 이 세상에서 차지하고 누려야 할 세속적 권리마저 내게서 깡그리 빼앗아 가셨다. 다름아니라, 아버지는 나의 출생을 계기로 가산의 대부분을 평양신학교에 헌납하고 당신 자신도 가족을 먹이고 보살필 보호자의 자리를 떠나 당신의 재산을 헌납한 신학교의 학생이 되어, 집마저 평양으로 옮겨 버리신 것이다.

말하자면 나는 태어나면서부터 아버지라는 보호자 대신 눈에도 보이지 않는 하나님의 양자의 신세가 되어 버린 셈이었다. 그리고 내가 지키고 누릴 몫의 재산권 대신 고난스럽고 남루한 가난만을 물려받게 된 것이다.

2

아버지는 그리하여 나의 삶의 출발점에서부터 나의 앞을 가려 선 빛의 차단자이자 어두움 그 자체였다.

하지만 인간의 삶은 그 자체가 하나의 빛이었다. 사람의 태어남 자체가 그 빛의 태어남이었다. 앞을 가로막는 어둠이 있다고 그 생명의 빛이 소멸해 버리는 것은 아니다. 그 빛은 스스로의 생명을 비추면서 앞을 가로막는 어둠을 뚫고 나서게 마련이었다.

나는 나의 빛을 가로막아 선 아버지와 싸움을 시작했다.

하지만 사실을 말하자면 그 싸움이 바로 나의 출생과 함께 시작된 것은 아니었다. 아버지가 내 빛의 차단자로 비치기 시작한 것도 물론 그 당장의 일은 아니었다.

하나의 생명은 그 스스로의 빛으로 상당한 축복이 되고 있기 때문일까. 이제 와서 보면 나의 태어남과 어린 시절은 실상 아버지에게 굳이 그런 원망만을 남겨야 할 정도의 것은 아니었다.

나는 태어날 때부터 다른 아이들보다 유난히 큰 목소리로 잘 울어 댔고 돌 때부턴 떠듬떠듬 말까지 배우기 시작했다 하였다. 그리고 좀더 자라서는 동네 골목을 어지럽히는 이름난 개구쟁이가 되어 말썽을 자주 빚었다 하였다. 하지만 그 큰 울음소리나 짓궂은 말썽은 주변 어른들의 속을 썩이기보다 오히려 귀여움과 기대를 샀었다 하였다. 말하자면 스스로 기억할 수 없는 어린 시절에 관해서는 누구나 그렇게 말할 수 있듯이, 나의 어린 시절 역시 여느 아이들의 그것과 다름없이 충분히 따뜻하고 행복한 것이었다. 게다가 출생에서부터 당신의 아들을 하나님의 종으로 삼고 싶어하신 육신의 아버지로서 그 안진삼 씨의 아들에 대한 각별한 사랑과 기대 또한 여느 아버지들의 그것에 뒤짐이 없었다.

"이 아인 목소리가 커서 장차 노래를 썩 잘하게 될 게다."

나의 큰 울음소리를 귀찮아하시는 대신 아버지는 그렇게 늘 칭찬을 아끼지 않으셨다 하였다.

"이놈은 분명 하나님이 누구보다 즐겁게 부리실 목사가

될 게다. 아이들을 거느리는 소질을 보아라."

골목에서 나대는 장난질을 그렇게 늘 흐뭇해하기만 하셨다는 것이다. 국민학교를 다닐 땐 누구의 일에도 관심이 없으신 아버지가 유독 나의 운동회나 소풍날만은 꼭꼭 유념해 두셨다가 손수 손을 잡고 학교를 따라다니시는 바람에 그 때마다 두 살 터울의 형과 누이들에게 시샘을 사게 하곤 하셨다는 것이다.

그만하면 적어도 나의 어린 시절에 대해서만은 특별히 큰 불평을 할 것이 없는 셈이다. 빛의 차단자니 뭐니 하는 따위의 아버지에 대한 저항적인 느낌은 그 시절엔 전혀 있을 수가 없었다. 식구들과 함께 교회에 나가 예배를 드리고 찬송을 부르는 것도, 그리고 그런 신앙생활로 하여 언제나 온화하고 감사할 줄 아는 집안 분위기도 그 시절 나에게는 차라리 편하고 기분 좋은 습관이요 은혜였던 것이다.

어슴푸레나마 아버지가 나의 빛의 차단자로 보이기 시작한 것은 그 유랑생활에 가까운 아버지의 잦은 전직과 모진 가난을 따라 살면서부터였다. 그즈음부턴 사람들 형편이 거의 다 그러하기도 했지만, 신학교 입교와 평양 이사로부터 시작된 아버지의 전직과 가난한 유랑생활은 이를테면 자의와 타의가 뒤섞여 누구보다 빈번하고 매운 것이었다.

1945년 8·15해방과 38선 이북지역의 적화작업은 우리 가족을 평양에서 다시 서울로 옮기게 하였다. 월남 이후 아버지는 상공부의 관리로 서울에서 다시 생활 근거를 마련했고, 나는 장충국민학교를 다니기 시작했다. 하지만 나는 국민학교를 졸업하기 조금 전, 그러니까 6학년 1학기에 6·25사변을 만나, 군목으로 입대한 아버지의 주선에 따라 다시 경상도 앞바다의 거제도까지 피난길을 떠나지 않으면 안 되었다.

이듬해 봄 나는 그 피난지의 거제중학교에 입학하였고, 1953년 휴전과 함께 아버지가 제대를 하고 대전 소재의 상이군인 요양원 원목으로 부임하면서부터는 아버지를 따라 다시 대전중학으로 편입해 갔다.

하지만 여기서도 아버지의 원목생활은 오래 가지 못했다. 아버지는 다시 지방 교회로 목회생활을 전전하기 시작했다. 그것도 한 곳에는 정착하기가 쉽지 않았다. 그 무렵은 나라가 온통 전화로 피폐해 있던 때라 교회라고 달리 여유가 있을 리 없었다. 교회를 찾는 목사는 많고, 목사를 찾는 교회는 적었다. 어쩌다 자리가 난 교회를 찾아가도 부임 조건이 여간 까다롭지 않았다. 교회 부담이 무겁지 않으려면 담임목사의 가솔 수가 적은 것이 우선의 조건이었다. 가솔 수가 적은 목사가 그 시절의 갑종 목사였다. 아버지는 우선 그 점에서 실격이었다.

"자제분이 몇이나 되십니까?"

자리가 난 교회를 찾아가 보면 회계장로나 집사들은 아버지에게 우선 그것부터 물었다.

"아들이 셋입니다."

아버지가 힘없이 얼버무리고 나면 초빙자들은 다시 매몰스럽게 따지고 들었다.

"그럼 따님은 몇 분이나……?"

"딸 아인 다섯입니다……."

아버지의 체념 섞인 어조에 초빙자들은 숫제 벌어진 입을 다물지 못했다.

"그러니까 가족이 총계 열 분이시군요."

"……."

"알겠습니다. 돌아가 계시면 저희가 다시 연락을 드리지요."

오히려 자기들 쪽이 민망스러워진 듯한 한마디를 듣고 돌아와 기다려 보면 그것으로 영 소식이 끊겨 버리곤 하였다.

시골 교회나마 어떻게 간신히 목회를 맡는다 해도 어려운 사정은 여전했다. 내 기억으로 당시 아버지가 교회에서 받아 오시는 급료는 월 2만 원(圓)의 현금과 쌀 두 말이 전부였었다. 쌀 두 말로는 물론 열 식구의 한 달 양식을 충당할 수가 없었다. 그렇다고 현금으로 받은 2만 원으로는 학비와 잡비도 부족했기 때문에 양식을 사기 위해 한 푼도 쪼개 보태 쓸 수가 없었다.

결국 어머니는 쌀 두 말로 열 식구의 한 달 양식을 해결해야 하였다. 어머니는 한 됫박 가량의 쌀만 남기고 나머지는 모두 남의 눈을 피해 보리쌀로 몰래 교환해 들이셨다. 그리고 그것을 다시 가루로 빻아 내어 끼니마다 보릿가루와 콩나물 죽을 쑤어 내셨다. 하지만 그 죽으로 끼니를 때우는 데도 신중한 주의가 필요했다.

"이거 참, 목사님께서 이렇게 궁상을 보이시니, 저희가 송구스러운 것은 둘째치고 우리 교회의 체면이 말이 아닙니다."

회계장로와 집사들은 죽을 쑤어먹는 아버지의 처사를 은근히 힐난하기 일쑤였다. 그래 어머니는 언제나 따로 남겨둔 쌀로 아버지를 위한 전시용 쌀밥을 한 그릇씩 지어 내놓으셨다 했다. 그리고 아버지의 식사중에 목사관을 방문한 사람이 있으면 안방으로 비밀히 연결해 놓은 실종을 흔들어 아버지로 하여금 죽그릇을 내려놓고 쌀밥을 잡숫고 계시게 하였다.

결국 그런 고난의 생활이 내게 성직자로서의 아버지의 권위에 차츰 반발심을 일으키게 하였다. 얼마 뒤부터 나는 고등학교 진학을 하여 대전 시내에서 자취생활로 학업을 계속해 나가게 되었지만, 아직도 주말이 되면 아버지의 주문에 따라 지방에 계신 아버지의 교회로 가서 가족들과 함께 예배를 드리고 돌아오곤 하였다.

나의 학교생활은 더욱 고달프고 짜증스러운 것이 되지 않을 수 없었다. 나는 식구들을 더없이 가난하게 살게 하고, 그러면서도 그 고난이 하나님의 뜻이라는 아버지가 원망스러웠다. 그리고 종내는 아버지야말로 당신의 가족조차 제대로 부양할 수 없는 무능력자이며, 당신의 아내와 어린 자식들에겐 여느 아버지들처럼 유족한 재산과 꿋꿋한 힘을 마련해 주려 하시기는커녕 핍박스런 고난만을 점지해 주시며, 그러고서도 그것이 오히려 하나님의 뜻이요 은총이라 감사하자고 우겨 대시는 어이없는 고집쟁이로 보이기 시작했다. 아버지는 바로 나의 삶으로 비춰 들어온 밝은 세상 빛을 가로막고 선 불편스런 방해꾼이었다.

나는 말없이 그 아버지의 뜻에 순종하는 형제들마저 역겨워지기 시작했다. 나는 나 자신의 삶과 그 삶의 빛을 위하여 아버지와 싸우지 않으면 안 되었다.

아버지는 물론 그런 나에 대해 회개와 설득의 기도가 많으셨다. 아버지의 어려움과 무능성에 비하면 그것은 참으로 불가사의하고도 답답한 끈기였다. 그 아버지를 이해할 수가 없었다. 그리고 그럴수록 나는 가슴이 답답했다.

나로서도 그만큼 각오가 단단하고 끈기가 질기지 않으면 안 되었다.

—이런 가난과 고난이 은혜라면 당신이나 그런 은혜 실컷 누리고 감사하시라지…….

—목사면 아버지 당신이나 목사지 무엇이 부족해서 또 내게까지 같은 고난을 바라시느냔 말입니다.

나는 늘 그런 심경으로 나의 삶 앞에서 아버지의 어둡고 불편스런 그림자를 지워 내려는 나대로의 당돌한 싸움을 시작했다. 말하자면 나는 이 때부터 아버지에 대한 반항을 시작한 것이다. 나이가 어린 만큼 방법이 치졸할 수밖에 없었으나 그런 대로 효과는 제법 볼 만했다.

하나님은 계시지 않느니라아. 안요한 복음 1장 1절.

어느 주일날 아침 일찍 나는 포스터처럼 커다란 종이에 그런 낙서를 쓴 후 사람들의 눈에 잘 띄는 아버지의 교회당 문 앞에다 붙여 놓았다. 그래도 교회에서는 목사의 아들이라 차마 목소리를 크게 하지 못한 수군거림이 한참 동안 교인들 사이를 오갔을 뿐이었다. 그러나 집에서는 이날 저녁 소동이 벌어졌다.

아버지는 아예 화를 낼 엄두조차 못 내신 채 집에도 돌아오지 않고 밤을 새워 교회에서 기도만 하고 계셨고, 어머니는 그 동안 눈물과 애원으로 참회를 강요하며 밤잠을 아예 못 자게 만들었다. 하지만 나는 그것으로 금방 생각을 굽힐 순 없었다.

주 예수를 믿으라? 네미 할애비를 믿어라. 안요한 복음 1장 2절.

다음 주일날 새벽, 나는 다시 교회 문 앞에 '안' 요한 복음의 제2절을 써붙였다. 그리고 새로운 주일날이 돌아올 때마다 나는 그 짓궂은 안요한 복음의 3절과 4절을 계속해서 써붙여 나갔다.

뿐만이 아니었다. 저녁 예배시간이 다가오면 나는 물딱총 속에 잉크물을 넣고 골목 어둠 속에 숨어 기다리다가 지나가는 교인들의 옷을 엉망으로 버려 놓곤 하였다.

아버지나 어머니는 숫제 이젠 나를 설득하려조차 않으셨다.

—저 불쌍한 아이를 용서하소서. 용서하고 다시 당신의 품 안으로 인도해 들이소서…….

아버지와 어머니는 자고 새면 나를 위한 기도뿐이었다. 아버지의 그것이 절망과 분노를 가라앉히기 위한 자기 진정의 기도라면, 어머니의 그것은 나의 허물을 당신의 허물로 대신 속죄하고 나에 대한 하나님의 용서를 간구하는 설득과 눈물의 기도였다.

그러나 그런 아버지나 어머니에 비해 교회 사람들의 힐난과 질책은 마침내 노골적이 되어 갔다.

—하나님 아버지, 아직도 당신의 나라와 권능을 알지 못하고 사탄의 악령에 물든 몇몇 철없는 아이들로 하여 불쌍한 저희들을 시련에 들게 하지 마옵소서……. 특히나 주님의 종으로 주님을 받들어 섬기도록 당신께로 앞장 서 인도해야 할 저희 교역자의 아이들을 주님의 사랑 밖에 버려두고 있음을 죄인들은 더욱 부끄러워하나이다. 두려운 것은 그뿐만 아니라…….

교회에서 기도를 할 때 그 기도의 인도자들은 잊지 않고 번번이 나의 비행을 거론하곤 하였다. 그리고 나의 비행에 대한 힐책뿐 아니라, 목사인 아비로서 그 자식 하나 제대로 교화를 못 시켜 온 아버지의 무능을 꼬집어 대곤 하였다.

교인들에 대한 목사로서의 아버지의 입장은 말이 아니었다. 나는 족히 그것을 알고 있었다.

하지만 나는 여전히 생각을 바꾸지 않았다. 어머니의 간절한 눈물의 기도에도 불구하고, 아니 그러면 그럴수록 나는 더욱 그 아버지와 어머니를 고소해하고, 그 아버지와 어머니에게 더욱더 절망적일 수 있는 장난질을 궁리했다. 그게 내게 들씌워진 아버지의 굴레, 다시 말해 나를 목회자로 만들고자 하신 아버지의 헛된 꿈에서 멀리 벗어나는 첩경이기 때문이었다. 게다가 내가 그런 아버지나 어머니의 기도를 견뎌야 하는 것은 아직도 주말마다 집을 찾아가야 하는 주일날 하루뿐이었고, 그 하루가 지나면 다시 나의 즐거운 친구와 학교가 있는 대전으로 돌아와 버릴 수 있었기 때문이었다. 방학 때가 되면 며칠이 못 가 어머니 쪽에서 나를 재촉해 내모실 정도였다.

그렇게 일단 학교로 돌아오면, 나는 친구들과 학교에선 누구보다 머리 좋고 의리 있고 성격이 활발한 모범생이었다. 아버지와 어머니와 아버지의 교인들 사이에선 내가 구제불능의 패륜아요 탕아요 사탄이었지만, 학교에선 오히려 그만큼 유능한 모범생이었다. 그리고 바로 그 점이 아버지와 아버지의 교회에 대한 나의 싸움에 커다란 힘이 되고 있었다.

내가 바라고 누려야 할 세상은 즐거운 친구들과 학교에서의 그것이었다. 거기에 내가 찾아 이루어야 할 나의 가능성이 있었고, 가능성의 세계가 있었다. 아버지의 염소는 거기서 그의 푸른 풀밭의 냄새를 맡고 있었다. 아버지와 교회는 그런 나의 희망의 세계를, 햇빛 눈부신 푸른 풀밭을 가리고 선 차폐물이었다. 내가 찾아 이룩해야 할 세계가 그렇게 눈부신 양지의 세계라면, 아버지와 교회가 믿고 의지하고자 하는 세계는 빛도 색깔도 느낄 수 없는 허약하고 가난한 음지의 세계였다. 나는 나의 앞을 가려 선 그 음지의 그늘을 벗겨 내고 나의 세계를 찾아야 했다. 그것은 독자적인 생명을 받아 태어난 자로서의 나의 권리였다.

—우습게 보이면 웃어 보라지.

나는 아버지와 어머니의 가련한 간구를 계속 외면했다. 예수쟁이들의 지탄도 의기양양하게 무시해 버렸다. 그런 식으로 나는 주말이나 방학을 이용하여 아버지의 교회에 찾아가 엉뚱한 분탕질을 일으키는 것을 정기 행사로 삼고 있었다.

3

하지만 싸움은 좀처럼 끝이 나지 않았다. 아버지의 인내심이 상상 이상으로 끈질겼기 때문이다. 이제 어지간히 지쳐 물러나시는가 싶어 보면 아버지는 전혀 그게 아니었다.

한번은 이런 일이 있었다.

당신이 경상북도 봉화군 소재의 내성교회로 내려가 계실 때였다. 나는 때마침 방학이 되어 아버지를 찾아가 며칠을 함께 지내고 있었는데, 그 무렵 아버지는 나를 아예 체념하고 마신 듯 아무 간섭도 하지 않으셨다.

그러던 어느 날 저녁 때 목사관 안방에서 혼자 할 일 없이 한나절을 이리 뒹굴 저리 뒹굴 하고 있는 참인데, 느닷없이 문 밖에서 왁자지껄한 싸움소리가 들려 왔다. 웬일인가 싶어 방에서 나와 대문을 열고 나가 보니, 아버지가 웬 행인 남자로부터 심한 힐책을 당하고 계셨다.

"그래 목사라는 사람이 개새끼를 어떻게 길렀길래 지나가는 행인에게 다짜고짜 달려들어서 물어뜯어? 그래 목사가 일부러 그렇게 가르친 게야? 예수쟁이 목사네 개는 사람을 마구 물어뜯어도 좋다 이거냔 말여, 응? 이 목사 양반! 말씀 좀 해 보시라구."

반말지거리로 마구 삿대질을 해 가며 게거품을 물고 있는 사내 앞에 아버지는 언제나 그렇듯이 무슨 큰 잘못이라도 저지른 사람처럼 두 손을 모아 잡고 머리까지 푹 수그

리신 채,

—그럴 리가 있습니까, 죄송합니다

—모두가 제 잘못입니다. 용서하십시오

하는 따위의 소리만 연방 되풀이하고 계셨다. 알고 보니 아버지가 기르고 계신 목사관 개가 지나가던 행인의 바지를 조금 물어 당긴 게 소동의 발단이었다. 사내가 하필 비신자였던데다가 예수쟁이들에 대한 평소의 감정이 안 좋던 사람이었다. 그는 마침 기회를 잡았다 싶은 듯 개짐승의 잘못이 마치 예수쟁이 목사인 아버지의 허물이나 되는 듯이, 그리고 그 허물이 전혀 용서할 수 없는 죄과라도 되는 듯이 서슬을 잔뜩 세우고 있었다. 한데도 아버지는 말 한마디 못 하고 아닌게 아니라 그게 모두 자신의 허물이나 되는 듯이 연방 용서만 빌고 계셨다.

곁에서 보고 있던 내가 차라리 비위가 상했다. 눈에 보이지도 않는 그 하나님을 핑계로 저토록 수모를 참는단 말인가. 그러고도 아버지는 되려 저 사람을 가엾은 사람이라고 용서하고 싶으시겠지…….

그런데 그런 아버지가 사내에겐 그저 만만해 보이기만 했던 것일까. 아니면 아버지의 태도가 너무도 비굴해 보여 그게 오히려 사내의 비위까지 상하게 한 것일까. 제풀에 한참 서슬을 돋아 올리던 사내가 마침내는 제 분을 못 참은 듯 부지중 아버지의 빰을 철썩 갈겨 버렸다. 나는 끝내 그 자리에 그냥 참고 서 있을 수가 없었다.

나는 부리나케 부엌으로 뛰어들어가 손에 잡히는 대로 정신없이 도끼자루를 거머쥐고 대문 쪽으로 내달아 쫓아갔다. 하지만 아버지에겐 그게 더욱 엄청난 사건일 수밖에 없었다.

아버지는 사내에게 다시 다른 뺨을 내밀어 주지는 않으셨다. 아니, 그러고 싶어도 아버지에겐 그럴 틈이 없으셨을 터였다. 질겁을 하신 아버지는 혼비백산 나에게서 도끼를 빼앗아 버린 다음, 이번에는 불민한 아들 대신 당신 자신을 벌해 달라고 사내의 바짓가랑이를 붙들고 늘어지셨다.

"모두가 제 잘못입니다. 저 아이 대신 저를 책망해 주십시오. 저 아이 대신 제가 이렇게 용서를 빕니다. 저 아이에겐 제가 잘못을 알게 하고 그 죄값을 치르게 하겠습니다."

아버지는 결국 그런 식으로 겨우겨우 사내를 진정시켜 돌려보냈다. 그리고는 뒤늦게 치솟아 오르는 슬픔을 억제하기 어려우신 듯 나에게는 별반 나무람을 하고 싶은 빛도 없이 혼자 방 안으로 들어가 버리셨다. 나는 그 아버지의 슬프고 무기력한 표정에 더욱더 화가 났다.

"이 빌어먹을 놈의 개새끼야! 네놈도 이런 목사님네 집에 살면 기도 좀 하고 성경도 읽어 봐라. 그래 네놈도 성령을 받으면 오죽 점잖은 개가 되겠냔 말이다."

나는 멋모르고 다시 곁으로 다가와 꼬리를 흔들고 있는 개새끼에게 소리를 버럭 내질렀다. 그리고는 이내 또 놈에게 무슨 하소연이라도 하듯 서글픈 심사를 씨부려 대었다.

"목사 아들 노릇이 이런 터에 네놈의 그 목사네 개 노릇도 어지간히 힘들고 치사스러울 게다……."

그런데 참 알 수 없는 일이었다. 혼자 그렇게 푸념을 늘어놓고 있는데, 아버지가 들어가신 방 안에서 문득 흐느낌 소리가 들려 나왔다. 나는 무심코 그 방 안 기척소리에 귀를 기울였다. 자세히 들어 보니 아버지는 흐느낌 속에서 기도를 하고 계셨다. 그것은 다름 아닌 나를 위한 기도였다.

"……저 철없는 당신의 어린 종에게 사랑을 알게 하옵소서. 남을 용서하고 이웃을 사랑할 줄 아는 마음을 알게 하소서. 저 어린것에게는 아직 죄를 물을 수 없나이다……. 저 아이에게 허물이 있다면 그것은 오직 저를 바르게 인도하지 못한 이 육신의 아비에게 있사옵고……."

나는 참으로 뜻밖이었다. 아버지의 기도는 마땅히 당신을 너무 힘들게 부리고 계신 하나님에 대한 원망의 그것이어야 옳을 터였다. 그것은 차라리 아버지가 당신의 이웃들로부터 겪는 고난과 핍박과 몰이해에 대한 하소연이거나 도를 넘게 난폭스런 당신의 아들에 대한 분노와 실망의 푸념투 넋두리여야 하였다. 그러나 아버지의 울음 섞인 기도는 그런 원망이나 하소연이 아니었다. 실망이나 분노의 말도 없었다. 그것은 당신을 위한 기도가 아니었다. 그 기도는 오직 아들을 위한 용서와 축복의 염원뿐이었다.

나는 이상하게 맥이 탁 풀렸다. 그리고 비로소 한 가닥 희미한 의혹 같은 것이 마음 속에 어슴푸레 떠돌기 시작했다.

—내가 정말 잘못을 저지른 것인가. 이런 수모와 곤경을 당하면서도 아버지가 저토록 마음이 꺾이지 않고 자신을 의지하며 위로를 받을 수 있는 것은 무엇인가. 나를 대신하여 용서를 구하고 사랑의 기도를 행할 수 있는 것은 무엇 때문인가. 아버지에겐 정말 당신의 하나님이 있고, 그 하나님은 정말로 아버지 혼자만의 하나님이 아닐 수도 있는가…….

아버지는 아닌 듯하면서도 언제나 그런 식으로 나를 당신의 하나님 앞에 두고 싶어하셨다. 그리고 눈에 보이지 않는 힘으로 나를 그 곳으로 끌어당기고 계셨다. 아버지의 그런 힘을 나는 앞서의 경우처럼 꽤나 마음 깊이 느낄 때도 있었다.

하지만 그럴수록 나는 더욱 반발심을 일으켜 그 아버지로부터 멀리 도망을 치곤 하였다. 싸움이 자연 끈질기고 길어질 수밖에 없었다. 앞서의 경우에서도 나는 어머니의 성화로 방학이 끝나기 전에 서둘러 대전으로 쫓겨 가야 했지만, 대전으로 돌아가서도 나는 그 아버지의 기도로 인한 달갑잖은 인력을 떨쳐 내기에 한동안 안간힘을 쏟아야 하였다.

4

아버지와의 길고 긴 싸움에서, 내가 그 무색투명한 아버지의 인력권에서 완전히 해방이 된 것은 대전에서의 고등학교 시절을 끝내고 다시 서울의 외국어대학으로 진학을 해 가면서부터였다. 그것은 아버지의 인력권을 떠나 내 나름의 풍성한 빛과 색깔의 세계를 찾으려는 의지가 그만큼 자란 탓도 있었겠지만, 그보다는 그간 아버지에게 의지해 온 경제적 지원을 단념하고 자력으로 학업을 지탱해 나갈 방도를 마련하게 된 데에서 연유한 것이었다.

당연한 일이었는지 모르지만, 그리고 지극히 순진하고 단순한 생각임이 분명했겠지만, 나는 고등학교를 졸업하자 평소에 지녀 온 나의 외교관에의 꿈을 실현하기 위하여 외국어대학의 불어학과로 진학을 하였다. 그리고 신학교 진학을 권해 오신 아버지의 기대를 배반한 김에 이제부터는 아예 그 궁핍스런 아버지의 지원을 단념하고 자력으로 학자금을 마련해 나갈 결심을 하였다.

그러고 나니 이젠 마음에 빚이 거의 없었다. 나는 자유롭고 밝은 희망에 가슴이 마음껏 부풀었다. 이제 아버지의 그 보이지 않는 회색 장막의 간섭은 완전히 걷히고 나의 앞에는 가슴 설레는 외교관의 꿈만이 오색찬란하게 펼쳐지고 있었다. 그것은 빛과 색깔이 충만한 희망과 멋과 야심과 가능성의 세계였다.

외향적 성격에다 얼마간의 허영기까지 곁들인 나의 새 환경과 세계에 대한 그런 느낌은 내가 배우고 있는 불어와 학교에 대해서도 차이가 없었다.

나는 불어를 좋아했고, 불어를 전공으로 택한 것을 무엇보다 큰 다행이요 자랑거리로 생각했다. 그 시절에 우리는 이휘영 씨가 지은 빨간 표지의 불한사전을 많이 썼는데, 그 표지의 빨간 색깔은 바로 불어학도로서의 나의 자랑스러움과 행복감의 색조였다.

스스로 즐거워함은 세상을 모두 즐거운 것으로 만들었다. 나는 가정교사로 침식과 학비를 꾸려 나갔으나, 그 일 역시 전혀 힘이 드는 줄을 몰랐다. 더욱이 국민학교 어린이에서 여자대학생 불어 지도로 교습 상대를 바꾸면서부터는 오히려 그게 큰 즐거움이 되었다. 나는 대개 여자대학 국문과 학생들의 그룹 지도를 계속하였는데, 가르치는 일이 즐겁다 보니 학습능률도 좋을 수밖에 없었다. 동급의 여자대학생들은 나의 그룹에 끼고 싶어하는 사람들이 많았고, 나는 그 여학생들이 모두 나를 좋아하고 있고, 원하기만 한다면 그녀들 중의 누구와도 서로 남자와 여자로 쉽게 사귈 수 있을 것처럼 행복했다. 혹은 사실이 그럴 수도 있었던 것이, 그녀들 중에서 나는 몇 번이나 수업료 이외의 등록금을 빌리고 그녀들은 그것을 되돌려받기를 친구의 이름으로 사양했던 것이다.

나중 한번은 이런 일도 있었다. 4학년 2학기의 수학여행

때였다. 애초에 나는 여행비 마련이 수월치 않아 여행계획을 단념하고 있었다. 한데 평소 개인적인 관심과 배려를 많이 베풀어 주시던 C학장님이 어떻게 기미를 알아차리시고 강제동행을 하명하셨다.

"자네가 빠지면 놀 사람이 있어야지."

학장님께서는 이미 내 여행비 마련까지 주선해 놓으신 터였다.

그렇게 떠난 수학여행이었는데, 설악산 일원을 헤매다 보니 남학생들부터 먼저 용돈이 떨어졌다. 그래 남학생들은 서울 귀환 후에 되갚기로 하고 여러 차례 여학생들에게 술 신세를 지게 되었다.

여행을 끝내고 돌아와 남학생들 쪽에서 그 술 신세를 갚아 줄 차례가 되어서였다. 어느 날 저녁 우리는 남녀동석으로 늦게까지 무교동 술집들을 헤매다가 끝내는 통행금지 시간에까지 쫓기게 되었다. 우리는 남학생들 쪽에서 각자 한 사람씩 여학생들의 귀가를 책임지기로 하고 제각기 마음에 맞는 파트너를 정하여 쌍쌍으로 밤길을 헤어졌다.

나는 무심히 김가 성씨의 한 여학생을 맡아 귀가를 서둘렀는데, 알고 보니 그녀의 집이 하필 통행금지 시각을 대어 가기엔 너무 먼 곳이었다. 우리는 결국 파출소에서 그 날 밤을 함께 지새지 않으면 안 되었다.

그런데 밤을 새우고 다음 날 아침 그녀의 집으로 남은 임무를 끝내러 간 것이 호랑이굴을 찾아든 격이었다. 대학교 교수이신 그녀의 아버지가 남녀 문제에 대해 예상 밖으로 완고하고 엄격했다. 그녀의 아버지는 우리들이 파출소에서 지내고 온 사실을 듣지도 믿지도 않으려 하였다.

"대학 4학년이면 이제 자신들의 처신이 남의 눈에 어떻게 읽혀질지에 대한 판단력이나 거기 따른 책임도 함께 질 수 있을 성인들이니까, 사전에 그만한 각오들이 있었겠지."

사정 설명도 듣지 않고 일방적으로 노여움만 돋우고 있던 그녀의 아버지는 마침내 그렇게 선언하였다. 그러고부터는 차라리 체념을 한 듯 화를 가라앉힌 채, 새 사위의 신행길이라도 맞듯이 두 사람을 한 쌍으로 제법 정중스런 아침 대접까지 하였다.

그런데 다음 날 학교에서 간밤의 에스코트 보고회를 갖고 보니 내 경우가 가장 걸작이었다. 그리고 그게 인연이 되어 그녀와 나 사이에는 차츰 이상한 감정이 얽히기 시작했다. 친구들도 그 날 밤의 일을 그냥 실없는 장난기로 웃어넘겨 버리지를 않았다.

"거, 기왕 거기까지 된 김에 끝까지 잘 좀 해 보지 그래?"

"인연이 따로 있나. 남자하고 여자 일이 그렇게 그렇게 이루어지는 게지."

나중에는 C학장님까지 둘 사이를 은근히 부추기고 드셨다.

"거 두 사람 주례는 물론 내가 맡아야겠지?"

꿈이라면 제법 장밋빛 꿈으로 축복을 받은 무한가능의 학창생활이었다.

그러니 마음엔 오히려 여유가 생기고 교회나 아버지에 대해서도 차라리 어떤 아량(?) 같은 것이 생겼다. 목사이신 아버지의 입장을 위해서이긴 했지만, 어쨌거나 나는 오히려 이제 불평 없이 교회에 나다닐 수 있었고, 그런 식으로 성가대 같은 데서 노래도 불렀다. 방학 때가 되면 때로 아버지의 곁으로 가서 아버지의 교회를 찾기도 하였다.

하지만 이제 그 교회나 아버지는 나의 꿈을 더 이상 방해할 수가 없었다. 그런 교회 나들이가 나의 생활을 구속하거나 부담 같은 건 줄 수도 없었다. 그건 일종의 습관이었고, 체면치레였고, 더욱 심하게는 오락 같은 것이었다.

—것이 옳습니다……. 것이 옳습니다…….

아버지의 설교 가운데는 유난히 '것이 옳습니다'가 힘차고 단호하고 그리고 빈번했다. 아버지의 설교는 그 '것이 옳습니다'가 스무 번쯤 되풀이되면 거의 마무리에 다다르곤 하였다. 아버지의 교회를 찾아가 예배를 드릴 때면, 나는 그 지루한 설교시간을 메우기 위해 설교 초입부터 아버지의 '것이 옳습니다' 횟수를 세는 게 일이었다. 그리고 아버지가 설교 중에서 어떤 계시를 받았다고 간증을 하시면, 나는 당신이 그것을 어느 책의 몇 페이지쯤에서 읽은 말씀을 하고 계실까, 아버지의 전거나 뒤쫓곤 하였다…….

아버지는 그처럼 한동안 나를 멋대로 내버려 두셨다.

나는 완전히 교회와 아버지를 떠나 있었다. 그리고 나의 희망과 가능성을 따라 나의 젊음을 누리고 나의 삶을 이룩해 나가고 있었다. 그게 그 시절 나의 믿음이었고, 나의 생활의 거짓 없는 실상이었다.

하지만 아버지는 보다 더 참을성이 끈질긴 분이셨다.

1962년 2월—1년 간의 휴학기간을 포함하여 5년 만에 대학을 졸업한 나는 그대로 그냥 서울에 눌러앉아 대학원 진학 겸 3급 외무직 시험공부를 준비하고 있었다.

그러던 어느 날, 그 무렵엔 다시 강원도의 영월까지 교회를 옮겨 내려가 계시던 아버지로부터 급히 한 번 다녀가라는 소환령이 떨어졌다. 웬일인가 싶어 나는 곧 아버지에게로 내려갔다. 그리고 거기서 나는 오랫동안 잠잠해 계시던 아버지의 새로운 설득에 덜미를 붙잡혔다.

"이 돌멩이를 고무줄 끝에 잡아 매어 보아라."

아버지는 오랫동안 참고 기다려 오신 일인듯 내게 미리 준비한 고무줄과 돌멩이 하나를 내어놓으셨다. 나는 영문을 모른 채 아버지의 분부대로 그 고무줄 끝에 돌멩이를 감아 매었다.

"이제 그 고무줄을 네 힘껏 돌려 보아라."

아버지가 다시 명령을 하셨다. 나는 아버지의 말씀대로 돌멩이가 매달린 고무줄을 몸 주위로 빙빙 돌려 댔다. 고무줄은 돌멩이 무게만큼 길이를 늘이며 주위를 빙빙 돌아갔다. 속도가 빠르고 느려짐에 따라 돌멩이가 그리는 원도 약간씩 크기를 달리 하긴 했으나, 그러나 돌멩이는 대체로 일정한 범위의 원주 위에서 회전운동을 계속했다.

"그만 그치고 이리 앉거라."

아버지는 마침내 그 우스꽝스러운 놀이를 중단시켰다. 그리고는 비로소 본론을 말씀하시기 시작했다.

"내가 왜 그런 짓을 시켰는지 짐작이 가느냐……. 너도 이젠 대학을 졸업한 성인이니 그만한 분별력은 있을 줄 믿고 긴 말은 하지 않겠다. 너는 그 동안 아마 하나님을 멀리 떠나간 걸로 생각해 온 줄 안다. 하지만 그건 너의 오해다. 네가 하나님을 떠나는 것은 이 고무줄 끝의 돌멩이가 그러하듯 한계가 있는 일이다. 네가 하나님을 떠났다고 생각한 것은 이 돌멩이가 네 끈을 떠나간 걸로 생각하는 것과 한가지일 뿐이다. 너는 떠나갔다고 생각하지만, 실상은 이 고무줄 끝의 돌멩이처럼 언제나 주님의 세계 안에서 일정한 범위 안을 맴돌고 있었을 뿐인 게다. 너는 태어날 때부터 이미 하나님의 종으로 택하심을 받았으며, 주님의 품에 사로잡힌 것이다. 너는 이 고무줄 끝의 돌멩이가 그러하듯 언젠가는 다시 주님의 품으로 돌아오도록 운명지어져 있는 것이다. 나는 여태까지 그걸 믿고 그 때를 위해 기도하며 기다려 왔다. 그리고 이제 마침내 그 때가 온 것이다……."

한마디로 아버지는 나에게 다시 당신의 하나님의 종이 되라는 말씀이었다. 하나님의 종으로 복음의 심부름꾼이 되라는 말씀이었다. 그리고 그것을 위해 신학 공부를 하라는 것이었다.

나는 처음에는 기습을 당한 느낌이었다. 뿐더러 아버지가 아직도 그토록 나를 기다리고 계셨다는 사실에 놀라움을 금할 수 없었다. 아버지의 염소는 그간 키가 자랄 대로 자라 있었다. 그리고 제 힘으로 그 햇빛 눈부신 풀밭을 찾아 내어 그 곳에서 이미 풀을 뜯기 시작하고 있었다.

—여호와는 나의 목자시니 내가 부족함이 없으리로다…….

하지만 아버지는 아직도 그것이 내가 배를 불릴 풀밭이 아니라는 것이었다. 그리고 한사코 고삐를 놓아 주지 않으려 하시는 것이었다.

아버지는 연일 연야 간곡한 기도와 설득으로 나의 결심을 재촉해 오셨다. 나는 그 아버지에 대해 차라리 어떤 불가사의한 느낌마저 들었다.

—도대체 저토록 혹심한 가난과 어려운 고초를 견뎌 오신 아버지에게 아들을 다시 당신과 같은 하나님의 종으로 만들고 싶어하시게 하는 것이 무엇일까. 아버지에게는 정말로 그 모든 것을 견디며 의지해 오신 당신의 하나님이 계신 것일까. 그 하나님은 도대체 어떤 하나님인가…….

나는 진심으로, 그리고 심각하게 하나님의 존재를 다시 재어 보지 않을 수 없었다. 그리고 그런 의구와 호기심 같은 것이 마침내는 나의 마음을 움직이기 시작했다. 뭔가 아버지에게는 진실로 위안을 받고 의지할 수 있는 하나님이 임하고 계실지 모른다는 한 가닥 아련한 믿음 같은 것이 마음 속 깊은 곳에서 싹터 오르고 있었다. 무엇인가 있기는 있는 것만 같았다. 그리고 그것은 이미 나의 육신이나 마음들과도 알게 모르게 오랜 관계가 지어져 오고 있었는지도 모른다는 생각이 들기 시작했다.

생각이 거기에 미치자 나는 자신도 모르게 가슴이 제법 뜨거워지면서 짜릿한 감동마저 느껴져 왔다. 뿐더러 그 하나님을 찾아 나의 삶을 귀의시켜 보고 싶은 가느다란 소망이 눈을 뜨기 시작했다.

그리하여 일주일 가까운 고민과 기도와 망설임 끝에 나는 마침내 마음을 정하고 아버지 앞에 결심을 말했다.

"그럼 모든 것을 덮어 두고 아버지의 뜻을 따르겠습니다."

5

생각을 정하고 서울로 돌아온 나는 곧 광나루 소재 장로회신학대학원의 입학원서를 샀다.

하지만 나는 아직도 망설이고 있었다. 그리고 그런 망설임 끝에 입학시험 응시 기회까지 놓치고 말았다. 그런데 그쯤 결말이 나고 말았더라면 더 이상의 방황은 없었을지 모른다. 그러나 나의 앞에는 다시 난처한 선택의 기회가 마련되고 있었다. 경기도 소사의 서울신학교에 대학원 과정이 신설되고 있었다.

나는 더 이상 망설이고 있을 수가 없었다. 눈 딱 감고 원서를 사 버렸다. 그리고 아직도 갈팡대는 마음을 우겨 누른 채 신학과정에 들어서 버렸다.

하지만 그게 사실은 무모한 짓이었다. 나에게는 전혀 소명감이 없었다. 소명감이 없는 마음의 결단은 호기심을 좇는 것 이상일 수 없었다. 그리고 기나긴 시간과 기도가 필요한 믿음의 길에서 그런 따위 호기심은 금세 지치고 시들게 마련이었다.

나는 채 1년도 못 가서 마음이 흔들리기 시작했다. 모든 게 시들하고 부질없어 보였다. 경솔한 행동이 더없이 후회되고 원망스러웠다. 눈앞에선 언제나 두고 온 나의 풀밭, 그 햇빛 눈부신 초원의 먼 지평선만 그립게 떠돌았다. 그런 회의와 망설임 가운데서는 하나님의 말씀에 대한 믿음을 조금도 얻을 수가 없었다. 아무것도 믿을 수 없었고, 믿으려 해도 믿어지지가 않았다.

인간의 영혼에는 두 가지 사슬이 있는 것인지 모른다. 그 하나가 주님에게로 향한 그리스도의 사슬이라면 다른 하나는 그것을 가로막는 사탄의 사슬이라 할 수 있으리라. 그런데 이 무렵 나를 괴롭혀 댄 사탄의 사슬은 인간적인 지식이나 교만과 같은 이론적인 지혜의 무기를 든 아집과 미망의 사슬이었다.

대학을 거쳐 나온 나의 세속적인 지식은 세상사 모든 것을 오직 그것 안에서만 이해하고 해명하고 싶어했다. 그리고 이미 호기심마저 시들해진 마당에 그러한 나의 인간적인 지식의 성장은 그 하나님의 존재와 말씀들에 대해 유독 왕성한 공격력을 발휘했다. 그것은 특히 구약성서의 여러 말씀들에 대하여 심한 회의와 반발을 하였다.

—모세가 지팡이를 던지니 뱀이 되었다구? 그리고 그 뱀의 꼬리를 잡으니 그것이 다시 지팡이가 되었다?

구약성서의 말씀들에 대하여 나는 사사건건 의심했다. 그리고 혼자 실없이 자문자답했다.

—요한아, 너 생각해 보아라. 적어도 너 대학까지 나온 녀석이 상식적으로 한번 생각해 보아라. 어떻게 지팡이가 뱀이 되느냐. 그것을 과연 믿을 수 있겠느냐…….

기도나 성서나 설교에 대해서 거의 모두가 그런 식이었다. 믿음은 바라는 것의 실상이요 보지 못하는 것의 증거라고, 성서의 한 대목은 말하고 있었다. 나는 숫제 그 말 자체마저도 믿을 수 없었다. 예수쟁이들의 말대로 하면, 이를테면 나는 완전히 사탄의 영에 지배를 당해 버린 꼴이었다. 그리고 거기 완전히 항복해 버린 꼴이었다.

그리하여 나는 마지막 몇 달 간의 고민 끝에 그 해 겨울 마침내 다시 결심을 하였다. 내가 믿을 수 없는 하나님을 어찌 남에게 믿게 할 수 있단 말인가. 나는 양을 칠 자신도 없고 그럴 자격과 자질도 없는 사람이다. 최소한의 인간의 양심이라도 남아 있다면, 지금이라도 이 길을 물러서는 것이 교회를 위해서나 나를 위해서나 도리어 다행한 일인 것이다…….

나는 그것으로 깨끗이 신학교 과정을 자퇴하고 말았다. 그리고 다시 그 햇빛 눈부신 나의 풀밭으로 돌아갔다.

어떻게 보면 참으로 무모하고 부질없는 방황인 셈이었다.

하지만 실상은 그렇지도 않았다. 왜냐하면 그것은 아버지나 하나님 쪽에서 보면 방황이요 안타까운 전락이었지만, 내 쪽에서 보면 그 끊임없는 빛에 대한 의지의 시련이요, 그것의 마지막 확인이었기 때문이다. 그것은 지금까지 습관과 체면 때문에 관계가 지속되어 온 나의 거짓 하나님과 완전한 결별을 가져왔고, 나의 인간다운 꿈에 대한 새로운 다짐의 계기를 마련한 것이었다.

6

63년 봄, 나는 마침내 학교를 그만두고 그 길로 곧 군대 입대를 하였다. 그리고 비로소 완전한 자유인이 되었다.

사람들은 자주 군영생활의 어려움을 말한다. 하지만 나의 경우에는 그 군영생활 3년 간조차 홀가분하고 즐거운 인간사의 하나였다. 신앙적인 가책은커녕 형식적인 예배의 습관에서마저 나는 완전히 자유였다. 교회 따위는 생각지도 않았다. 나는 몸과 마음을 온통 다 발가벗고도 부끄러움이 전혀 없는 그 인간 본연의 남성사회에서 나의 젊음을 마음껏 향락했다. 뛰고 달리는 일, 찌르고 쏘아 맞히는 일, 져나르고 일으켜 세우는 일, 부수고 빼앗는 일, 심지어는 마시고 떠드는 일에서조차 나는 부대 안에서 누구 한 사람에게 지는 일이 없었다.

더욱이 그 군영생활의 후반은 물자 많고 즐기기 좋아하는 부자 나라의 군인들과 함께 카투사병으로 근무하게 되어, 나의 젊음은 더욱 눈부셨다. 그런 식으로 3년 간의 군영생활을 누구보다 시끌벅적하고 신명나게 보내고 66년 나는 제대를 하였다.

아버지의 눈으로 보면 이제 나는 돌아올 가망조차 없는 영원한 탕자였다. 하지만 세상 일이 그렇듯이 그런 나의 망나니짓 같은 행실도 다른 눈으로 보면 다른 평가가 나올 수 있었다. 나는 늘 활약이 많은 부대 안의 모범병사요, 자타가 공인하는 유망인물이었다. 각급 부대장의 상을 받은 일도 많았고, 그 덕에 자주 고위층 상급자의 눈길도 끌었다. 그게 인연이 되어 나의 앞에는 다시 한 번 멋진 선택의 기회가 도래했다.

제대를 하고 나니 8군 사령관실에서 나를 찾았다. 유능한 사람을 그냥 놓아 내보내고 싶지 않다, 원한다면 다시 민간인 자격으로 8군에서 계속 일해 주기 바란다—8군에선 내게 그런 요지의 제안을 해 왔다. 이런 일이야말로 공연히 망설일 필요가 없었다. 더욱이 그 곳에서 내게 의뢰한 일은 8군 안에 설치된 '에듀케이션 센터'의 한국어 교관 겸 불어 강사였다.

나는 두말없이 제안을 수락하고 계속 8군 사람으로 눌러앉았다. 그리고 애초에 주어진 과업 이외의 여러 곳에서 열의와 능력을 발휘했다. 대학교육 수준의 한국어 강의와 불어교습은 물론 부대 안에서의 통역관 일까지 떠맡게 되었다. 남의 땅에 주둔한 군부대의 일이란 주둔국 정부와 군부대, 민간인 관계를 망라한 부대 운영에 관한 거의 모든 일에 직접 간접으로 관계되게 마련이었다.

나는 부대요원들과 함께 항상 분주하고 정력적인 일과를 치러야 했다. 그런 생활이 어느 때보다 크게 나를 만족시켰음은 물론이었다. 학생 때부터 나의 꿈은 외교관에 있었다. 항상 주변을 맴돌고 있는 미국인들과의 분주하고 활력적인 생활은 어느 정도나마 나의 외교관에 대한 꿈을 충족시켜 주는 것 같았다.

뿐더러 돈을 벌어 유족해지는 것이 가난에 찌들어 온 내 어렸을 때부터의 숨은 욕망이었다. 나는 그 8군 생활을 통하여 그것도 어느 정도는 충족시킬 수 있었다. 한국어나 불어를 강의하는 교관 일로는 물론 거기까지 가능할 수 없었다. 하지만 통역의 경우에는 일거리가 많았다. 그 중에서도 대민간인 관계 업무, 특히 피엑스(PX) 사업 주변에는 언제나 음성적인 이해관계가 끼어 있게 마련이었다. 나는 그 통역의 일을 통하여 나름대로 돈을 꽤 모은 셈이었다. 그런 생활이 70년까지 계속되었다.

행운이라면 흔치 않은 행운이었다.

그런데 또 한 번의 행운이 찾아왔다. 70년도에 들어서서였다.

행운의 소식은 미국 캘리포니아 주 소재의 군사도시 몬테리로부터 날아 들어왔다. 그 몬테리에는 당시 미국 국방성 산하의 군사외국어학교가 있었다. 그 학교의 세계 132개 국어 강의 과목 가운데 한국어 과정이 있었는데, 거기 충당할 한 명의 한국어 교관의 파견을 8군에 의뢰해 온 것이다. 8군은 AFKN 방송을 통하여 요원 모집 광고를 내보냈다. 내로라 하는 젊은이들이 다투어 몰려들었음은 말할 것도 없었다. 하지만 그건 내가 양보할 자리가 아니었다. 나는 8군 산하의 현직에 있었고, 필요한 경험도 쌓아 온 처지였다. 나는 자신을 가지고 선발시험에 응하였다. 그리고 예상대로 선발을 받았다.

나의 젊음엔 그것으로 또 한 번의 눈부신 비약의 기회가 약속된 것이다. 이번에는 자국 주둔군의 병영 안에서가 아니라 진짜 외국 땅의 공설기관으로 당당하게 떠나가는 것이었다.

7

나는 출국을 서두르지 않으면 안 되었다. 출국 절차도 까다로울 게 없었다. 하지만 내겐 한 가지 필수적이고도 거추장스런 절차가 남아 있었다. 모처럼 외국생활을 단신으로는 견뎌 내기가 어려웠다. 도움을 구할 동반자가 있어야 했다. 부모님이나 주변 친지들의 권유도 있고 하여 나는 먼저 결혼부터 하고 출국하기로 예정을 잡았다. 출국 날짜는 이미 정해져 있었다. 결혼식을 위해 출국 날짜를 늦출 수는 없었다. 출국일 전에 결혼식을 서둘러 치러야 하였다. 절차치고는 힘든 절차였다.

나는 부리나케 신부감을 찾았다. 하나님을 버렸어도 아들은 아들이었다. 아버지와 어머니가 그 일을 도우셨다. 아버지는 어머니와 상의 끝에 당신의 친구분께 나의 일을 부탁하셨고, 어느 날인가는 그 아버지의 부탁을 받은 신광교회의 김무봉 목사님이 나를 부르셨다. 이를테면 선을 보라는 것이었다. 상대는 당시 27세의 S여자대학 조교로, 같은 개신교 목사 집안의 딸이었다.

이것저것 살피고 따질 겨를이 없었다. 나는 여자를 보는 자리에서 곧 마음을 정했고, 여자 쪽에서도 같은 의사였다. 마음을 급히 정한 것은 나의 사정도 사정이었지만, 여자의 외모나 분위기가 별 흠잡을 데가 없었기 때문이었다. 나는 우선 그것으로 족했다. 아버지의 뜻도 그러하였지만, 중매를 서 주신 김 목사님은 어렸을 때부터 나의 성장과정을 잘 알고 계셨고, 보살핌도 많이 베풀어 오신 분이었다. 당신이 해방촌 교회를 맡고 계실 때는 내 편에서도 일부러 그 곳까지 찾아다니며 성가대 일을 하기도 하였다. 여자 쪽 집안의 내력이나 당사자의 성격 같은 건 목사님의 보증으로 족한 것이었다. 아니, 그보다도 그 무렵 나의 일에는 무엇에나 축복과 행운이 저절로 따라 들어왔다. 결혼이 물론 일생일대의 중대사라 하지만, 그 무렵의 나로선 주저하거나 망설일 바가 전혀 없었다. 나의 그런 거침없는 결정에 여자가 쉽사리 동의를 해 온 것도 나로선 또 하나의 행운이었다. 내겐 이를테면 행운과 경사가 잇따라 겹쳐든 셈이었다.

우리는 곧 데이트를 시작했다. 그리고 서둘러 결혼으로 달려갔다. 1970년 6월 1일 드라마센터 새 예식장이 꿈에 부푼 결혼생활의 첫 출항지였다. 중매를 서 주신 김무봉 목사님의 주례로 양가와 이웃들의 각별한 축복 속에 우리는 누구보다 미래를 약속받은 화창한 삶의 동반자로서 새로운 생활을 시작한 것이다.

아닌게 아니라 그것은 참으로 즐거운 출발이었다. 앞서 말했듯 내겐 전부터 여자를 사귈 기회도 많았고 사귀어 온 여자도 있었지만, 새 여자를 택한 게 훨씬 다행이었다. 여자를 알고 사귈 기간이 너무 짧아 결혼이 얼마간은 무리해 보이기도 했지만, 여자를 모르고 저지른 결혼 또한 나름의 장점이 있었다.

나의 결혼은 낯선 여자와의 새로운 사귐이었고, 그래 더욱 호기심과 신비감이 넘치는 새로운 연애의 시작 같은 것이었다. 게다가 내겐 아직 아내와 나눔을 하지 않은 남다른 꿈의 보고가 가득했다. 남다른 미래에 대해 함께해야 할 설계가 많았다. 연애 기간이 있었거나 사귐이 길었다면 그 사이에 둘은 서로의 꿈을 깡그리 나눠 가졌을 터였다. 그래서 결혼은 오히려 '사랑의 무덤'이라 하는 말이 있었다. 하지만 나에겐 그럴 만한 기회가 거의 없었다. 우리들의 결혼은 비로소 그 꿈을 나누는 일의 시작이 되고 있었다. 나는 무엇보다도 그것이 즐거웠다. 그리고 그것이 둘을 더욱 행복하게 하였다.

풀밭은 끝없이 푸르고 넓었다. 우리는 그 풀밭에 취해 축제와 같은 신혼을 보내고 있었다. 그리고 더욱더 넓고 즐거운 초원으로의 눈부신 비상을 기다리고 있었다.

우리의 출국은 단순한 이국으로의 이주 여행이 아니라 찬란한 미래로의 꿈의 여행이었다. 그 미래의 꿈에 대한 약속의 실현이어야 하였고, 그런 삶에로의 빛나는 이륙이어야 하였다. 그것은 특히 햇빛 밝고 하늘이 맑은 날의 눈부신 이륙이 되지 않으면 안 되었다.

우리는 신혼의 황홀하고 달콤한 꿈 속에서 그 이륙의 날을 기다리고 있었다. 그러던 어느 가을날—하루는 나의 오른쪽 눈이 이상하게 뻣뻣하고 껄껄한 느낌이 들었다.

실낙원

8

눈이 뻣뻣하고 껄껄한 것은 전혀 우연히 느끼게 된 증세였다. 우연히 느껴진 증세이긴 했지만, 눈을 깜박이기가 제법 거북스러웠고 시계도 약간 침침해 오는 것 같았다.

거울을 비춰 보니 흰자위에 알 수 없는 충혈이 와 있었다. 그러고 보니 눈 근처의 껄껄한 느낌이 그 때가 처음이 아닌 것 같았다. 2,3일 전부터 그런 느낌이 있었던 것 같았다. 그걸 무심히 지나쳐 온 듯싶었다.

하지만 나는 물론 그런 걸 별로 대수롭게 여기지 않았다. 증세가 특별히 눈을 염려해야 할 정도는 아니었다. 눈을 크게 혹사해 온 편도 아니었고, 상처 같은 걸 입은 일도 없었다. 충혈 따위를 염려할 이유가 없었다.

나는 느낌이 저절로 가라앉기만 기다렸다. 하지만 충혈이 오는 이유가 분명치 않았던 것이 사실은 심상치 않은 변고의 시초였다. 며칠을 기다려도 불편한 느낌이 사라지지 않았다. 증세가 가시기커녕 충혈기가 자꾸 더 심해져 갔다.

"당신, 병원에라도 좀 가 보는 게 어때요?"

마침내 아내가 슬그머니 걱정을 시작했다.

하긴 나도 그게 좋을 것 같았다. 나는 아직도 그런 데에 길게 마음을 쓰고 싶지 않았기 때문이었다. 특별히 마음을 쓰지 않았기 때문에 병원을 찾는 데도 망설일 게 없었다.

마침 서대문께 적십자병원 안과에 백가 성을 가진 고등학교 동창 친구가 있었다. 어느 날 나는 가벼운 마음으로 그 친구를 찾아갔다.

하지만 어찌 상상이나 했을 것인가. 그게 바로 예상치도 못했고, 예상할 수도 없었던 길고 긴 내 어두움의 여로에로의 첫 발걸음이었음을. 그리고 그것이 절망만이 예비된 나의 새 운명의 통로였음을.

"오른쪽 눈이 잘 안 보인 게 일주일쯤 됐다고 했지?"

"주의를 안 해 처음엔 몰랐지만 대략 아마 그쯤 됐을 거야."

"충혈이 온 것도 그 때부터였구……?"

"충혈로 눈이 뻑뻑해 오니까 눈이 잘 안 보이는 것도 느끼게 되었지."

친구는 이것저것 필요한 검안 절차를 끝내고 나서 내가 미리 말해 준 증세들을 새삼스럽게 하나하나 다시 확인해 나갔다. 그 목소리가 어딘지 어둡고 무겁게 들렸다. 그는 이미 어떤 증세를 보고 그걸 확인해 나가는 투였다. 하지만 그는 그런 말을 하진 않았다.

"어디 좋지 않은 데가 있어?"

간간이 내가 증세를 물었으나, 그는 나의 말에는 아랑곳도 않은 채 자기가 묻고 싶은 것을 모두 한 번씩 더 묻고 나서야,

"왼쪽 눈은 아무 일도 없지?"

그 한마디로 마치 내가 그 왼쪽 눈을 물으러 온 사람처럼 엉뚱한 소리로 질문을 마감했다. 그리고는 이내 꺼림칙한 대목이 모두 풀리고 난 사람처럼 나의 등을 두들기며 안심을 시켰다.

"이제 차츰 괜찮아질 테니 그까짓 염려할 것 없어. 내 약을 지어 줄 테니 그거나 가지고 가서 먹어 보라구."

그 소리를 들으니까 나는 일단 안심이 되었다. 하지만 나는 아직도 녀석의 지나치게 꼼꼼한 진찰 태도하며 무엇인가 거북한 것을 숨기고 있는 듯한 과장스런 언동이 꺼림칙했다.

"정말 별일 없겠어?"

나는 다시 친구에게 다짐을 하였다.

"아마 괜찮을 거야. 자넨 워낙 행운아니까, 허허……."

친구가 다시 껄껄 웃으며 어깨를 두드렸다. 자신만만한 태도와는 다르게 역시 시원찮은 여운이 남는 소리였다.

하지만 나는 그의 말을 그냥 곧이들어 두는 수밖에 없었다. 내가 답지 않게 너무 신경을 쓰고 있는 기분이었는데다 그에게 더 이상 할 말이 있는 것 같지도 않았기 때문이었다.

—그러면 그럴 테지. 무슨 변고가 있을라구?

나는 뭔가 아직 좀 찜찜한 기분이 남아 있었으나, 가벼운 마음으로 그걸 참아 누르며 친구의 진찰실을 물러 나왔다. 병원을 나올 때 친구가 일부러 약을 찾아다 처방 쪽지와 함께 직접 봉지를 건네주며 나를 한 번 더 안심시켰다.

"그럼 잘 가라구. 그리고 이걸로 모자라면 여기 처방이 있으니까 가까운 약국에서 그냥 약을 좀 사다 먹구."

그런데 사실은 그게 또 왠지 마음에 걸려 왔다. 그의 말뜻은 이를테면 병원을 찾아온 친구에 대한 위로의 인사거나, 나의 증세에 대한 의사로서의 자신감의 다짐쯤 되는 소리였다. 그런데 그게 그렇게 들려 오지 않았다. 이상하게 꺼림칙한 여운이 번져 왔다. 그것은 어쩌면 지나치게 과장스런 그의 자신감 넘치는 다짐 때문이었는지도 모른다. 하지만 그보다 나는 그의 시원스런 다짐에도 불구하고, 녀석의 얼굴에 마침내 묘하게 어두운 수심기 같은 것이 어려들고 있는 순간을 보았기 때문이었다.

9

하지만 집으로 돌아오자 나는 다시 기분을 바꾸었다. 이젠 어쨌거나 백 군의 말을 믿는 수밖에 다른 도리가 없는 일이었다. 일부러 사서 방정맞은 생각을 쫓아다닐 필요가 없었다.

나는 꺼림칙한 기분을 떨쳐 버리고 시키는 대로 열심히 약을 먹었다.

그러나 일이 마음먹은 대로 잘되지 않았다. 며칠 동안 약을 먹어도 눈의 증세에 변화가 없었다. 변화가 있다면 가려움증 같은 것이 조금 덜할 정도였다. 충혈기는 오히려 더해 가는 것 같았고, 앞이 흐린 것도 정도가 더욱 심하게 느껴졌다. 시간이 흐름에 따라 사람이나 물건의 모양이 두 겹으로 겹쳐 보이기까지 했다.

그럴수록 자꾸 백 군의 말이 의심스러워지곤 하였다. 덮어 두려 하면 할수록 그의 말이나 거동 하나하나가 뇌리 속에서 심상찮은 의미로 되살아나곤 하였다.

—아마 괜찮을 거야, 자넨 워낙 행운아니까.

백 군이 내게 행운아라고 한 것은 증세가 별게 아니라는 뜻이 아니라, 행운아나 되어야 희망을 걸어 볼 치명적인 병증이라는 뜻이 아니었을까. 아니 설마 그렇지는 않았겠지. 증세가 심상치 않아 보였다면 그가 그걸 내게 말해 주지 못할 이유가 무엇인가. 증세가 예사롭지 않은 병이라면 내게 모든 걸 털어놓고 대비책을 함께 의논했어야 하지 않은가. 별다른 대비책은커녕 그는 약 몇 봉지를 지어 주면서 집에서 그거나 먹으라 하였다. 그것도 병원을 다시 찾아올 필요가 없다는 듯 약이 떨어지도록 증세가 계속되면 근처 약국을 찾아가라 하였다……. 별다른 고장이 있을 리 없었다. 공연히 신경이 날카로워진 게지—.

나는 될수록 자신을 안심시키며 마음을 편히 가지려 하였다. 하지만 그것도 금세 도로아미타불이 되곤 하였다.

증세가 도대체 나아지지 않았다. 약이 거의 다해 가도 눈이 나아지는 기미는 전혀 없었다.

—이건 정말 간단히 생각할 일이 아닌지도 모르겠는걸.

나는 마음이 자꾸 더 불안해지고 있었다. 백 군의 언동이 방정맞게 반대쪽으로만 생각되었다. 백 군이 내게 사실을 말해 주지 않은 것은 증세가 너무 치명적인 때문이었던 것 같았다. 녹내장이라던가 뭔가, 눈병에는 아주 생명까지 빼앗아가는 치명적인 질병이 있다는 소리를 들은 적이 있었다. 암이라든가 하는 병처럼 병증이 너무 치명적인 것일 때는 현대의학도 손을 쓸 수 없는 경우가 있다고 했다. 치료를 하나마나 마찬가지일 수밖에 없는 병세는 굳이 환자에게 그것을 털어놓을 필요가 없을 수도 있었다. 환자의 마음을 편하게 해 주는 것이 오히려 미덕이 될 수 있었다. 필요 이상으로 친절한 위로와 그의 과장된 자신감은 오히려 그런 것이 아니었을까. 그렇다면 그건 치료불능의 불치

병이라는 진단 결과의 간접적인 선언이 아닌가. 그리고 그가 근처 약국에서 약을 찾으라던 것 역시 증세를 가볍게 본 친절이 아니라, 오히려 자기도 이건 어쩔 수 없노라는, 자길 찾아와도 어쩔 수 없노라는, 그래 더 이상 찾아오지 말라는 간접적인 암시가 아니었을까……. 병원 문을 나설 때 녀석의 얼굴에 언뜻 스쳐가던 그 이상스런 수심기 같은 것이 바로 그런 녀석의 속마음 때문 아니었을까.

—아마 괜찮을 거야 아마…….

그래, 그는 자주 그 '아마'라는 애매한 단서를 붙였었지. 그냥 낫는다고 하질 않았었지. 그 땐 그것을 왜 눈치채지 못했을까…….

한 번 불안한 생각이 들기 시작하자 도대체 마음을 돌릴 수가 없었다. 그렇다고 누구에게 그런 속마음을 털어놓을 수도 없었다. 아내는 어느새 배가 불러오고 있었다. 그 아내에게만은 쓸데없는 걱정을 시키고 싶지 않았다. 아이를 가진 아내에게, 더욱이 도미생활의 꿈에 부풀어 있는 아내에게 공연히 의기소침 자신을 잃은 듯한 꼴을 보이고 싶지가 않았다.

"별게 아니었어. 며칠 이 약이나 먹어 두라더군."

병원을 다녀와 약을 먹으면서부터는 증세가 차츰 사라져 가는 듯 불안기를 깊이 숨겨 온 터였다.

그러다 보니 나는 더욱 심사가 불안하고 답답했다. 생각 같아선 당장 백 군에게 다시 달려가 속시원한 소리를 듣고 싫었다. 하지만 그것도 우스운 노릇이었다. 증세가 정말로 대수롭지 않은 것이라면 백 군에게 내가 어찌 보일 것인가. 공연히 혼자 불안에 쫓기는 심약성을 내보이기가 싫었다. 더욱이 그는 더 이상 자기를 찾아올 필요가 없다고 하였다. 그것은 증세가 나쁜 경우라도 마찬가지 효과를 지닌 말이었다. 나로선 더 이상 어찌할 수가 없다, 나를 찾아와 봐야 소용없는 일이다……. 그런 쪽으로도 읽혀질 수 있었다. 어쨌거나 그를 찾아가기는 싫었다.

나는 좀더 혼자서 기다려 보기로 하였다. 그러면서 증세를 견디어 나갔다.

하지만 여전히 차도가 없었다. 약이 거의 다 떨어져 가고 있었다. 아내가 하나하나 출국 준비를 서둘러 대고 있는 터여서 나는 더욱더 마음이 조급했다.

견디다 못해 어느 날 나는 백 군이 적어 준 처방전을 들고 집 근처의 약국을 찾아갔다. 그리고 그 약들이 어떤 증세에 소용되는가를 물었다.

"글쎄요, 이건 바리다제라고 소염제군요. 기모타부도 그렇고 아로나민은 단순한 영양제……. 어떤 진단에 대한 처방인지, 이것만 가지고는 병명을 알 길이 없겠는 걸요."

약국의 여약사는 대수롭지 않은 어조로 약명만 가지고는 진단 내용을 알 수 없다고 했다. 하지만 소염제나 아로나민 따위가 처방된 걸로 보면 특별한 병증은 아닌 것 같다 하였다. 약국을 나오자 나는 그 길로 다시 장안에서 이름

높은 서린동 근처의 K안과를 찾아갔다.

하지만 K안과에서도 기대했던 만큼의 시원한 소리는 들을 수 없었다.

"이전에 다른 병원을 가신 데가 어디라 하셨지요?"

나는 진찰 의사 앞에 먼저 그간의 증세와 치료 과정을 자세히 설명하고 나서, 의사의 진찰과 전에 적십자병원에서 받았던 기계검사들을 다시 한 번 되풀이받았다. 의사는 그런 검사들의 결과를 종합할 때까지 한 시간 남짓이나 나를 기다리게 했다가, 무엇인가 짚이는 것이 있는 듯한 표정으로 전번 병원의 이름을 물었다.

"적십자병원이었습니다. 거기 안과에 제 친구가 있어서요."

나는 필요 이상의 긴장한 목소리로 대답하고 나서, 의사의 다음 말을 기다렸다. 하지만 의사는 당장 진단 결과를 말해 주지 않았다.

"그래 친구분이 뭐라고 하시던가요?"

그는 나의 표정을 주의 깊게 살피며 낮은 목소리로 다시 물었다.

"글쎄요. 별거 아닌 것 같다고 집에 가서 약을 먹으며 기다려 보라구요. 하지만 약국에서 알아 보니 그 약은 소염제나 영양제들이라 하더군요."

나는 사형선고를 기다리는 피고 같은 기분으로 앞에서 한 말을 다시 한 번 되풀이했다. 의사가 비로소 혼자 몇 차례 고개를 끄덕거렸다. 그리곤 뭔가 아직도 자신이 없는 투로 병세에 관한 소견을 말했다.

"친구분 소견이 이미 계셨다니, 나로선 더 할 말이 없군요. 친구분의 소견에 덧붙일 말이 없어요."

하지만 그건 내가 기대한 말이 아니었다. 나는 그 의사의 말뜻을 어떻게 알아들어야 할지 분간이 안 갔다. 나는 좀 더 분명한 결과를 알아야 하였다.

"선생님의 말씀이 무슨 뜻인지 알아들을 수가 없군요. 제 눈이 어떻게 된 건지 분명하게 말씀해 주실 수 없습니까?"

나는 따지듯이 의사에게 분명한 결과를 다그치고 들었다. 하지만 의사는 끝끝내 대답을 회피했다.

"글쎄요, 아직 뭐라고 확실한 증세를 단정할 단계는 아닙니다. 아시다시피 요즘은 현대 의학기술로도 원인이나 증세를 명확하게 규명해 낼 수 없는 질병들이 많으니까요."

"그렇다면 제 눈에 그런 수상한 증세가 엿보인다는 말씀이 아닙니까."

"그것도 아직은 확실한 단정을 내릴 수가 없어요. 지금 우리 병원의 시설로는 더 이상 자세한 걸 알아 볼 수도 없구요."

"그럼 선생님께서 의심하고 계신 병종은 어떤 것입니까? 그거라도 좀 말씀해 주십시오."

나는 거의 의사에게 매달리고 들었다. 하지만 그럴수록 의사의 말투가 차갑게 식어 갔다.

"확진이 없는 병명을 말해 드릴 수는 없습니다."

"그럼 절더러 어떻게 하라는 말씀입니까?"

"친구분 말씀처럼 좀더 시간을 두고 기다려 보는 수밖에요. 내 짐작이 사실이라면 시간으로 손해가 가지는 않을 테니까요."

"기다려라, 기다려라……. 증세는 나날이 심해져 가는데, 아무 다른 대책도 없이 그냥 시간만 기다리고 있으란 말입니까. 선생님께서 의심하고 계신 병명이라든지, 그게 사실일 경우의 병증 진행의 특징 같은 거라도 좀 속시원히 말씀해 주실 수 없습니까?"

"글쎄요, 정 그게 알고 싶으시면 다시 한 번 그 친구분을 찾아가 의논해 보시는 게 좋을 듯싶군요."

의사는 끝내 분명한 대답을 회피해 버렸다. 그는 내게 약을 지어 주는 것조차 부질없어하였다. 증세를 못 견디겠으면 백 군이 지어 준 처방대로 약국에서 약을 사먹으라는 것이었다.

나는 이제 그것으로 사정을 대강 알아차릴 수 있었다. 간단한 증세가 아닌 게 분명했다. 의사는 이미 그것을 알고 대답을 회피한 게 분명했다. 결국 백 군의 언동에 내가 불길한 생각을 품어 온 게 근거 없는 의심이 아니었다. 의심의 내용들이 거의 사실로 굳어지고 있었다. 나는 새삼 눈앞이 캄캄해 왔다.

하지만 나는 좀더 분명한 사실을 알아야 하였다. 백 군이

나 K안과의 의사가 숨긴 증세의 비밀을 알아야 했다. 그것은 내게 더욱 무서운 절망의 선고가 될 수도 있었지만, 그걸 알지 않고는 한 순간도 기다릴 수가 없었다. 이제 백 군이 자기를 더 이상 찾아오지 말라던 말은 더없이 뜻이 분명해진 터였지만, 그런 게 내겐 문제가 안 되었다.

나는 그 길로 곧장 다시 적십자병원으로 달려갔다. 그리고 그 병명에 관한 백 군의 마지막 선언을 들었다.

"내가 걱정했던 것은 혹 포도막염 증세가 아닌가 했던 건데……."

모든 걸 이미 알고 왔노라는 나의 서슬에, 백 군은 그만 체념을 해 버린 것이었는지 모른다. 아니면 처참하게 구겨진 나의 몰골에 녀석은 더 이상 말을 숨길 수가 없었는지도 모른다. 진찰실에 들어서자마자 여유를 주지 않고 다그쳐 대는 나의 성화에 녀석은 그만 어쩔 수가 없다는 듯 속마음을 모두 털어놓고 말았다.

포도막염이라는 안과 질환은 아직도 발병 원인이나 병증에 관해 많은 것이 밝혀지지 않고 있다는 것이었다. 따라서 어떤 특별한 증세의 경우엔 일정한 치료 방법도 없는 병이라 하였다. 게다가 증세가 한번 시작되고 나면 끝내는 시력을 잃게 되는 경우가 많다고 했다.

"……하지만 아직 너무 걱정할 건 없어. K안과에서도 별다른 조처를 취해 주지 않은 걸 보면 그 곳 의사도 같은 증세를 의심한 모양이지만, 그러나 누구도 아직 장담할 수가 없는 일이거든. 안과 질환엔 아직도 가끔 원인 불명인 게 나타나곤 하니까."

속마음을 모두 털어놓고 나서 백 군은 다시 나에 대한 어정쩡한 위로를 덧붙였다. 하지만 그건 이미 소용이 없는 일이었다.

나는 하늘이 무너진 듯 눈앞이 캄캄했다. 백 군의 위로 따윈 귀에도 들어오지 않았다. 나는 한동안 말없이 무참스레 가라앉아 들어가는 자신의 침몰을 보고 있었다. 그리고 그 절망의 한순간이 지나고 나자 나에게는 다시 이상한 평온 같은 것이 찾아들었다.

"알겠어……. 그럼 이제부터 난 어떻게 해야지?"

이윽고 나는 지레 난처해져서 어찌할 바를 모르고 있는 백 군에게 침착한 목소리로 물었다. 그러자 백 군은 거기에 다시 용기를 얻은 듯 이런저런 소리로 위로를 거듭해 왔다.

"그야 약을 먹으면서 증세의 진행을 좀더 기다려 보아야지. 아직은 아무것도 분명한 게 없으니까. 그리고 만약에 한쪽 눈의 시력을 잃게 된다 하더라도 그걸로 아주 장님이 되는 건 아니지 않아. 다행히 한쪽 눈엔 아무 이상이 없으니까."

그런데 그게 내겐 또 하나의 의혹을 갖게 하고 말았다.

"한쪽 눈을 잃게 되더라도 다른 쪽 눈은 이상이 안 올까?"

나는 녹내장 따위에서 볼 수 있듯이 한쪽 눈을 잃으면 다른 쪽 눈에도 함께 이상이 오고 마는 교감신경계통 질환의 특성을 생각하며 백 군에게 엉뚱한 위로를 구했다. 백 군도 나의 그런 심중을 알아차린 듯 계속 낙관적인 희망을 피력했다.

"한쪽 눈이 그런 증세라면 다른 쪽 눈도 아주 안심을 할 수는 없겠지. 하지만 내 생각엔 별 걱정을 안 해도 좋을 것 같구먼. 한쪽 눈엔 아직 아무 이상이 없는 것도 그렇구……. 무엇보다 자넨 지금까지 소문난 행운아지 않아? 그런 행운아에게 그런 불상사가 있어선 안 되지……."

그러나 나는 이제 그것으로 모든 걸 알 수 있었다. 친구의 말은 듣기에 좋은 소리일 뿐이었다. 그는 차라리 나의 병세에 대한 자신의 희망을 말하고 있었다. 희망은 늘 현실의 반대편에 있게 마련이었다. 나는 어쩌면 두 눈을 모두 잃을 수도 있었다. 이제 그에겐 더 이상 묻거나 들을 이야기가 없었다. 그에게 더 이상의 말을 시키는 것은 나의 위안거리를 애걸하는 것뿐이었다. 사실 자체를 변경시킬 수 없는 한 위안의 말 따위는 부질없는 것이었다.

나는 그만 자리를 일어섰다. 백 군도 그런 나의 심중을 짐작한 모양이었다.

그는 마지막으로 충고를 해왔다.

"나도 좀더 알아 보긴 하겠지만, 혹시 더 정확한 것을 알고 싶으면 다른 병원을 한두 군데 더 찾아가 보는 것도 좋겠지. 이런 희귀한 증세엔 의외로 숨은 전문가가 있을 수도 있으니까."

그런 그의 마지막 충고에만은 녀석도 쓸데없는 위로를 섞지 않았다.

"오른쪽 눈이 만약 고장이 나더라도 왼쪽 눈만은 구해야 하니까……."

10

백 군을 만나고 돌아온 나는 한동안 도대체 어찌할 바를 몰랐다.

아내에겐 아직도 대수롭지 않은 일처럼 얼버무려 놓은 채 혼자서 며칠 동안 속병을 앓았다.

며칠을 혼자 끙끙대고 나니 비로소 내가 해야 할 일이 생각났다. 뭐니뭐니 해도 나는 한 달 남짓 앞으로 다가온 미국행 출발을 연기해 둬야 했다. 나는 물론 눈 때문에 미국행을 단념할 생각은 추호도 없었다. 그렇다고 눈을 그대로 둔 채 외국살이를 떠날 수도 없었다. 그 사이에 눈이 금세 나아질 것 같지도 않았다. 시간을 두고 기다려야 하였다. 우선은 먼저 출국일자를 연기해 두고 천천히, 시간을 가지고 증세의 변화를 기다려 가면서 눈부터 치료해 놓아야 하였다. 그러기 위해선 아내에게도 사정을 알려야 했다.

하지만 나는 아직도 아내에게 사실을 모두 말해 주기는 싫었다.

마침 아내 쪽에 그럴 만한 구실이 생겼다. 아내의 배가 눈에 띄게 부풀어 오르고 있었다. 출산이 어느 때쯤 되겠느냐니까, 새해 3월이 예정월이라 하였다.

"내 눈도 아직 시원찮은데, 첫아이를 남의 나라에 가서 낳긴 어렵겠어."

나는 아내의 출산을 구실로 아내의 해산 이후로 출국 시기를 늦추자 하였다. 그런데 아내 역시도 혼자 눈치가 있었던 것일까. 아내는 그러다 공연히 일을 그르치는 게 아니냐 걱정을 하면서도 굳이 반대는 하지 않았다.

나는 곧 8군으로 가서 출발 시기를 연기해 버렸다. 다행스러운 것은 그쪽에서도 쉽게 양해를 해 준 일이었다. 거기선 물론 아내의 출산이 아니라, 아픈 눈의 치료가 출국 연기의 사유였으니까. 그리고 눈이 낫는 대로 곧 출국을 결행할 참이었으므로 연기 기간도 길지가 않았지만…….

어쨌거나 나는 그런 식으로 우선 급한 일들을 처리해 놓고 눈의 치료에 전념하기 시작했다. 그렇다고 무슨 뾰족한 비책이 있는 것은 아니었다. 집에서의 치료책이라야 그저 백 군이 써 준 약을 계속 사다 먹는 것뿐이었다. 그리고 백 군이 일러 준 안과 병원을 아내 몰래 차례차례 찾아다니며 그쪽 소견을 듣는 것뿐이었다.

—안국동에 최 박사라는 안과 전문의가 있는데, 거길 가

서 한번 보여 봤으면 좋겠군.

—영등포에 가면 X안과라고 있는데 말야…….

백 군은 끈질기게 새로운 의사를 소개해 오곤 하였다. 나는 그 때마다 기대를 가지고 병원을 찾아갔다.

하지만 어느 병원, 어느 의사에게서도 속시원한 말을 들을 수가 없었다. 백 군이나 K안과에서 들은 것 이상의 확실한 말을 해 주는 곳이 한 곳도 없었다. 나중엔 아예 소개도 받지 않은 병원을 나 혼자 무작정 찾아가기도 하였다. 길을 가다가 안과 병원이 보이면 덮어놓고 문을 들어서기도 하였다. 그런 식으로 나는 장안의 안과 병원은 거의 안 가 본 곳이 없을 정도로 모조리 뒤지고 다닌 셈이었다. 그래도 결과는 늘 마찬가지였다.

덕분에 나는 어느새 출발을 연기한 기간을 그런 식으로 모두 길에서 보내고 결국은 아내의 해산까지 맞았다.

8군에선 그런대로 이해가 깊었다. 두번째 출국 연기를 요청하러 갔을 때도 그쪽에선 별다른 불평이 없었다. 본국 쪽의 사정이 마침 여유가 있다는 것이었다. 하지만 이듬해 봄 아내의 해산 시기에 즈음하여 세번째 연기를 요청하러 갔을 땐 그쪽도 마지막 다짐을 해 왔다.

"이번에는 조건이 있습니다. 이번에도 날짜가 지켜지지 않으면 그 땐 부임을 단념해 줘야겠어요."

나는 마지막으로 한 번 더 약속을 하였다. 아내에겐 이번에도 아이의 출산을 구실로 내세웠다.

"갓난아이를 데리고 비행기를 탈 수는 없지. 한두 달이라도 더 출발을 연기해야겠어."

아내도 이제는 그러는 나를 쓸데없이 괴롭히려 들지 않았다. 그리고 그 덕분에 그녀는 이듬해 봄 양가 부모가 있는 곳에서 우리의 첫딸 은일이를 낳았다. 하지만 첫아이를 본 즐거움도 잠깐뿐—, 나는 다시 절망에 빠졌다.

도대체 눈의 증세에 차도가 없었다. 뻣뻣하고 깔깔한 충혈기나 뿌옇게 앞이 흐려 보이는 증세가 언제나 그저 그렇고 그랬다. 사물의 형상이 이중으로 겹쳐 보이는 증세 역시 그랬다. 그런 증세가 갑작스레 더 악화되어 오지 않는 것이 다행이라면 다행이었다. 그리고 아픈 것은 언제나 오른쪽 눈 하나뿐, 왼쪽엔 별다른 증세가 없는 것도 무척은 큰 다행이랄 수 있었다.

아닌게 아니라 왼쪽 눈으로 증세가 옮겨 오지 않은 것은 그 무렵 나에겐 크나큰 희망이자 투병의 힘이 되었다. 무엇보다 그것은 양안 실명의 위험성이 있다는 포도막염 증세는 아니라는 증거일 수도 있었다. 한쪽 눈에 대해서만은 다소간 안심을 해도 좋을 듯한 희망을 지닐 수 있었다. 그리고 그런 희망 때문에 나는 그 기나긴 투병생활을 그럭저럭 견디어 나갈 수 있었을 터였다.

그러나 끝내는 모두가 허사였다.

나는 결국 내가 약속한 마지막 출국일자를 지킬 수 없었다. 그 저주스런 오른쪽 눈의 증세가 기어코 그것을 용납

하지 않았다. 나는 눈이 치료되기를 기다려 다른 기회를 찾기로 하고 미국행을 끝내 단념하고 말았다. 그리고 이젠 아예 마음을 내려놓고 치료에만 전념했다. 양안 실명의 위험성이 있다는 마지막 비밀을 남기고 있었지만, 아내에게도 이젠 병증을 사실대로 털어놓았다. 미국행까지 단념한 마당에 더 이상의 위장도 괴로웠기 때문이다.

하지만 이제는 양방치료에는 더 이상의 기대를 걸 수가 없었다. 양방 의사들은 더 이상 찾아가 볼 곳도 없었고, 별다른 처방을 바랄 수도 없었다. 하지만 내겐 아직 길이 남아 있었다. 한방치료가 그것이었다.

"한방치료도 비방을 만나면 뜻밖에 효과를 보는 수가 있대요."

아내가 내게 그것을 권했다. 지치고 실망한 뒤끝이라 그나마 행여나 하는 생각이 들었다. 그리고 이젠 그렇지 않아도 그 길밖엔 다른 방법이 없었다.

나는 다시 힘을 얻어 한방치료를 시작했다. 한방치료에는 비방도 많고 약재도 많았다.

나는 지방과 장안의 한방을 차례로 돌면서 갖가지 비방을 시험했다. 하지만 간절한 정성과 끈기에도 불구하고 그것은 별 효과가 없었다.

나중에는 또 어머니와 아내가 어디서 알아 오는지 별 이상한 민간 비방까지 수집해 들였다.

—여보, 제비알이 눈병엔 특효약이래요. 시험 삼아 한번

구해 써 보는 게 어떻겠어요.

—애야, 지렁일 잡아 써 본 게 효험을 본 사람이 있다더구나.

그 때마다 나는 또 행여나 하는 마음으로 그런 민간 비방들까지 빠짐없이 다 시험해 나갔다.

하지만 내겐 그 신통 무비한 비방들도 하나같이 효험이 없었다. 여름을 기다려 제비알을 볶아 낸 가루를 눈에 넣어 보아도 소용이 없었고, 지렁이를 잡아다 삶은 국물을 마시고, 그 건더기를 눈에 바르고 지내 보아도 기대한 기적은 일어나지 않았다.

그런 식으로 어느덧 또 71년 한 해가 저물고 다시 72년 봄이 되었다.

눈은 여전히 희망이 없었다. 오른쪽 눈은 갈수록 증세가 나빠졌지만, 걱정했던 것과는 달리 왼쪽 눈만은 탈없이 깨끗했다. 지칠 대로 지친 뒤끝이라 나는 이제 오른쪽 눈은 거의 체념을 하고 있었다. 왼쪽 눈만이라도 탈이 없는 것을 다행으로 여겼다.

그런 가운데서도 내겐 참으로 귀한 위안거리가 하나 생겼다. 이 해 4월에 들어서자 나는 귀여운 걸음마와 말을 배우기 시작한 은일이에 이어 둘째딸 은정을 낳은 것이다. 내 육신의 고난은 이 새로운 분신의 탄생으로 더없는 위안을 얻을 수 있었다. 어린 두 딸은 내 육신의 아픔을 대신한 생명의 선물이요, 나의 삶의 새 희망이었다. 나는 두 아이에게 내 육신의 고통을 의지하며 이젠 차라리 느긋한 마음으로 습관적인 매약치료만 계속하고 있었다.

하지만 그런 세월도 그리 오래 가진 못했다. 그건 차라리 다음 단계의 시련을 위한 잠시 동안의 휴식 같은 것이었다.

이윽고 내게 마지막 절망의 기미가 다가왔다.

72년 여름을 들어서면서부터였다. 오른쪽 눈이 갑작스레 증세가 심해지면서 거의 영점 상태로 시력이 떨어져 갔다. 거의 동시에 왼쪽 눈마저 이상이 느껴져 오기 시작했다. 왼쪽 눈에서마저 충혈이 시작되고 뽀얀 안개가 시야를 가려 오는 증세가 시작됐다.

나는 그것이 어떤 사태의 시작인가를 알았다. 그것은 이제 내게 지옥의 나락이었다. 그것은 내 육신의 감각뿐만 아니라 영혼까지도 함께 깜깜한 지옥의 어둠 속에 가두는 것이었다. 그것도 다만 나 혼자서였다. 그것은 일종의 죽음의 길이었다. 동행이 있을 수 없는 길이었다. 거기엔 어머니도 아내도 소용이 없었다. 두 아이들마저도 소용이 없었다.

—하나님, 어찌하여 내게서 빛을 빼앗으려 하십니까. 도대체 이게 무슨 심술입니까.

나는 육신의 증세보다 영혼이 먼저 깊은 어둠 속으로 갇혀 들면서 엉뚱하게 하나님을 원망하였다. 뚱딴지 같은 저주를 하기도 하고, 간원의 기도를 드리기도 하였다.

—제게 무슨 잘못이 있었습니까. 저 많은 사람들 중에 제게 이런 힘든 시련을 주시려는 이유가 무엇입니까. 어찌하여 하필 저에게, 어찌하여 하필 저를 택하여…….

열심히 다시 약을 찾아 먹은 탓이었을까. 혹은 그 원망투성이 기도 탓이었을까. 어쨌거나 증세는 다시 일주일쯤 지나자 씻은 듯이 자취를 감추었다. 오른쪽은 이제 아예 제쳐 둔 것이니 상관이 없었지만 왼쪽 눈에선 그래도 다행히 이상 증세가 사라진 것이다.

하지만 그걸 정말로 다행이라 말할 수 있는 일이었을까. 그리고 그것으로 안심해 버릴 수가 있었을까. 아니었다. 나는 이제 증세의 정체를 알고 있었다. 그리고 증세의 진행을 알고 있었다. 중요한 것은 왼쪽 눈에도 그 저주스런 증세가 시작되었다는 사실이었다. 그리고 이젠 병원이고 비방이고 방법이 전혀 없다는 사실이었다.

나는 불안스런 마음을 놓을 수가 없었다. 그리고 이젠 습관이 되어 버린 매약치료를 계속하며 무력하고 불안한 나날을 보냈다.

그것은 차라리 기다림이었다. 절망의 수렁을 걸어가는 자의 두렵고 아슬아슬한 기다림 같은 것이었다. 그리고 그것은 마침내 마지막 선고가 되어 현실로 다가왔다.

이 해 겨울, 그러니까 그 왼쪽 눈에 첫번 증세가 나타난 때로부터 6개월쯤 뒤에 다시 똑같은 증세가 되풀이 나타났다. 그리고 그 첫번째와 마찬가지로 한 일주일 충혈이 오고 뽀얀 안개가 서린 듯 시계가 불편한 증상이 계속된 끝에 슬그머니 또 아픔이 걷혀 갔다. 하지만 그게 오히려 나를 더욱 절망스럽게 하였다.

그렇다고 이젠 그저 실의에 젖어 발을 뻗고 앉아 있을 수만도 없었다. 일이 더욱 난감한 것은 그 동안 어려워질 대로 어려워진 가계 사정이었다. 이 3년 동안 나는 아무 벌이도 없이 그저 지출만 계속해 오고 있었다. 병을 고칠 욕심으로 지출을 거의 절제하지 않은데다 가계 부담도 나날이 늘어 갔다. 8군 시절의 저축은 깡그리 바닥이 나고 없었다. 이제는 마음놓고 비방을 찾아다닐 수도 없었고, 가계 걱정을 안 할 수도 없었다.

생각 끝에 나는 아내와 의논하여 집을 우선 줄여 나가기로 하였다. 성문 안 집을 팔아 홍제동 쪽으로 이사를 하고 나니 한동안은 조금 안심이 되었다. 하지만 그것으로 일방적인 지출을 얼마나 더 견뎌 낼 수 있을지가 의문이었다. 병세에 대한 전망이 없고 보니, 집을 줄인 후 생긴 여유가 다하고 났을 때의 가계 방책 역시 막연하기만 하였다.

그러는 사이 봄이 가고 여름이 시작되면서 눈에는 또 증세가 나타났다. 이번에도 한 일주일 똑같은 증세가 계속되었다. 이번에는 어떨까 싶어 약을 아예 끊어 버렸다. 한데도 대략 일주일쯤 지나자 증세가 저절로 사라져 버렸다.

나는 이제 차라리 심신이 허탈했다.

그런 가운데서도 증세의 마지막 비밀을 끝내 혼자서만

견뎌 내고 있었던 덕일까. 나는 실상 그 때까지도 오른쪽 눈의 완전 실명 사실을 아내나 주변에 알리지 않고 있었다. 왼쪽 눈의 증세가 시작된 사실에 대해서도 아내는 아직 확실한 눈치를 못 채고 있던 참이었다. 어느 날은 병문안을 온 친구 하나가 엉뚱한 권유를 해 오기에 이르렀다.

"눈 때문에 고생이 많은 줄은 알지만, 거 너무 매달리는 거 아닌가. 이젠 별로 증상이 더 나빠지는 것 같지도 않은데, 제물에 걱정을 너무 앞세우는 거 아닌가 말여."

그도 물론 내 왼쪽 눈의 사정을 알 리 없었으므로 그 이가 성의 친구는 우정 그런 식으로 나를 위로했다. 그리고 아무것도 하지 않고 몇 년 동안 눈병에만 매달려 지내 온 우리 생활과 가계까지 몹시 걱정을 하였다. 그런 끝에 친구는 결국 이런 엉뚱한 권유를 해왔다.

"눈 일은 그냥 생각 속에 묻어 두고 세상 일로 뛰어들어 지내 보는 게 어떨까. 내 마침 그럴 만한 곳을 한 곳 알고 있어 해 보는 말인데, 지금 자네한텐 그게 차라리 낫지 않을까 싶어. 생활에도 얼마간은 보탬이 되겠지만, 지내기에 따라선 요양효과도 있을 테구 말야."

한마디로 내게 새로 직장 활동을 시작해 보라는 것이었다.

고등학교 동창인 그 이 군은 충남 논산에 있는 쌩폴(성 바울) 여고라는 한 가톨릭 재단 학교에 연고가 꽤 깊다고 하였다. 그런데 마침 그 학교에서 불어 교사를 구하고 있는 걸 알고 있다며, 내 전공이 원래 불어니까 마음만 내키면 더없는 적임자가 아니냐 하였다.

"학교가 지방이라서 좀 뭣하지만, 자네한텐 어쩌면 그게 차라리 요양처가 될 테니까."

이 군은 간곡하게 권해 왔다. 듣고 보니 전혀 말이 안 되는 권유가 아니었다. 나는 이제 어차피 더 이상의 치료책을 찾을 수가 없었다. 눈은 그저 그냥 운명에나 내맡긴 채 시간만 기다리고 있는 형편이었다. 혹은 끝끝내 그만한 정도로 증세가 가라앉아 줄지도 몰랐다. 그렇다면 무작정 시간을 기다리고 앉았느니보다 이런 기회를 타고 나서 보는 것도 뜻이 없지는 않을 듯싶었다. 어차피 다른 치료책이 없는 이상은 이 군의 말마따나 공기 맑고 조용한 시골생활이 눈에 요양이 될 수도 있었다.

일단 일을 시작하기로 한다면 무엇보다 아내의 짐을 덜어 줄 수 있었다. 월급을 받아 집안 가계를 도울 수는 없다 하더라도 내 한 몸의 지출은 그걸로 충당해 나갈 수 있을 것 같았다. 한 눈으로 일을 감당하긴 어렵겠지만, 그만한 불편쯤은 감당해 낼 각오가 있어야 했다.

나는 시간을 두고 생각해 보기로 하고 이 군을 일단 돌려 보냈다. 그리고 며칠을 혼자 생각해 보았다. 무엇보다 왼쪽 눈마저 증세가 재발하는 일이 없어야 하였다. 그게 아무래도 자신이 없었다. 그런데 나는 끝내 한 가지 증세의 특성에 생각이 미쳤다. 지난 몇 차례의 증상은 묘하게

6개월의 간격을 두고 여름과 겨울 동안 규칙적인 병세를 보이고 있었다. 게다가 그것은 약을 쓰거나 말거나 한 일 주일 시일이 지나면 저절로 증상이 사라지곤 하였다. 증세가 재발하는 6개월 간격의 여름과 겨울은 마침 학교에서도 방학이 있는 시기였다. 증세가 재발하더라도 방학을 이용하여 넘기면 될 것 같았다.

나는 마침내 결심을 하였다. 그리고 아내와 의논했다. 병세의 깊이를 자세히 알지 못했지만, 그리고 나의 설득이 너무도 간곡하고 그럴듯하긴 했지만, 아내는 예나 이제나 나의 의사엔 늘 반대가 없었다.

"걱정이 되는 건 당신이에요……. 말씀은 그렇게 쉽게 하시지만, 그토록 눈이 불편하신 분인데……."

아내는 몹시 근심스러운 표정을 띠었지만, 금세 나를 이해하고 뜻을 합해 왔다.

"하지만 당신이 좋으시다면 우리들 어려움쯤 문제가 되겠어요?"

11

교직생활이 쉽지 않으리라는 각오는 미리 하고 갔지만, 논산에서의 그것은 예상보다도 어려움이 많았다.

그야 눈이 그저 그만해 있을 때는 지내 볼 만한 대목이 없지도 않았다.

여학교에서 불어 교사는 인기가 높게 마련이었다. 순진하고 꿈 많은 제복의 소녀들은 나를 무척이나 따랐다. 그 귀엽고 꾸밈새 없는 여학생들과의 어울림이 한동안은 내 마음 속의 어둠까지 몰아내 주는 것 같았다.

하지만 한적한 분위기나 여학생들로 인한 밝은 기분만으로는 육신의 병을 고칠 수가 없었다. 게다가 오랜만에 다시 시작한 규칙적인 생활과 무의식중에 스며 오는 수업의 긴장은 나날이 육신의 피로를 쌓아 갔다.

오래지 않아 나는 다시 왼쪽 눈의 이상을 느끼기 시작했다. 서울에서와 똑같은 증세였다. 이번에는 6개월 간의 규칙적인 휴식기간도 다 지나지 않은 채였다. 일주일쯤 지나서 증상이 저절로 가라앉아 준 것은 아직도 변함이 없었지만, 그런가 했더니 이번에는 또 한 달이 못 가서 증세가 재발했다. 두어 차례 그렇게 불규칙적인 증세의 재발을 거듭하면서 그 왼쪽 눈마저 급작스럽게 시력이 떨어져 갔다. 증세가 시작되면 눈앞이 온통 뽀얀 안개뿐이었다. 걸음조차도 제대로 걸을 수가 없었다.

하지만 나는 그걸로 학교를 그만두고 물러날 수가 없었다. 학교를 물러나는 것은 이제 내게서 모든 것이 끝장나는 것과 한가지였다. 견딜 수 있는 한 견디면서 갈 데까지 가 보아야 하였다.

하고 보니 증세가 시작되어 눈이 안 보일 지경에서의 교직생활은 이만저만 큰 어려움이 따르지 않았다. 그 어려움들은 무엇보다 내가 학교 당국이나 동료 교사, 그리고 학생들에게 내 시력의 이상을 숨기고 지내는 데서 오는 불편이었다.

쌩폴 여고는 당시 수녀 신분의 여자 교장에다 재단 운영진이 모두 여자 일색이었다. 수녀란 여자들은 원래 사람보다는 하나님에 가까운, 계율투성이의 인간들이었다. 하나님의 이름으로 정해진 원리 원칙엔 누구보다 철저하고 예외가 없었다. 내 시력의 이상은 바로 교사로서의 가장 치명적인 하자였다. 그 비밀이 알려지는 날에는 학교를 그만두지 않을 수 없었다.

나는 끝끝내 비밀을 지켰다. 그야 나도 오른쪽 눈에 대해서만은 사정을 미리 다 털어놓고 있었다. 그러나 왼쪽 눈의 이상에 대해선 나의 하숙 동료 한 사람을 제외하고(뒤에 말하겠지만 그 하숙 동료도 타교 교사여서 나의 비밀이 크게 문제가 안 되었다) 끝내 비밀로 지켜 나갔다. 시력을 잃은 오른쪽 눈도 외양만은 아직 정상인의 것을 유지하고 있었으므로 학교 당국이나 주변에서들은 그 오른쪽 눈의 이상에 대해서조차 거의 괘념을 않는 눈치였다. 하물며 당사자가 입을 다물고 있는 한 왼쪽 눈의 이상을 눈치챌 사람은 없었다.

하기야 사정을 이해할 만한 사람에게 미리 비밀을 털어놓고 도움을 구했으면 불편이 훨씬 덜했을지도 모른다. 학교 당국에도 사정을 솔직히 털어놓고 처분을 기다려 보았더라면 보다 인간적인 타개책을 마련해 주었을지도 모른다.

하지만 나는 그것마저도 싫었다. 시력에 끝장을 보게 되는 한이 있더라도, 그것이 아직 남아 있는 한은 정상인의 몫을 다하고 싶었다. 여기서만은 아직 병신 취급을 받는 게 싫었고, 병신의 특혜가 싫었다.

어려움도 그만큼 더할 수밖에 없었다.

서글픈 일이 한두 가지가 아니었다.

나는 그 무렵 학교에서 두 가지 별명을 가지고 있었다. 동료 교사들 사이에서는 '명상의 사나이'가 나를 가리킨 소리였고, 학생들 사이에선 '보리밭 선생'이 나의 별명이었다. 그런 별명들을 얻게 된 연유가 있었다.

아이들과의 수업을 마치고 교무실로 돌아오면 증세가 심할 때나 덜할 때나 나는 늘 눈알이 시리고 피로감을 느꼈다. 틈만 있으면 혼자서 책상에 붙어 앉아 조용히 눈을 감고 쉬는 게 일이었다. 눈을 감고 있으면 그 순간만이라도 편했기 때문이었다. 수업시간이 빌 때는 아예 숙직실을 찾아가 소리 없이 혼자 누워 지내고 오기도 하였다. 그러는 내가 동료들 눈에는 사념이 많은 사내로 보였던 모양이다.

"안 선생님은 웬 고민거리가 그리 많아요. 취미가 원래 그러신가요?"

동료 교사들은 처음에는 공연히 어깨를 건드리며 나를

채근해 오곤 했다. 그러다 나중엔 아예 그걸 내 취미쯤으로 치부한 듯 '명상의 사내'라는 별명을 지어냈다.

—오늘 명상의 주제는 무언가요?

—명상의 사나이를 방해하지 말지어다.

남의 속을 알지 못하는 여교사들은 때로 그런 비양거림을 담기도 하였다.

한편으로는 야속하고 원망스럽기 그지없는 노릇이었다. 하지만 다른 한편으로는 그게 차라리 마음이 편한 부름이었는지도 모르는 별호였다.

12

동료 교사들의 야속한 무관심이 지어 붙인 그 '명상의 사내'에 비하여 '보리밭 선생' 쪽은 훨씬 서글프고 그러면서도 애틋한 사연이 깃들인 별명이었다.

시일이 지날수록 시력이 떨어져 나는 끝내 혼자서 불편을 견뎌 낼 수가 없었다. 나는 이런저런 핑계로 자리를 바로 수업시간표 칠판 밑에다 정하고 있었지만, 그토록 가까운 거리에서도 갈수록 글씨가 멀어지고 있었다. 한데다 선생님들의 유고시나 교내외 행사 때마다 시간표는 어찌 그리 자주 바뀌던가.

"송 선생님, 이따가 숙직실에서 조용히 좀 뵈었으면 싶은

데요."

나는 할 수 없어 어느 날 나와 책상을 나란히 하고 있는 옆자리의 송 선생을 따로 만났다. 그리고 그 동안 내가 숨겨 온 시력의 비밀을 나이 지긋한 그 송 선생에게 빠짐없이 모두 털어놓았다.

이야기를 듣고 난 송 선생은 내 딱한 처지를 동정하기에 앞서 우선 놀라움과 감탄을 금치 못했다.

"참으로 놀라운 일이군요. 안 선생님은 그런 어려움을 어떻게 내게까지 숨겨 오셨지요? 사정이 그렇게 심각하신 줄은 정말 몰랐군요. 하기야 이건 안 선생님의 그 불굴의 의지에 놀랄 일보다 내 불찰을 탓해야겠지만 말입니다. 원 이런 부주의한 일이……."

놀라움과 후회를 거듭하고 난 송 선생은 그러나 뒤늦게나마 내가 자기에게 비밀을 털어놓고 도움을 청해 준 일을 그쪽에서 오히려 고마워하였다.

"그래 이제부터 내가 안 선생님을 위해 해 드릴 수 있는 일이 무얼까요. 내가 안 선생님께 무얼 어떻게 해 드릴까요……."

송 선생은 아예 나의 두 손을 부여잡고 진심으로 나를 돕고 싶어하였다.

내가 송 선생에게 바라는 것은 그리 대단한 것이 아니었다. 나는 그에게 먼저 나의 시력에 대한 비밀을 지켜 줄 것을 당부했다. 그리고 등 뒤 벽 위의 시간표가 바뀌면, 내

수업시간의 이동 상황을 남모르게 귀띔해 달라 부탁했다. 송 선생은 자기가 도울 일이 그것뿐이라는 게 오히려 안타까운 표정이었지만, 어쨌거나 나는 그것으로 나의 부탁을 끝냈다.

그리고 송 선생은 이후 그 작은 부탁에 대해서나마 인정을 다하여 나를 도왔다. 다른 교사들에게 섣부른 소리를 발설하지 않은 것은 물론 시간표가 바뀔 때마다 착오 없이 모두 은밀한 귀띔을 건네 주곤 하였다.

—안 선생, 오늘 안 선생의 2학년 불어 시간이 2,3,4교시에서 4,5,6교시로 바뀌었구만. 제기 그럴 바엔 차라리 아예 수업을 없애 버리지 않구서.

—안 선생, 오늘 오후 시간은 쉬어도 좋겠소. 안 선생 오후 불어 시간엔 전교생 응원연습이 있다는 게요.

시력의 사정이 그런 형편이니 수업시간인들 제대로 이끌어 갈 수가 없었다. 수업시간의 불편이나 고초는 시간표를 맞추는 일 따위에 비할 바 아니었다. 무엇보다 우선 교과서를 제대로 읽을 수가 없었다. 교과서를 읽을 수 없으니 집에서도 미리 수업 준비를 해 갈 수가 없었다. 특별한 방법을 생각해 내야 하였다.

나는 결국 하숙 동료에게서 방법을 찾아 냈다. 나의 하숙 동료 이세호 씨는 내가 처음 이 곳 학교로 부임을 작정했을 때 서울의 이 군에게서 특별히 소개받은 사람이었다. 논산엘 내려가면 생면부지의 타지에서 우선 식생활부터 문제라는 걱정에서, 이 군이 숙식과 주거 문제를 도와 줄 생각으로 미리부터 그 곳에서 하숙생활을 하고 있던 그 친구를 소개해 준 것이었다. 알고 보니 이세호 역시 애초에 그 곳에 태를 묻고 태어난 그 이 군의 지연 덕으로 이 곳 생활이 시작된 처지였다. 하지만 이세호는 나와는 학교도 달랐고 담당 과목도 달랐다. 그는 이 곳 읍내의 남자 고등학교 서양사과 교사였다. 하여 나는 이 친구에게만은 처음부터 나의 비밀을 모두 털어놓고 지내 왔는데, 어떤 기회엔가 나는 이 친구에게 약간의 불어 해독력이 있다는 사실을 알게 되었다.

"전공자 앞에 내놓을 만한 건 못 돼요. 대학교 다닐 때 곁다리로 약간 배운 것뿐이니까요."

사실이 알려지고 났을 때 그는 그렇게 겸손해했었다.

하지만 이제 와서 그가 불어를 읽을 줄 안다는 사실은 보통 인연처럼 생각되지가 않았다. 그것은 물에 빠진 사람에게 던져진 지푸라기 이상의 도움거리였다. 해독력 따위는 문제가 아니었다. 그저 소리를 내어 읽을 줄만 알면 그만이었다. 시험을 해 보니 아닌게 아니라 그의 독법은 신통치가 못했다. 하지만 나는 그것으로도 충분했다. 고쳐 들으면 그만이었다. 내 사정을 알고 있는 이세호 역시 자신의 보잘것없는 독법을 부끄러워하지 않았다. 그는 밤마다 내가 주문한 교과서의 페이지를 떠듬떠듬 소리내어 읽어 주곤 하였다. 그리고 나는 그의 소리를 듣고 다음 날 수업분의 텍스트를 머리 속에 담았다.

수업은 그러니까 그 암송된 교과서와, 머리 속 교과서를 근거로 짜여진 교안에 따라 행해져 나갔다. 교탁 위에 펼쳐 놓은 교과서는 그저 아이들의 눈속임을 위한 것일 뿐이었다.

수업은 그럭저럭 그런 식으로 이끌어 나갈 수 있었다. 하지만 그걸로 문제가 해결될 수는 없었다. 시력이 자꾸 더 떨어져 갔다. 증세가 찾아오는 빈도도 더욱 잦고 불규칙적이었다. 증세가 재발하면 복도를 지나가는 것조차 쉽지 않았다. 교실 문 위에 내건 학년, 반 표시조차 읽어 낼 수 없을 적이 많았다.

한번은 분명히 이 교실이거니 하고 문을 열고 들어서니, 따가운 합창이 귀를 때려 왔다.

"아니에요, 선생님. 우린 2학년 3반이에요. 다음 시간이 선생님 시간이에요."

한 교실을 앞질러 들어선 것이었다.

"오, 그건 나도 안다. 하지만 이 교실 앞을 지나가려니, 너희들이 한번 보고 싶어지지 않겠니."

나는 부러 교실을 잘못 찾아든 척 억지웃음을 지어 보이고 교실문을 다시 되돌아나왔다.

그러나 학년, 반 표지를 알 수 없는 게 그 한 번뿐만이 아니었다. 시력이 떨어져 가면서 교실을 옳게 찾아가기가 갈수록 더 힘들었다. 목적한 교실까지 발걸음 수를 재어

가면서 이쯤이겠구나 하고 들어가 보면 다른 교실로 들어서고 있기 일쑤였다. 복도를 이리 뛰고 저리 뛰는 아이들과 불시에 몸을 맞부딪는 실수도 허다했다. 나중에는 그걸 거꾸로 길잡이로 이용하는 경우마저 있었다. 복도를 가다가 아무래도 자신이 없으면, 어느 교실이나 문을 열고 들어갔다. 그리고 아이들의 반응을 살폈다.

"그래, 이 교실이 ×반이라는 건 나도 안다. ×반 너희들을 한번 보고 가고 싶어 일부러 이렇게 들렀지 뭐냐."

아이들의 반응을 살피고 난 다음 나는 으레 그런 식으로 얼버무리고 제 시간 교실을 찾아가곤 하였다.

"가만 있자, 여기가 몇 반 교실이더라?"

지나가는 아이에게 일부러 가슴을 부딪치고는 무심결인 듯 묻기도 하였다.

하지만 아이들을 끝내 그런 식으로 속여 낼 수는 없었다. 아이들은 어느새 눈치를 채고 있었던 모양이었다. 아니, 녀석들은 처음부터 이미 눈치를 채고도 부러 모른 체해 왔는지 모른다.

어느 날 교실에서 그 날 수업분의 교과서 낭독을 끝마치고 났을 때였다.

"선생님, 교과서 ×페이지 아래서 세번째 줄 다시 한 번 읽어 주세요."

뒤에 녀석 하나가 갑자기 어떤 대목의 재독을 주문했다.

"누구야…… 아까 읽을 땐 뭘 듣고 있었어."

나는 임기응변으로 먼저 재독을 주문해 온 아이를 나무랐다. 그리고는 부러 더 엄격스런 어조로,

"해석해 나갈 때 주의해 들으면 되는 거야"

하고 아이의 주문을 묵살해 버리고 곧바로 해석으로 들어가려 하였다. 하지만 이 날 그 녀석의 질문은 우연스러운 게 아니었다. 저희들끼리 미리 말을 짜 놓은 모양이었다.

"선생님, 다시 한 번 읽어 주세요."

몇몇 아이가 다시 합창을 했다. 내가 화를 내거나 말거나 사실을 확인하고 말겠다는 기세였다.

나는 비로소 녀석들의 속셈을 알아차렸다. 녀석들이 나를 시험하고 있었다. 나는 당황하지 않을 수 없었다. 녀석들의 시험에 걸려 들었다 하면 그걸 벗어날 도리는 없었다. 예기치 못한 녀석들의 장난기에 기습을 당한 꼴이었다.

그러나 나는 녀석들이 요구하는 곳을 다시 읽어 줄 수가 없었다. 그렇다고 사정을 곧이곧대로 털어놓을 수도 없었다.

나는 조용히 교탁 위로 책을 덮어 놓았다. 그리고 칠판 쪽으로 얼굴을 돌리고 돌아섰다. 눈의 기능은 실상 사물을 보는 것만이 아니었다. 시력이 고장난 나의 눈 속엔 아직도 다른 기능이 살아남아 있었다. 그 기능이 갑자기 고장난 시력을 대신하여 활발한 활동을 시작했다. 눈으로 인한 그간의 곤란과 마음의 아픔에 더하여, 알고 있는 것조차

제대로 가르쳐 줄 수 없는 교사로서의 절망감, 그 아이들을 속여 오지 않을 수 없었던 그간의 사정과 마음의 가책들이 한데 겹쳐 들어, 나는 좀처럼 솟아오르는 눈물을 억누를 수가 없었다. 그렇다고 그 곳이 그렇게 마음놓고 눈물을 쏟고 있을 데도 아니었다.

나는 잠시 시간을 기다렸다 마치 눈 속에 티끌이 들어간 사람처럼 자연스럽게 그냥 손수건을 꺼내어 뜨거운 두 눈두덩을 닦아 냈다. 그리곤 다시 아무렇지 않은 척 아이들 쪽으로 몸을 돌이켜 세웠다.

아이들이 나의 기미를 못 알아차렸을 리 없었다. 물을 끼얹은 듯 잠잠해 있던 아이들 가운데서 다시 짓궂은 추궁이 날아왔다.

"선생님 혹시 울고 계셨던 거 아니세요?"

그건 이제 정말로 나를 추궁하려는 것이 아니었다. 그것은 무심결에 남의 아픈 곳을 건드린 사람의 어색한 자기 속죄의 농지거리 같은 것이었다.

"선생님, 우신 게 아니지요. 눈에 뭐가 들어간 거지요?"

이럴 수도 없고 저럴 수도 없어 내가 망연히 입을 다물고 서 있으려니, 이번에는 다른 아이가 짐짓 나의 대답을 마련해 주었다.

나는 더 이상 가만히 서 있을 수가 없었다. 녀석들의 마음을 알고도 남았다.

"그래, 눈에 티끌이 들어가니 입에선 왜 하품까지 나오지?"

나는 마침내 기분을 돋우어 한마디 하고 나선 주머니에서 다시 손수건을 꺼내어 한 번 더 눈을 닦아 내 보였다. 아직도 사실을 모두 말해 버리기에는 마음이 내키지 않았기 때문이었다. 그렇다고 아이들이 사실을 모를 리도 없었고, 그걸 이미 알고 있는 아이들이라면 굳이 내 입으로 그것을 말해야 할 필요가 없었기 때문이었다.

짐작대로 아이들은 그만큼 분별력이 있었고, 머리가 현명했다. 그리고 가슴 속은 그 이상으로 깊고 따뜻했다.

나의 웃음에 아이들은 비로소 안심이 되었다는 듯 교실이 떠나가게 박수를 쳐 댔다. 그리고는 무슨 철부지 어리광처럼 엉뚱한 주문을 해 왔다.

"선생님, 오늘은 우리 시시한 공부 그만두고 '보리밭' 노래나 들려 주세요."

"오늘은 선생님 혼자 독창으로요. 그래야 아까 울지 않으셨다는 선생님 말씀을 곧이들을 거예요."

나는 처음에는 웬 뚱딴지 같은 어리광인가 싶었다. 오락시간 같은 때 아이들 앞에서 '보리밭' 노래를 부른 적이 한두 번 있기는 하였다. 그건 나의 농지기 곡목이었다. 아이들이 아마 그걸 기억하고 있었던 것 같았다. 하지만 이런 때 이런 기분에서 갑자기 그 '보리밭' 노래를 부르라니. 그렇게라도 어색한 기분을 좀 돌려 보게 하려는 나름의 호의에서일 수는 있었다. 하지만 녀석들의 장난기가 아무래도 정도를 지나친 것 같았다. 나는 그저 어이가 없다는 식으로 아이들을 멍하니 바라보고 있었다. 아이들의 극성은 점점 더 요란해져 갔다.

"어서요, 선생님. 선생님이 '보리밭' 노래를 들려 주셔야 수업을 받을 거예요."

"선생님이 아까 울지 않으셨다는 증거로 말씀이에요."

녀석들은 기어코 나의 노래를 듣고 말겠다는 기세였다. 어떻게 더 이상 버틸 수가 없었다. 몇몇 아이는 벌써 콧소리의 전주까지 시작하고 있었다.

보리밭 사잇길로 걸어가면

나는 마지못해 녀석들의 전주를 따라 노래를 부르기 시작했다.

아이들이 금세 다시 물을 끼얹은 듯 조용해졌다.

뉘 부르는 소리 있어 발을 멈춘다.

노래를 불러 나가다 보니 나는 비로소 녀석들의 따뜻한 속마음이 노랫가락을 통해 소록소록 가슴으로 젖어 들어옴을 느꼈다. 그 노랫가락에 그토록 허무한 절망이 깃들인 것을 처음 느낀 것 같았다. 그리고 그토록 애틋한 그리움과 절절한 소망이, 그리고 서러운 위안 같은 것이 깊이 서려 있는 걸 처음 느낀 것 같았다. 녀석들이 어떻게 그걸 알았을까. 내게 한사코 이 노래를 부르게 한 녀석들—.

나는 스스로 마음이 촉촉하게 젖어들며 목청을 차츰 높여 가기 시작했다.

옛생각이 그리워 휘파람 불면
고운 노래 귓가에 들려 온다.

거기서부턴 아이들도 일제히 나를 따라 합창을 하기 시작했다. 교실 안은 갑자기 때아닌 합창소리로 이상한 열기 같은 것이 가득히 차올랐다.

돌아보면 아무도 보이지 않고
저녁 노을 빈 하늘만 눈에 차누나…….

그런 일이 있고부터 아이들은 나를 '보리밭 선생'으로 부르기 시작했다. 그리고 수업을 들어간 반마다 녀석들은 미리 약속을 한 듯 한결같이 먼저 그 '보리밭' 노래를 즐겁게 합창했다. 이를테면 노래는 거의 녀석들이 하였지만, 나는 그 노래를 먼저 시작한 인연으로, 그리고 그런 녀석들의 합창을 버릇 들인 인연으로 '보리밭 선생'이 되고 만 것이다.

나는 녀석들의 눈에 보이지 않는 그 마음씨가 그들이 부르는 '보리밭' 보다도 더 곱고 싱그럽게 느껴졌다. 그 후 녀석들은 절대로 같은 장난질을 되풀이하지 않았다. 눈의 고장으로 인해 나를 난처하게 만드는 일이 절대로 없었다. 나의 눈에 대해서 전혀 이상을 느끼지 못하는 아이들 같았다. 대신 녀석들은 이제 나의 수업길을 어색하지 않게 인도해 들이곤 하였다.

"선생님, 이번 시간은 저희 반이에요."

수업을 나가면 몇몇 아이들이 미리 저희 교실 앞 복도에서 기다리고 있다가 어리광 섞인 소리로 나의 손길을 끌어대곤 하였다.

13

하지만 아이들의 따뜻한 마음씨만으로는 괴로움이 모두 사라질 수 없었다. 아이들의 마음씨가 고맙고 따뜻하게 느껴지면 질수록, 다른 한편으로는 괴로움이 그만큼 더해 갔다. 아이들이 내 아픈 곳을 모른 척해 주는 것이 그처럼 괴롭게 느껴질 수가 없었다. 아이들이 알고 있는 사실을 내 입으로 솔직하게 털어놓지 못하는 처지 역시 이만저만 가책거리가 아니었다. 뿐더러 증세는 갈수록 빈도가 더해 갔고, 그럴 때마다 시력도 떨어져 갔다. 증세가 재발될 때면 거동이 거의 불가능할 지경이었다. 더 이상 어떻게 버텨 나갈 수가 없었다.

나는 드디어 스스로 학교를 그만두고 말았다. 74년 여름 방학 때였다. 서울 집으로 돌아와 가족 곁에서 방학을 지내는데, 그 방학이 끝날 무렵부터 다시 증세가 시작됐다. 나는 방학이 끝나고 나서도 그 꼴로는 다시 학교로 내려갈 수가 없었다. 나는 드디어 모든 사실을 털어놓고 서울의 아내 곁에 눌러앉아 있다가 사직서를 써 내려 보내고 말았다.

학교를 그만두고부터는 완전히 체념 상태였다. 오른쪽 눈은 이제 하릴없는 장님이었고, 왼쪽 눈마저도 가망이 없어 보였다. 치료 방법도 없었고, 그걸 찾아볼 의욕도 없었다. 나는 습관적으로 계속해 오던 매약치료조차 거의 중단해 버린 채 원망과 자탄의 세월을 보내고 있었다.

—왜 내가 장님이 되어야 한단 말인가. 무엇 때문에? 누구의 저주로?

—이 밝은 세상 빛을 놔 두고 무엇 때문에, 나 혼자서…….

그런 원망과 자탄의 세월은 증세를 갈수록 악화시켜 갔다.

74년이 저물고 75년으로 들어서자 이젠 왼쪽 눈마저 시력이 다해 가고 있었다. 댓돌 위에 놓인 신발을 찾아 신고 어름어름 변소길 방향이나 찾아다닐 수 있을 정도였다. 그런 상태로는 대문 밖 나들이도 어려운 일이었다. 나는 거의 종말을 기다리는 기분으로 맥없이 방구석에만 틀어박혀 지냈다. 그야 이즈음도 어머니나 아내의 성화는 대단했다. 어머니와 아내는 아직도 여기저기 민간 비방을 수소문해 와서 나를 들볶아 대곤 하였다. 이름 있는 목사에게 안수 기도를 받아 보라는 주위의 권유도 숱하게 많았다. 하지만 내게는 그 모두가 부질없는 노릇이었다. 어머니가 인도해 오신 교인들의 그 많은 기도들도 내 마음에 닿아 오는 것이 아무것도 없었다.

"여보, 경기도 평택 해변 마을 한 곳에 참으로 신통한 침술사가 있다는데요."

하루는 아내가 또 어디선가 웬 여자 침술사의 이야기를 듣고 와서 마지막으로 그럴듯한 설득을 펴 온 일도 있었다. 눈이 잘 보이지 않는 것은 눈으로 통하는 등골의 혈맥에 부정한 폐물이 끼여 있기 때문인데, 그녀는 그 혈맥 속의 부정한 것을 뽑아 없애는 용한 침술사라는 것이었다.

"그 여잔 벌써 3대째 그 비방을 전수받아 온 사람인데, 양방에서 못 고친 사람들도 거기서 병을 나은 사람이 셀 수가 없대요."

아내는 권유와 설득에 입이 말랐다.

나는 그저 모든 게 시들하고 부질없어 보이기만 하였다. 그간에 순방한 병원 수는 얼마고 희망을 걸어 본 비방은 얼만가. 새로운 비방에 대한 숱한 희망들은 그대로 절망의 씨앗들이었다. 안수기도고 민간비방이고 내게는 아무 소용이 없었다.

나는 아무것도 믿을 수가 없었다. 애초에 희망이 없었기 때문이었다.

아내의 설득이 효과가 있을 리 없었다. 아내의 그 마지막 설득조차도 아예 침묵으로 무시하고 지냈다. 내게는 그 편이 차라리 마음 편했다.

그러던 이듬해 초봄의 어느 날 저녁 무렵이었다.

문 밖 골목길에서 아이들과 놀고 있던 큰딸아이 은일이가 웬일로 훌쩍훌쩍 눈물을 훔쳐 대며 들어왔다.

아내가 쫓아나가 웬일이냐고 물으니까, 아이는 북받쳐 오르는 설움을 참지 못하는 목소리로,

"엄마, 아빠가 장님이 된다며?"

하고 한마디를 토해 놓고는 아앙 제풀에 울음보를 터뜨려 버렸다.

"쉬잇, 아빠가 들으신다. 울음을 뚝 그쳐라. 도대체 누가 아빠보고 그런 소릴 하더냐?"

아내가 기겁을 하고 놀라서 아이를 나무라며 진정시키려 들었음은 물론이었다. 하지만 아이는 억울한 설움을 감당하기에는 나이가 너무 어렸다.

"아이들이 그러던 걸 뭘. 니네 아빤 장님이라구. 머지 않아서 장님이 될 거라구…… 흐흑……."

"아니다, 그 애들이 잘못 안 거다. 아빠가 왜 장님이 되겠니. 아빠의 눈은 아무렇지 않으시다. 지금은 눈이 조금

불편하시지만 그건 금방 나으실 게다."

아내는 애가 타서 목소리를 죽여 가며 아이의 설움을 달래고 있었다.

알 만한 일이었다. 아이들의 허물만도 아닐 일이었다. 이웃에서들 벌써 그런 이야기가 오간 모양이었다. 그것도 어쩌면 당연한 일이었다.

하지만 은일이는 나이가 너무 어렸다. 당연한 일을 당연하게 받아들이기엔 나이가 너무 어린 것이다. 아내가 애가 타는 것도 나보다 바로 은일이의 그런 점 때문일 터였다. 나는 못 들은 척 아내와 딸아이를 가만히 놔 두고 방 안에만 숨어 있을 수가 없었다.

"은일아, 이리 아빠한테 오너라."

나는 조용히 문을 열고 나가 아이를 불렀다.

"그래, 아빠한테 가 봐라."

아내가 눈치를 채고 아이에게 일렀다. 하지만 나는 미처 그 딸아이에게 무슨 말을 할 틈조차 없었다. 아이가 바람처럼 달려와 안기며 앙탈을 부리듯 울부짖었다.

"아빠, 정말 장님 아니지? 말해 봐 아빠. 아빤 절대로 장님이 안 되는 거지? ……흑 그래도 아빠가 장님이 되면 난 아빠하고 함께 안 살 거야, 흑……."

아이는 계속 반울음 속에 나의 눈꺼풀을 뜯어 당기며 다짐해 왔다.

"그럼, 아빠가 왜 장님이 되니? 아빤 이렇게 눈이 멀쩡한

데. 자, 이렇게 우리 귀여운 은일일 들여다보고 있지 않아. 아빠가 장님이 되면 우리 은일이도 못 보라구?"

나는 아이의 머리를 끌어안고 녀석에게 몇 번씩 다짐을 하였다. 하지만 눈이 시려 와 앞이 잘 안 보이는 건 어쩔 수가 없었다. 아이의 모습이 눈앞에서 희미하게 어른거릴 뿐이었다. 하지만 아이는 이제 그걸로 간신히 안심이 된 모양이었다.

"아빠, 그럼 약속한 거지? 절대로 장님이 안 되겠다구."

한 번 더 다짐을 하고 들었다.

"그럼, 약속하고말고."

나는 아무래도 초점이 맞춰지지 않는 눈을 아이에게 부벼 대며 기원을 외우듯 말했다.

그로부터 나는 마음이 차츰 달라지기 시작했다. 마음이 달라지지 않을 수 없었다. 나는 그간 너무도 자신만을 생각하고 있었다. 나는 다만 나 한 사람만의 존재가 아니었다. 아내의 지아비였고 아이들의 아비였다. 나는 나 자신에게 매달려 그 아내와 아이들을 너무 오랫동안 잊고 있었다. 나의 실명은 나 한 사람의 실명이 아니었다. 그것은 나의 아내와 아이들과 공동의 파멸이었다. 나의 체념은 나 한 사람의 포기가 아니라 아내와 아이들을 함께 파멸로 이끄는 것이었다. 나 혼자서 체념하고 포기해 버릴 수 있는 일이 아니었다. 나는 아내와 아이들과 공동의 눈을 공동의 노력으로 되살려 내야 하였다. 아니, 무엇보다 나는 이제 은일이와의 약속을 지켜야 하였다. 지키도록 결심하고 애를 쓰지 않으면 안 되었다.

한 번 더 용기를 가져 봐야 하였다.

하지만 나는 아무래도 아직 용기가 나지 않았다.

우선 별다른 방법이 없었다. 그게 약속이나 결심만으로, 노력이나 용기만으로 마음대로 될 수 있는 일이라면 얼마나 좋으랴. 결심이나 용기나 노력보다도 그럴 만한 방법이 있어야 하였다. 바로 그 방법이 막막했다. 나는 틈이 있을 때마다 아이들을 들여다보며 새로운 용기를 가져 보려 하였다. 하지만 그 때마다 늘 비감스런 생각만 앞섰다.

—이 아이들이 자라나는 것을 내가 볼 수 있을까.

—이게 내가 이 아이들을 볼 수 있는 마지막 모습이 아닐까.

그래 그런 비감스런 생각 때문에, 한 번이라도 더 아이들을 들여다보고 손을 끌어다 만져 보곤 하였다.

하지만 나는 결코 포기할 수가 없었다. 아내 때문에도 그랬고 아이들 때문에도 그랬다. 아내와 아이들을 장님의 아내, 장님의 아이들로 만들어서는 안 되었다. 내겐 그럴 권리가 없었다. 약속을 지켜 볼 방법을 찾아야 했다.

생각다 못해 나는 어느 날 문득 아내를 불렀다. 그리고 이미 오래 전에 지나간 이야기를 되물었다.

"여보, 그 여자 침술사가 평택에 산댔소?"

그리고 은근히 아내에게 청했다.

"당신 오늘 그 곳을 한번 찾아가 이야길 직접 들어 보고 오는 게 어떻겠소?"

그리고 아내가 그 여자 침술사를 찾아보고 온 지 사흘 만에 나는 마침내 길을 떠났다.

아내는 침술사의 마을을 다녀오고 나서 그다지 마음이 내키지 않는 빛이었다. 침을 놓는다는 여자 본인이나 마을 사람들의 이야기가, 신통한 효험을 본 사람은 많다고 하더란다. 하지만 그 치료 방법이라는 것이 워낙 끔찍스럽고 위험스러운 것이더라 하였다. 가는 침구 하나로 마취도 없이 등골 한 마디 한 마디에서 혈맥을 파내고 부정한 피를 뽑아 내는데, 그것도 하루 이틀, 한두 번으로 끝나는 일이 아니라더라 하였다.

"눈 좀 나으려다가 생사람 상하는 거 아닌지 모르겠어요."

아내는 생각만 해도 소름이 이는 듯 괴롭게 얼굴을 찡그렸다.

나는 아내의 그런 두려움이 깃들인 소리에 오히려 마음이 움직였다. 이상한 대결의식 같은 것이 솟아올랐다. 위험하다는 것은 그만큼 희망도 크다는 뜻이었다. 그리고 어떤 식으로든 결판이 난다는 뜻이었다.

어물어물 일을 피해 나가고 싶지가 않았다. 어떤 식으로든 이번에는 결판을 지어 버리고 싶었다. 그러자면 차라리 위험 부담을 질 수 있는 곳이 나았다.

"앞을 보자면 아무래도 그만 위험쯤 각오를 해야겠지."

내가 마음을 작정하는 걸 보고 아내는 곧 채비를 서둘렀다. 한동안 시골에서 기거할 옷가지와 이부자리들이며, 취사도구와 치료 경비들을 챙기느라 이틀을 기다렸다. 그리고 그 사흘째 되던 날 우리는 아내의 친정어머니를 모셔다 아이들과 집을 맡기고 버스편으로 치료길을 떠났다.

애초부터 큰 희망을 걸고 나선 길은 아니었다. 얼마간의 위험도 각오를 하고 나선 길이었다. 하지만 막상 길을 나서고 보니, 마음의 각오와는 달리 어쩐지 자꾸 마음이 불안하고 두려움이 앞섰다. 그렇다고 이제 와서 그런 기색을 나타낼 수는 물론 없었다. 아내 역시 그런 나의 기색을 눈치채지 못했을 리 없었다. 한 시간 남짓 차를 타고 가는 동안 아내는 거의 말이 없었다.

그런 불안감과 두려움은 차를 내려 침술사의 마을로 들어서면서부터 더욱 못 견디게 나를 짓눌러 왔다. 평택읍에서 버스를 내려 옮겨 탄 택시는 다시 20여 분의 거리를 달려, 내사리라는 한 한적한 해변 마을 입구에다 짐과 함께 사람을 내려놓고 그대로 돌아가 버렸다. 감촉만으로도 아직 바닷바람이 제법 매운 시골 마을이었다.

"짐은 이따 옮겨 가기로 하고 사람부터 먼저 가요."

아내는 혼자 짐을 한 곳에 모아 놓고 지덕이 사나운 오르막길로 나를 천천히 인도하기 시작했다. 여자 침술사의 집까지는 3백 미터 정도의 거리라 하였다.

그런데 거기서부터 나는 아예 발길조차 잘 떨어지지 않았다. 그 3백 미터의 오르막길이 그토록 두렵고 괴로울 수 없었다.

—이 길이 어쩌면 빛으로 나가는 길이 될지도 모른다.

—돌아갈 때는 밝은 눈으로 돌아가 귀여운 아이들의 얼굴을 보리라.

마음 속으로 아무리 다짐을 하여도 두려움이 영 가시지 않았다.

—마취도 없이 등골을 파내는 아픔을 아느냐.

—어렴풋한 형상이나마 이게 네가 보는 마지막 빛인지도 모른다. 돌아올 때는 이 길이 진짜 장님의 길이 될지 모른다.

마음 한구석에서 자꾸만 그런 불길한 속삭임이 들려 왔다.

"왜 그러세요?"

아내가 문득 멈칫대는 나를 보고 물어 왔다. 하지만 아내도 이내 나의 심사를 헤아린 것 같았다. 아내는 다시 아무 말 없이 나를 기다리고 있었다. 나는 아내의 그 한마디로 하여 손바닥에 땀이 솟고 있었다.

—왜 그러세요?

아내의 그 말은 나의 등을 내리찍는 채찍이 되었다. 이상한 환영이 내 앞을 스쳐갔다. 골고다의 언덕으로 형리들의 채찍 아래 십자가를 메고 가는 예수의 모습이었다. 그 고난의 모습이 가슴에 깊이 사무쳐 왔다.

나는 갑자기 가슴 속 깊은 곳이 뜨거워지며 눈에서 눈물이 솟구쳐 올랐다.

—골고다의 언덕으로 십자가를 메고 올라가는 예수님은 그 고난이 어떠했을까. 그 발걸음이 어떠했을까. 아니, 예수님은 그 때 이미 나의 이 고난을 대신 져 주고 계심이 아니었을까.

그런 생각을 하니 나는 왠지 스스로 부끄럽고 얼굴이 화끈 달아오르는 느낌이 들었다.

—하지만 전 아무것도 지고 가는 것이 없습니다. 채찍을 휘두르는 형리도 없습니다. 당신이 이미 대신 메어 주셨으므로 저는 짊어질 십자가가 없사옵고, 제 아내도 채찍을 휘두르는 형리가 아닙니다.

하지만 그런 부끄러움과 자책에도 불구하고 예수는 내게 커다란 위로였고 새로운 용기의 샘이었다.

—하나님, 감사합니다. 예수님, 감사합니다.

나는 참으로 오랜만에 한 줄기 가느다란 마음의 빛 속에서 모처럼 예수님을 찾은 느낌이었다.

나는 한동안 그러고 서서 진심으로 감사의 묵념을 올리고 있었다.

하고 나니 이젠 더욱 새로운 힘이 솟았다. 찬바람을 받고 서 있는 아내의 말없는 재촉도 원망스럽거나 두렵지가 않았다.

"자, 갑시다."

이윽고 나는 기다리고 있는 아내에게 말하고 천천히 발길을 옮겨 딛기 시작했다.

14

"아플 게야, 견디것어?"

나이가 예순 살에 가까운 여자 침술사는 처음부터 걸걸한 반말지거리로 나를 함부로 윽박질러 왔다. 자기에게 치료를 받아도 좋고 그대로 그냥 돌아가도 좋다는 식이었다. 참고 치료를 받아 볼 양이면 모든 걸 자기 처분에 맡기고 찍소리 없이 순종하라는 투였다. 자신감에 넘친 의사나 점쟁이들에게서 흔히 볼 수 있는 태도였다.

—알고 왔습니다.

—참고 견디겠습니다.

나는 몇 번이나 같은 대답을 되풀이해야 하였다.

"그럼 미리 각오를 단단히 해 둬."

노인은 비로소 내게 치료를 받을 준비를 시켰다.

준비라는 게 다른 게 아니었다. 나는 치료가 계속될 동안 내가 기거할 방을 정하고, 간단한 점심을 먹었다. 그리고는 방을 치우고 아랫목에 가지고 온 방석을 깔고 앉아 윗저고리를 벗었다. 등을 따기에 좋도록 가슴으로는 노인이 디밀어 준 나무궤짝 위에 베개를 얹어 안은 채였다. 곁에는 소리를 들으며 아픔을 견뎌 볼 양으로 라디오를 미리 켜 놓았다. 라디오에서는 마침 새해를 여는 춘계 역전 마라톤 경기가 중계되고 있었다. 반도 남단의 따뜻한 화신을 날라 오는 국토 종단의 대역주였다. 나의 삶에도 어디엔가 그렇게 밝고 따뜻한 화신이 기다리고 있는 것일까. 경주의 주자들이 서울에 닿을 때쯤엔 누군가 내게도 그걸 전해다 줄 사람이 있을까.

나는 그 라디오 중계 소리조차 그저 우연이 아닌 것 같았다.

—그 때까지만 참아 보자. 그 때까지만 참고 기다리면 좌우간 어떤 결판이 나게 되리라.

나는 새삼 각오를 다졌다. 치료를 받기 전에 내가 해야 할 가장 중요한 채비는 실제로 그런 마음의 각오였다.

나는 이제 충분히 준비되어 있었다. 그 위에 아내는 마지막으로 나의 손에 십자가상 하나를 쥐어 주며 함께 손을 잡고 따뜻한 위로의 기도를 해 주었다.

"……저이의 아픔을 당신께서 대신 짊어져 주신 이 십자가에 의지하게 하소서. 당신의 힘으로 시련을 이기고 새로운 빛을 얻게 하소서……."

기도가 끝나자 이윽고 노파가 들어왔다. 그녀는 단지 침기가 든 작은 상자와 알코올 병 하나, 그리고 솜뭉치 약간을 마련해 왔을 뿐이었다. 그게 치료와 수술 도구의 전부였다.

"그럼, 시작해 볼까……. 어떤 일이 있어도 아픈 걸 참아야 헌다? 아프다고 함부로 몸을 나대면 일이 여간 어렵지 않어……."

방으로 들어선 노인은 한 번 더 단단히 다짐하고 나서 내 벗은 등 뒤로 돌아갔다. 그리고 곧 자기 비방의 시술을 시작했다.

그녀는 먼저 알코올을 묻힌 솜뭉치로 등줄기를 여기저기 씻어 내었다. 그리고 목줄기 바로 아래 등골 근처에서부터 가차없는 침질을 시작했다.

이미 짐작을 하고 온 일이었지만, 그것은 단순한 침질이 아니었다. 그것은 살을 파내는 작업이었다. 침끝으로 살을 파내고, 그 구멍에서 혈맥을 찾는 일이었다. 마취도 없이 침끝이 맨살을 후벼들 때마다, 헉헉 하는 헛소리가 악다문 잇사이를 뚫고 나왔다. 순식간에 온몸이 땀투성이가 되고 고통으로 사지가 꿈틀거렸다. 노파의 침끝이 움직거릴 때마다 보이지 않는 눈에서 불빛이 번쩍였다.

그러나 노인은 망설임이 없었다. 그녀는 마치 죽은 고기 다루듯 살을 파내고 솜뭉치로 피를 찍어 냈다. 그리고 찢기고 갈라진 살 구멍 속에서 이리저리 침착하게 혈맥을 찾아 고르고 있었다.

그녀는 마침내 맘에 드는 혈맥을 찾아 낸 모양이었다.

"여기서 한 번 더 이를 악물어!"

노인이 새삼 다짐을 주었다. 그러면서 그녀는 그 혈맥 속에다 침끝을 사정없이 쑤셔 박았다. 그리고는 벌어진 살집을 오무려 침 대를 고정시킨 다음, 그것을 이리저리 흔들어 댔다.

"이그, 나온다. 이그…… 이 몹쓸 피를 좀 봐라."

검붉은 피가 솟아나는 모양이었다. 노인은 연방 솟아오르는 피를 솜뭉치로 씻어 내며 자신도 끔찍스러운 듯 몸서리를 쳐 댔다.

"이렇게 몹쓸 피가 혈맥을 막고 있으니…… 눈이 어떻게 성해 남았것냐."

피를 닦아 내곤 침 대를 흔들어 대고, 그리곤 다시 피를 씻어 내는 일을 몇 번씩이나 되풀이했다.

침 대는 이미 가는 바늘끝이 아니었다. 어느새 대창이나 말뚝으로 변해 있었다. 노인이 침 대를 흔들어 댈 때마다 나는 대창이나 말뚝이 등줄기에 꽂혀 마구 요동을 치는 것 같았다. 라디오 소리도 들리지 않았고 십자가 생각도 온데간데없었다. 아이들의 얼굴을 떠올려 보려고 안간힘을 써 봤으나 눈앞에선 그저 새카맣고 무거운 아픔의 덩어리가 어른거릴 뿐이었다. 그것은 인간의 힘이나 의지로는 억제가 불가능한 것이었다.

시간이 얼마나 흘렀을까. 노인이 마침내 등줄기에서 침을 뽑았다. 그리고 피를 뽑아 낸 살구멍을 닫았다. 드디어 첫번 작업이 끝난 것이다. 아마도 내가 기절을 하기 직전쯤 되는 순간이었을 터였다.

첫번 작업이 끝나고 나자 나는 한동안 정신을 차릴 수가 없었다. 나는 눈을 감은 채 그냥 기진맥진 그대로 엎드려 있었다.

"아프더라도 그대로 가만히 참고 있어야 해, 상처를 여기저기 내굴리면 큰일나."

노인은 상처가 있으니 몸을 함부로 움직이는 것조차 못하게 하였다.

하지만 그것으로 일이 모두 끝난 것은 아니었다. 그건 일의 시작에 불과했다.

"자, 그럼 다시 시작할까. 몸이 가라앉으면 더 어렵거든. 통증이 부풀어 오른 김에 좀더 참고 끝내 버리자구."

숨도 미처 돌리기 전에 노인은 다시 서둘렀다. 구멍 한둘로는 안 된다는 것이었다. 여기저기다 구멍을 될수록 많이 뚫어서 나쁜 피를 말끔히 뽑아 내 버려야 한다는 것이다.

나는 완전히 기진맥진이었다. 눈이고 뭐고 다 팽개치고 당장의 아픔이라도 면하고 싶었다. 금방이라도 그만 자리를 박차고 일어서 버리고 싶었다.

하지만 나는 이미 그만한 의지의 힘조차 잃어버린 꼴이었다. 이상하게도 노인에겐 대항을 하고 나설 수가 없었다. 노인의 거친 언동 앞에 나는 뱀을 만난 개구리처럼 도대체 오금을 펼 수가 없었다. 노인이 마치 나의 운명의 사신처럼 보였다. 그리고 맥없이 그녀의 명령에 자신을 내맡겨 버리고 있었다.

나는 다시 이를 악물고 노파 앞으로 등을 내밀었다.

이내 다시 미칠 듯한 고통이 시작되었다.

하지만 아닌게 아니라 이번에는 고통의 시간이 길지 않았다. 나의 육신과 혼백은 이미 그 아픔을 받아들일 힘마저도 잃어 가고 있었다. 비지땀을 흘리며 아픔을 느끼고 있기는 했지만, 무슨 악몽 속의 그것처럼 훨씬 더 무디고 무의식적인 것이었다.

무엇보다 나는 이제 시간 감각을 잃고 있었다. 그것은 혹은 영원처럼 무한하게 느껴지기도 하였고, 혹은 눈 깜짝할 사이의 순간으로 꺼져 들기도 하였다. 시간 감각을 잃고 나니 고통의 양도 계량되지 않았다. 나중에 아내에게 들은 이야기로, 그 때 내가 겪은 물리적인 고통의 시간은 정확하게 두 시간 45분 동안이었다 하였다. 그리고 그 동안에 노인이 목덜미로부터 항문 근처에 이르기까지 나의 등짝에 파낸 살구멍은 307개나 된다고 하였다. 노인의 솜씨가 그토록 매섭고 날랬던 때문일까? 생각보다는 짧은 시간이었고, 시간에 비해선 엄청난 작업이었다. 제정신을 가지고는 도저히 견디어 낼 수 없는, 그리고 애초부터 도대체 예상을 못한 엄청난 숫자의 살구멍이었다.

하지만 이 날 하루의 고초는 그것으로도 아직 끝이 난게 아니었다.

연옥의 고통 속에서 제정신이 들어오기 시작한 것은 지

쳐 늘어진 육신의 기력이 조금씩 되살아나면서부터였다. 의식의 각성과 함께 곧 무거운 육신의 고통이 되살아났다. 아니, 의식의 각성이 육신의 고통을 동반한 것이 아니라, 그 육신의 고통이 내 의식을 되살려 낸 것이었다. 희미하게 깨어난 나의 의식은 오로지 그 육신의 고통밖에 다른 아무것도 감지할 수 없었다. 단근질을 당한 듯한 무서운 아픔 속에 전신이 온통 지옥의 불길 속에라도 들어앉은 듯 뜨거워 올랐다.

거기다 나는 몸을 눕히고 쉴 수도 없었다. 등이 뜨거워 누울 수도 없었고, 상처를 아무데나 닿게 할 수가 없었다.

나는 앉은 채로 밤을 지새워야 하였다. 나는 등을 딸 때처럼 가슴팍 밑에 상자를 끼고 앉은 자세로, 그 상자 위에 다시 베개 나부랭일 턱 밑까지 높게 괴어 올렸다. 고개가 앞으로 꺾어지면 등줄기가 당겨 아프기 때문이었다. 뿐만 아니라 나는 다시 그 주위에 일인용 모기장을 둘러쳐야 했다. 피 냄새를 맡고 달려든 파리들이 등짝을 빨지 못하게 하기 위해서였다.

영락없이 칼을 쓰고 옥 안에 들어앉은 중죄인 꼴이었다.

어떤 운명의 시기였을까—.

하지만 나의 눈은 차도를 느낄 수가 없었다. 아니, 그 하루의 치료와 고통만으로 당장 눈이 나아지리라 기대한 것은 아니었다. 치료는 다만 그 하루만으로 끝난 게 아니었다. 그것은 오히려 시작에 불과했다.

다음 날 아침 노인은 다시 그 307개의 살구멍에서 말라붙은 피딱지를 차례차례 뜯어 냈다. 그리고 전날처럼 그 살구멍마다 침 대를 박아 넣고 궂은 피를 뽑아 냈다.

"하루 이틀에 끝날 일이 아니니 성급하게 굴지 말어. 궂은 피를 모조리 뽑아 낼 때까지는 열흘이고 한 달이고 잘 참고 기다려야 한단 말여."

노파는 마치 악귀와 맞선 암무당처럼 억척스럽고, 신념과 확신에 차 있었다. 그리고 하루도 빠짐없이 그 끔찍스런 작업을 계속했다.

치료는, 그녀가 말한 대로 열흘이 지나고 한 달이 지났다.

그래도 눈에는 효과가 나타나지 않았다.

그러나 노인은 실망하지 않았다.

궂은 피가 아직도 다하지 않은 까닭이라 하였다.

죽어나는 것은 내 쪽이었다. 아니, 실은 당사자인 나보다도 아내의 고초가 더했을지도 모른다.

하지만 나 역시 아직 그 노인의 치료를 중단시키지 않았다. 노인에게 그냥 모든 것을 내맡겨 둔 채 하루하루를 견뎌 나가고 있었다. 굳이 무슨 희망을 남기고 있어서가 아니었다. 이번 치료가 마지막 기회라는 생각 때문이었다. 마지막 결판을 보고 싶었기 때문이었다. 그 결판이라는 것은 이제 나의 눈의 증세에 한한 것이 아니었다. 내게 어떤 저주가 있었다면, 나는 이제 그 저주받은 운명과도 맞서야 하였다. 그리고 그 운명에 결판을 내고 말아야 하였다. 나는 그것을 기다리고 있었다. 그러면서 고통을 참아 가고 있었다.

다시 한 달의 기간이 흘렀다.

그런데 아내에겐 아마 나에게서와 같은 모진 결판의 각오가 적었던 모양이었다. 그래서 먼저 절망을 하고, 그것을 더 이겨 나갈 수가 없었던 모양이었다.

아내가 마침내는 먼저 지쳐 쓰러지고 말았다.

"어머니, 이젠 어머니께서 절 좀 도와 주십시오."

나는 때로 아들의 경과를 보러 오시는 어머니를 곁에 주저앉혔다. 그리고 지친 아내를 서울집으로 올려 보냈다.

하지만 씽씽하던 아내까지 지쳐 나간 마당에 나라고 무슨 기력이 남아 있을 리 없었다. 이후부턴 나에게 그 눈병 이외의 갖가지 육신의 이상들이 나타나기 시작했다. 귀가 잘 안 들려 오는가 하면 턱밑이 부어 올라 식음이 거의 어려워지기도 하였고, 때로는 얼굴이나 사지가 퉁퉁 부어 오르고 이유 없이 숨이 몹시 가빠 오기도 하였다. 어떤 땐 팔다리가 쑤셔 와서 몸의 자세를 어떻게도 취하기 어려울 때도 있었다.

"다 그만두고 올라가는 게 어떠냐. 이러다간 정말 성한 사람 목숨까지 잃게 되겠다."

병간을 교대하고 서울로 가기 전에 아내가 늘상 하던 것처럼, 어머니는 그런 내게 간곡히 귀가를 권하셨다. 하지만 난 이제 와서 그럴 수는 없었다. 기어코 끝장을 보아야 하였다. 그게 이젠 그리 오랜 시일이 걸릴 것 같지도 않았다. 나는 아직도 고집스럽게 버티었다. 그리고 그 마지막 결판의 날을 기다렸다.

만일 그 결판의 날이 늦어졌더라면 나의 치료 기간도 그만큼 더 마감이 늦어졌을지 모른다.

그런데 마침내 그 결판의 날이 다가왔다. 섭섭한 일이었지만, 그것은 내가 바라던 만큼 후련한 결과는 아니었다. 내가 끝내는 기절을 해 쓰러지고 만 것이었다. 그야 물론 기절을 하거나 혼수상태에 빠지는 일 정도는 그 무렵 이미 가끔 경험한 적이 있어서 새삼 놀라울 것이 없었다. 이 날따라 유난히 그 혼수상태가 길어진 것뿐이었다. 그래 어머니가 그 사이에 나를 서울로 싣고 올라와 버리신 것이었다. 그리고 신촌 소재의 한 종합병원에서 내게 마지막 결판을 지어 주신 것이었다. 치료를 시작한 지 꼭 102일 만의 일이었다.

그 102일의 치료 기간 동안에 나는 왼쪽 눈의 남은 시력마저 완전히 잃고 말았다. 아니 시력만이 아니었다. 나는 남은 시력 외에도 나의 건강을 통째로 모두 잃어버린 꼴이었다.

그리하여 1976년 4월 16일—병원에 입원해 있던 그 며칠 동안에 행한 종합진찰의 결과로 의사들은 마지막으로 내게 그간에 잃어버린 내 건강상태를 하나하나 친절하게 확인해 주었다.

그 증세들의 내역은 이러했다—양안 완전 실명, 왼쪽 귀 청력 상실, 치통이나 결핵성 질병과 상관없는 원인 불명의 볼거리증세 빈발 상태, 평상 혈압 180 이상의 이상 혈압, 신경조직 손상으로 인한 좌골신경통 증세 진행 등등…….

4월 16일이면 날씨가 화창한 봄철이었다.

하지만 나는 그 날 그런 식으로 거의 모든 건강과 삶의 빛을 잃은 채 그 차갑고 절벽 같은 어둠을 향해 넋없이 병원 문을 나서고 있었다.

2

한 제사장이 그 길로 내려가다가 그를 보고 피하여 지나가고

한 레위인도 그 곳에 이르러 그를 보고 피하여 지나가되

어떤 사마리아인은 여행하는 중 거기 이르러 그를 보고……

너와 함께 있으리라

15

어두움은 나와 이 세상과의 관계를 차단하고 들기 시작했다.

그것은 나와 사람들, 나와 사물들과의 결별을 가져왔다.

그 결별은 먼저 나의 아내와 아이들에게서부터 시작되었다.

그것은 내게 또 하나의 두꺼운 어두움의 벽이었다.

내가 평택에서 올라와 병원에 있는 동안 먼저 집으로 올라와 있던 아내는 한 번도 병원을 찾아오지 않았다.

"네가 끝내 눈을 뜨지 못한다는 소리에 네 장모님이 기절을 하셨다는구나."

어느 날 어머니는 묻지도 않은 말로 아내를 그렇게 변명해 오셨다. 아내는 아이들과 함께 친정집으로 가서 이번에는 친정어머니를 돌보고 있다는 것이었다.

아내는 내가 완전히 눈이 멀어 병원을 나올 때까지도 집으로 돌아와 있지 않았다. 며칠이 지나도록 소식조차 없었다.

나는 이상한 생각이 들기 시작했다. 장모님이 심히 불편해서 그렇다면 아이들이라도 먼저 보내 올 수 있을 일이었다. 그 아이들에게서조차 이렇다 저렇다 소식이 없었다.

알고 보니, 일은 장모님 때문이 아니었다. 장모님이 아파서 그런 것 같지도 않았다. 그리고 어머니는 그 모든 것을 이미 알고 계셨던 모양이었다.

"하나님께 같이 기도를 드리자."

어느 날, 나는 기다리다 못해 어머니에게 아내와 아이들의 일을 추궁했다. 그리고 아내를 집으로 데려다 달라고 부탁을 드렸다. 그러자 어머니는 내게 먼저 기도를 드리자고 하셨다. 그리고 나의 손을 끌어잡고 당신의 아들을 위해 어느 때보다 간곡한 기도를 올리셨다.

"……이 불쌍한 죄인에게 이웃을 용서할 힘을 주소서……. 이웃을 용서하고 원망을 남기지 말고, 그 시련을 견디어 이길 용기와 위로를 주소서……."

그것은 일종의 나에 대한 어머니의 귀띔이자 충고였다. 한마디로 어머니는 내게 무슨 일이 일어나더라도 아내를 용서할 각오를 미리 다져 두라는 다짐이었다. 그러는 당신 자신은 이미 모든 것을 각오하고 용서해 버린 사람처럼 목소리가 침착하고 차분했다.

나는 이내 그 어머니의 말뜻을 알아차렸다.

하지만 나는 그것으로 승복을 할 수는 없었다. 그런 일은 있을 수도 없었고, 아내가 그런 여자일 수도 없었다. 아니, 그것이 모두 사실이라 하더라도 그토록 간단히 그리고 일방적으로 끝날 수 있는 일들이 아니었다.

어쨌거나 나는 아내부터 만나 보아야 하였다. 용서고 뭐고 그런 건 아내를 만나 본 다음 일이고, 우선은 아내부터 한번 데려다 달라고 다시 어머니를 다그치고 들었다.

어머니는 마침내 처가로 가셨다.

하지만 어머니의 짐작은 잘못이 아니었다. 일은 실상 어머니의 말씀 그대로였다. 모든 게 이미 끝장이 나 있는 상태였다.

짐작대로 장모님은 몸져 누워 간병을 받아 온 사람이 아니었다. 어머니가 찾아가 인도해 오신 것은 아내가 아닌 장모님이었다.

"아이 에민 내가 못 오게 집에 잡아 놨네."

집에 들어선 장모님은 먼저 아내와 아이들을 데려오지 않은 변명부터 말씀하셨다. 그러면서 아내는 이미 마음이 정해진 여자라 하였다. 기다릴 만큼 기다렸으나 끝내 눈을 뜨지 못하는 걸 보고 아내는 마침내 마음을 정해 먹게 된 거라 하셨다.

"그 아이의 심정은 자네도 이해해 주어야 하네. 그런 마음까지 지어 먹게 된 그 아이의 마음인들 오죽 아팠겠는가……. 자넨 이제 아내나 아이들을 맡아 살아갈 힘이 모자란 사람이네. 그래도 아직은 부모님이 계시고 형제간이 있으니 자네 한 몸은 그렇게 저렇게 그분들에게 의탁을 한다 하더라도, 여편네와 자식들의 일은 어찌할 것인가……. 그래 생각 끝에 우리가 그 아이와 자네 아이들의 앞날을 맡기로 했으니, 자네도 차제에 마음을 달리 먹고 그 아이의 앞날을 열어 줘야 하네. 그 사람도 지금까진 기다릴 만큼 기다린 사람이니 아무쪼록 크고 너그러운 도량으로……."

장모님은 이미 모든 일에 결정을 내리고 오신 듯 덮어놓고 용서만을 강요하고 계셨다. 그러면서 마지막으로 실토하셨다.

"그야 자네가 용서를 못 한대도 이 일은 이제 달리 어떻게 바꿔 놓을 수 없을 거네. 매정하게 들릴지 모르지만, 이게 어제 오늘에 갑자기 정해진 일이 아니라서 말이네. 그 애가 전에 서울로 올라와서, 자네가 이젠 가망이 없다는 소릴 들었을 때부터 우린 이미 그렇게 마음을 먹고 있었다네……."

장모님의 말씀 속에는 두 가지 사실이 고백되고 있었다.

하나는 일을 그렇게 만들어 온 것이 아내의 자의에서라기보다 처가 쪽 어른들의 뜻이라는 점이었다. 결혼 전이나 뒤를 막론하고 아내는 원래 자기 주견을 뚜렷이 내세울 줄 모르는 여자였다. 그녀는 천성적으로 옆사람 말에 주견이 잘 기울었고, 자신의 결정을 그것에 의탁해 버리기 일쑤였다. 내가 혼자 평택에 있는 동안 그녀는 친부모 곁에서 여러 가지 설득을 당해 온 것 같았다. 그리고 어름어름 마음이 기운 것 같았다.

하지만 아내의 마음이 장모님의 말씀처럼 그렇게 결정적인 단계에까지 이른 것인지는 아직도 분명히 알 수 없었다. 아내는 아직 마음을 망설이고 있기 십상이었다. 그게 그녀가 나의 눈앞에 나타날 수 없는 이유였다. 마음이 약해질까 두려워진 것이었다. 그리고 그게 장모님의 말 속에서 실토되어 나온 두번째 사실이었다.

아내의 마음엔 아직도 돌이켜질 여지가 있었다. 한데도 장모님은 그걸로 모든 일을 기정사실화시키고 싶은 듯 덮어놓고 용서만 재촉해 오고 있었다. 말이 안 되는 소리였다.

나는 이미 모든 것을 잃고 있었다. 아내마저 나를 버린다면 나는 이제 그것으로 누구를 용서하고 말고 할 건더기조차 없는 인간이 되는 것이었다. 도대체 내가 누굴 이해하고 용서한단 말인가. 누가 아직도 나 같은 인간의 용서가 필요하단 말인가……. 나는 아직 그런 걸 생각할 필요가 없었다. 아내의 일이 불확실했기 때문이었다. 나는 그럴수록 아내를 만나고 싶었다. 진심을 알아 보고 싶었다. 일이 그렇게 끝나서는 안 되었다.

나는 다시 아내를 데려오게 하였다.

"헤어지든 돌아오든 그 사람을 한번 만나 보아야겠습니다. 저는 6년 동안 그 아내의 지아비였고 아이들을 낳은 아비였습니다. 용서를 하든 용서를 받든 그 사람의 진심부터 알아야겠습니다."

나는 절벽처럼 버티고 나섰다. 거기에는 장모님도 어쩔 수가 없었다. 전에는 아내를 용서하라고 내쳐 다짐을 주시던 어머니로서도, 아내가 정작 마음이 달라져 버린 것을 보고는 이내 아들의 편이 되셨다.

"마음을 차분히 먹고 기도를 드리면서 기다리거라."

어머니는 오히려 희망을 버리지 말라는 투셨다. 그리고는 장모님을 앉혀 둔 채 당신 혼자서 다시 처가댁으로 달려가 아내를 내게로 데려다 주셨다. 이번에도 아이들은 빼놓은 채였다.

"아이들은 아비가 세상에 없는 줄 안단다. 그러니 어른들 일이 마무리될 때까진 이런 말 오가는 데 데려올 수가 없더구나."

아이들을 데려오지 못하신 어머니의 사연이었다. 딴은 그 편이 옳은 듯도 싶었다. 하지만 내가 이미 이 세상 사람이 아니라고까지 해 둔 아내의 결심은 그것이 누구의 지혜를 따른 것이었든 그 깊이를 어느 정도 짐작할 수 있었다.

아내는 과연 짐작했던 것보다 결심이 단단했다. 아니 그렇다고 아내가 내게 무엇을 당당하게 주장해 오거나 매정하게 결심을 말해 온 것은 아니었다.

"여보, 절 용서하세요……."

아내는 집에 들어와 나와 자리를 마주한 때부터 죄인처럼 울기만 했다. 하지만 용서도 경우 나름이었다.

아내는 두 어른들이 방을 비워 주고 나간 뒤에도 다른 말은 한마디도 하지 않았다. 그리고 계속해서 낮은 흐느낌 소리만 흘리고 있었다. 아내의 흐느낌소리가 그렇게 끝없이 계속되고 있는 데에 문제가 있었다. 여자들은 흔히 그런 눈물로 스스로 마음의 용서를 구하는가 보았다. 한동안 그렇게 눈물을 흘리고 나면 저절로 속죄가 되고 마음이 편해지는 경우가 있었다. 하지만 아내는 그 눈물로도 그것을 구할 수가 없는 모양이었다. 그것은 아내 스스로 구할 수 있는 성질의 용서가 아니었다. 아내는 그 끝없는 훌쩍임으로 그것을 내게 구해 오고 있었다.

나는 아내의 마음을 헤아릴 수 있었다.

무슨 할 말이 있을 수 없었다. 나는 한동안 입을 다문 채 아내의 흐느낌소리가 그치기를 기다렸다. 아내는 좀처럼 울음을 그칠 기미를 안 보였다. 무슨 다른 말을 해 올 것 같지도 않았다.

"당신의 생각에 대해서는 어머니에게서 대강 말씀을 들었소."

드디어는 내가 입을 열었다. 그리고 아내의 마음이 돌아서기를 바라면서 마지막 설득을 시작했다.

"어머니 말씀이 아니더라도 물론 당신의 심경은 헤아릴

만하오. 하지만 지금 내가 당신을 용서하고 말고가 어디 있겠소. 용서를 구해야 할 쪽은 오히려 나요. 지난 몇 년 동안 당신은 언제나 나를 용서해 왔소. 이 부족한 나를 언제나 용서하고 위로해 온 당신이오……. 그러니 염치없는 소리지만 이번에도 당신이 한 번 더 나를 용서해 주구려……."

그러나 아내는 대꾸가 없었다. 계속 콧소리만 훌쩍이고 있었다. 나는 혼자 일방적으로 설득을 계속해 나가는 수밖에 없었다.

"난 이제 끝이 난 사람이오. 하지만 그래서 당신에게 의지하려고 이렇게 매달리고 드는 건 아니오. 난 오늘 당신을 보고 내게도 아직 끝이 나지 않은 것이 있음을 알았소. 난 다시 시작해 보고 싶소. 지금까지 내게 짐 지워진 모든 것을 운명으로 순순히 받아들이고서 말이오. 앞을 못 보는 것은 이제 어쩔 수가 없을 거요. 하지만 맹인에게도 어떤 가능성은 있을 게 아니겠소. 그 가능성을 찾아 힘이 닿는 데까지 당신과 아이들을 돌보고 싶소……."

"……"

"지금 당장 마음을 돌려 대답을 들려 주길 바라진 않겠소. 하지만 이 점만은 좀 깊이 생각을 해 주었으면 싶소. 맹인일지언정 나는 아직도 당신의 지아비고 싶소. 그리고 아이들에게도 부끄럽지 않은 아비 노릇을 해 보고 싶소. 그것이 이제 내게 남은 마지막 소망이오……. 부디 내게 힘을 주구려. 내게 힘을 줄 수 있는 사람은 이제 오직 당신

뿐이오."

그래도 아내에게선 대꾸가 없었다. 그 아내가 이번처럼 절망스럽게 느껴진 적이 없었다. 하지만 그것은 바로 아내의 결심이 그만큼 깊다는 증거임이 분명했다. 그것도 이내 아내에게서 증명이 되었다.

"그래, 아이들은 어떻소. 아이들이 몹시 보고 싶어지는구려……. 그 애들에겐 정말로 내가 이 세상에 없는 사람으로 잊혀져 가고 있는 거요?"

나는 이제 허탈감에 못 이겨 지나가는 소리처럼 묻고 있었다. 굳이 대답을 바라고 한 소리가 아니었다.

그런데 그 때였다.

"애들 할머니가 그렇게 습관을 들여 주고 있어요."

아내가 모처럼 분명한 목소리로 대꾸해 왔다. 그 한마디로 이제 아내의 마음은 더할 수 없이 분명해진 셈이었다.

나는 더 이상 어찌할 수가 없었다. 매달리고 애원을 해 보았자 소용이 없는 일이었다. 이야기가 길어지면 서로 감정만 격해 올 뿐이었다. 마지막 결단만이라도 뒷날로 미뤄 두는 것이 옳을 것 같았다.

나는 잠시 할 말을 잃은 채 어두운 허공만 응시하고 있었다. 그리고 이제 내가 해야 할 일이 무엇인가를 생각해 보았다. 그것은 오랜 시간이 필요치 않았다.

"알았소……. 당신의 마음이 어떻다는 걸 말이오."

이윽고 나는 그 아내에게 마지막 부탁을 말하기 시작했

다.

"하지만 내게 시간을 좀 주구려. 며칠 동안만이라도 생각을 정리해 볼 시간을 말이오. 어느 것이 우리가 가야 할 최선의 길인가를 며칠 간만이라도 좀더 생각해 봅시다. 아니 그렇다고 이제 와서 당신의 마음이 그 동안에 어떻게 달라지기를 바라서 하는 소리는 아니오. 며칠 간만 생각을 해 본 다음엔 그것이 어느 길이 되더라도 그 땐 당신을 더 막아서지 않겠소……. 그리고 그게 그리 오랜 시일이 걸릴 일도 없을 테니……. 내 생각이 정리될 때까지 며칠 동안만 함께 있어 주구려."

낮고 더듬거리는 목소리기는 했으나 그것은 그만큼 힘이 깃들인 소리이기도 하였다.

아내의 아내다운 점은 역시 자신을 내세워 남을 거역하지 않는 데에 있었다. 생각이 어떻게 달라졌는지, 아니면 나의 약속을 믿어선지, 아내는 이 날 장모님을 따라 친정집으로 돌아가지 않았다. 그리고 나의 부탁대로 며칠 동안 나와 함께 있어 주었다. 생각이 달라져서든지, 약속을 믿어서든지, 그것은 어쨌거나 고마운 일이었다.

나는 아내가 나의 곁에 있어 주는 동안 내가 할 일을 서두르기 시작했다.

나는 먼저 어머니를 오랫동안 시골 교회에 혼자 계신 아버지에게 내려가시게 하였다. 그것은 내가 아내에게 그 며칠 동안의 말미를 청한 때부터 작정을 세워 둔 일이었다.

혼자 지내시는 아버지의 사정도 사정이었고, 그리고 그게 나와는 정반대의 기대에서였겠지만, 어머니도 그게 나은 처사라 생각하신 것 같았다.

"제 주님을 버리지 못하면 절대로 너를 버릴 수도 없을 게다."

어머니는 아내가 나의 곁에 남아 있어 주는 걸 보시고 마음이 한결 놓이신 것 같았다. 아니 그보다도 그게 아내를 내게 묶어 두는 좋은 방책으로 생각하신 것 같았다. 이젠 시골 아버지에게로 내려가 보시라는 나의 말에 어머니는 스스로 그렇게 납득을 하셨다. 그리고는 아버지가 계신 강원도의 영월로 서둘러 떠나 가셨다.

어머니는 떠나 가시고 아내는 그냥 계속 나의 곁에 남아 있어 주었다.

나는 바로 다음 차례의 일을 서둘렀다. 아내를 다시 친정집으로 돌려 보내 주는 일이었다. 어떻게 보면 아내는 계속해서 그냥 내 곁에 머물러 있기로 마음을 다시 지어 먹은 듯해 보이기도 하였다. 하지만 아내는 이렇다 저렇다 도대체 말이 없었다. 아이들을 데려오려고 하지도 않았다. 아이들은 원래 장모님이 보내 주시지 않고 있는 터였지만, 그걸 그냥 무심히 지내 넘기고 있는 아내의 마음도 나로선 능히 알 만한 것이었다. 아내가 아이들의 일을 지나치고 있는 한 내가 먼저 말을 꺼낼 수는 없었다. 나의 생각은 실상 그 반대쪽에 있었다. 아이들을 데려오게 하기는커녕, 애초의 약속대로 아내마저 다시 친정으로 돌려보낼 생각이었다. 아내의 생각이 어느 쪽이든, 그건 아내에게 며칠 동안의 말미를 부탁할 때부터 이미 생각을 먹기 시작한 일이었다. 그리고 아내가 곁에 있어 준 그 며칠 동안에 더욱 분명해진 결론이었다.

어떻게 생각하면 나를 떠나려는 아내의 결심은 백 번 현명하고 옳은 것 같았다. 장모님 말씀대로 아내에겐들 연민과 아픔이 없을 수 없었다. 하지만 이제 나에겐 능력이 없었다. 능력을 기대할 희망도 없었다. 가능성과 희망을 내세워 아내를 설득해 보려던 내가 오히려 억지였다. 물에 빠진 사람이 다른 사람을 함께 물 속으로 끌어들이려는 격이었다. 그것은 양쪽 모두의 파멸을 뜻했다. 나나 아내로선 그것도 별로 두려워할 일이 아닐 수 있었다. 하지만 우리에겐 아이들이 있었다. 혼자의 힘으로나마 그 아이들을 지키겠다는 것이 아내의 결심이었다. 그것은 나에 대한 연민과 아픔을 넘어선 더 큰 용기와 지혜의 소산이었다. 앞뒤일을 돌봄이 없이 자신의 처지만 생각하고 무턱대고 아내에게 매달리고 든 것이 오히려 우습고 부끄럽기까지 했다.

나는 아내를 방해해서는 안 되었다. 적어도 더 이상 아내의 짐이 되어서는 안 되었다. 어쨌든 나는 자신의 일을 혼자서 감당해 갈 궁리를 해야 하였다.

그쯤 생각을 하고 나니 나는 차라리 마음이 편했다.

"당신도 이젠 아이들에게 돌아가 보는 게 좋겠소."

어머니가 가신 지 사흘째 되던 날이었다. 나는 드디어 아내에 대한 나의 약속을 이행하려 나섰다.

아내는 아닌게 아니라 그 동안 마음이 많이 달라져 있었던 것 같았다. 나의 말을 듣고 난 아내는 처음엔 무슨 새삼스런 소리냐는 듯 어리둥절해하는 낌새였다.

—당신 정말 그게 진심이세요?

방 안 손질을 하다 말고 가만히 움직임을 그친 아내가 그렇게 묻고 있는 것 같았다.

하지만 나는 그런 아내를 상관하지 않았다. 이번에는 오히려 내 쪽에서 아내를 설득하고 있었다.

"이 며칠 동안 함께 있어 준 것은 참으로 고맙기 이를 데 없는 일이었소. 하지만, 그렇다고 내가 지금 일전에 말한 그런 약속 따윌 지키자고 해서 하는 소리는 아니오."

나는 아내가 쓸데없이 마음을 쓰지 않도록 될수록 부드럽고 차분한 목소리로 결심을 설명해 나갔다.

"……그 동안 나도 좀 생각을 해 보았소만, 당신이 역시 옳았던 것 같구려. 자신의 일만 너무 앞세우고 나섰던 내가 단순했소. 아이들에 대한 생각이 부족했던 탓이었소. 그러니 우리가 앞일을 다시 어떻게 결말짓든 우선 당신은 아이들에게 돌아가 있는 게 좋겠소."

"……."

짐작한 대로 아내 쪽에서는 이번에도 별다른 응답이 돌아오지 않았다. 이윽고 또 그 불가사의한 흐느낌소리로 자신의 응답을 대신 해 올 뿐이었다.

하지만 나는 이미 모든 작정이 내려져 있었다. 내 쪽의 작정이 확실한 만큼 앞일에 대한 아내의 생각은 물을 필요가 없었다.

나는 잠시 아내의 흐느낌소리가 가라앉기를 기다렸다가 목소리를 짐짓 가볍게 말했다.

"어머니도 시골로 가셨고 하니, 나도 이제는 정말로 나만의 시간을 좀 가져 봐야 할까 보오. 그리고 내가 정작 할 수 있는 일이 무엇인지, 앞일을 구체적으로 생각해 봐야겠소……. 운좋게 무슨 자신이 생기면 그 때 가서 내가 다시 연락을 하리다."

"……."

"하지만 뭐 나 혼자 있다고 별다른 걱정을 할 필요는 없을 게요. 앞을 못 보게 되었을망정 어쨌거나 난 이미 부모님의 슬하를 떠나 일가를 이루어 온 성인이 아니오. 내 일은 내가 책임을 져야 할 거고, 내겐 또 이미 그만한 각오도 되어 있소. 내 쪽 일일랑은 신경 쓰지 말고, 내가 연락을 보낼 때까지……."

나는 공연히 아내의 걱정까지 대신해 가면서 달래듯 그렇게 말을 끝냈다.

하지만 그것은 나의 거짓 없는 본심의 일면이기도 하였다. 모든 것이 끝나 가고 있는 데 대한 자포자기식 심사 때문이었을까. 혹은 내겐 아직 앞날을 의탁할 부모 형제가 있지 않느냐던 장모님의 말씀에 무의식적인 반발심이 일고 있었기 때문일까.

나는 이제 누구의 도움도 구하고 싶지가 않았다. 어머니를 서둘러 시골로 가시게 한 데는 물론 다른 뜻이 더 컸지만, 심지어는 그 부모님이나 형제들의 도움까지도. 어릴 적 불구로 내내 부모님의 보호를 받아 온 처지라면 사정이 다를 수도 있었다. 나는 이미 건강한 몸으로 부모님의 슬하를 떠나 자신의 일가를 이루어 온 성인이었다. 그런 내가 뒤늦게 불구가 되었다고 새삼스레 다시 부모님을 의지하려 들 수는 없는 일이었다. 끝끝내 남의 의지로만 살아갈 수 없을 사정일 바엔 처음부터 나의 길을 분명히 정해 가야 하였다.

아내 쪽에선 이윽고 흐느낌소리가 잠잠해져 있었다.

그리고 바로 그 날 오후로 아내는 다시 아이들에게로 돌아갔다. 그 아이들을 내게 데려오겠다는 말은 끝내 입 밖에도 내지 않은 채.

16

그렇게 하여 결국 아내마저 집을 떠나 보내고 나니 나는 이제 완전히 혼자가 되었다. 그것도 첩첩 어둠 속에 혼자 갇힌 몸이었다.

하지만 이제 나는 마음이 오히려 홀가분하였다. 내가 진심으로 바라던 일이든 아니든, 그것으로 이제는 주변 일이 거의 다 정리가 된 셈이었다. 아내에 대해서나 아이들에 대해서나 약속한 일들도 모두 지켜진 셈이었다.

—아빠가 장님 되면 우린 아빠하고 살지 않을래.

딸아이의 얼굴이 눈앞을 몇 번이나 스쳐 가곤 하였다. 이젠 그 딸아이에 대한 약속도 어김없이 지켜진 셈이었다. 가장 원하지 않았던 방법으로 아이들은 그 약속을 지키게 된 것이었다. 그야 약속을 지키지 못한 것은 아비 쪽이 먼저였으니까. 장님이 되지 않겠다던 약속을 지키지 못한 아비와 그 어미가 아이들에게 그렇게 약속을 지키게 해 준 셈이었다.

나는 터무니없이 한가로워지고 있었다. 서둘러 해야 할 일도 없었고, 서둘러 해야 할 일이 없으니 어둠이 특별히 불편할 것도 없었다. 어제 오늘에 시작된 암흑도 아니었다. 나는 무작정 자리에 누워 하릴없이 시간을 보내기 시작했다. 자신을 정리해야겠다는 것은 실상 아내를 떠나 보내기 위한 구실에 불과했다. 내겐 이제 별로 정리해야 할 일도 없었다. 떠나갈 사람은 이미 다 떠나 보냈고, 정리할 것도 모두 정리된 셈이었다. 남은 것은 이제 자신의 미련을 버리는 것뿐이었다.

하지만 그것도 이미 사정이 너무 명백해져 있었다. 운명은 이미 결판이 나 있었다. 이 어둠을 익혀 재생을 꾀한다?

무슨 재생의 가능성을 찾는다? 그것도 이젠 거의 가망이 없는 헛소리에 불과했다. 스물 이전의 실명이라면 제2, 제3의 잠재 감각을 개발할 수도 있었다. 하지만 내 나이 이미 서른일곱, 모두가 그저 헛된 꿈일 뿐이었다.

죽음이라는 게 바로 떠남이 아니던가……. 보고 듣는 것에서 떠나고, 가진 것으로부터 떠나고, 이웃과 친지들과 육친들로부터 떠나고, 그리고 마지막으로 자신의 육신을 떠나가는 것, 그게 바로 죽음이 아니던가.

한데 나는 이미 그 모든 것으로부터 떠나고 있었다. 마지막 남은 것은 스스로 나의 육신을 버리는 일뿐이었다.

사정은 너무도 분명했다.

하지만 나는 그걸 굳이 서두를 필요는 없었다. 서두르고 싶은 생각도 없었다. 까만 어둠 속에 누워 있다 보면 그 어둠 속으로 자신이 저절로 녹아 버릴 것 같았다. 아니면 갑자기 어떤 충동이 찾아와 그걸 편하게 해 줄 것도 같았다.

나에겐 이제 마지막을 기다려 줄 사람조차 없었다. 나 자신이 임종을 기다려야 하였다. 이를테면 나는 이제 그런 식으로 자신의 임종을 기다리는 격이었다. 무슨 유서 같은 거라도 한 조각 남겨 놓을까 하는 생각이 잠깐 머리를 스쳐 가기도 하였다. 하지만 그 역시 부질없는 짓이었다. 모든 것들과 헤어져 혼자 떠나려는 마당에 그런 것은 남겨서 뭣하랴 싶었다. 유서를 남기는 것은 온전한 떠남이 될 수 없었다. 글쎄, 살아 있는 사람의 말도 부질없어진 마당에 죽은 자의 말 따위가 무슨 소용이 되겠는가…….

나는 거의 아무 데도 쓸모 없는 상념 속에 밤낮 없이 누워 시간을 보냈다.

한 이틀을 그렇게 지내고 났을 때였다. 마침내 나는 일을 서두르지 않으면 안 될 처지가 되고 있었다. 배가 고파 오기 시작했다. 그것은 이를테면 살아 있는 육신의 항거요, 삶에의 치사한 향수 같은 것이었다. 나는 그것이 자라 오르기 전에 쓸어 없애지 않으면 안 되었다. 방법은 일을 서두르는 길뿐이었다. 누워 뒹굴뒹굴 시간을 보내면서 그만큼은 각오가 굳어 있었다. 알 수 없는 복수심과 용기 같은 것도 생기고 있었다.

생각이 떠오른 김에 나는 불현듯 자리를 차고 일어났다. 어머니가 따로 다짐을 해 두셨겠지만 날짜가 지나다 보면 서울의 형님댁에서라도 누군가 한 사람쯤 찾아올 위험성도 있었다. 방해를 받기 전에 일을 서둘러 끝내야 했다.

방법은 이미 머리 속에 있었다. 앞을 볼 수 없는 처지에 한강을 찾아갈 수는 없는 노릇이었다. 부러 궁리한 것은 아니지만, 그 동안에 수도 없이 머리 속을 스쳐 지나간 정경이 있었다…….

나는 더듬더듬 장문을 열고 넥타이 하나를 꺼내 들었다. 그리고 곧 방문을 열고 부엌으로 내려갔다. 부엌 천장 위를 지나가는 서까래에 큰 못이 박혀 있는 걸 알고 있었기 때문이었다.

부엌으로 내려간 나는 먼저 사방을 이리저리 더듬거리고 돌아갔다. 부엌 천장까지 발을 딛고 올라설 받침대가 있어야 하였다. 마침 찬장 아래쪽에 빈 사과상자 하나가 손에 잡혔다.

나는 못이 박혀 있던 서까래 아래쪽 위치를 가늠하여 부엌 바닥에 사과상자를 엎어 놓았다. 그리고 조심조심 상자 위로 올라가 천장을 더듬었다. 못의 위치는 상자의 위치를 한두 번 교정한 끝에 쉽게 찾아 냈다. 못을 찾아 낸 나는 마지막으로 넥타이를 그 곳에 단단히 걸어맸다. 그리고 그 넥타이의 늘어진 두 끝으로 내 목줄기를 감아맸다.

준비가 모두 끝난 셈이었다. 나는 시간을 끌고 싶지 않았다. 목줄기에 넥타이 끈이 단단히 매어진 것을 확인하자 이내 발길로 상자를 걷어찼다. 그 순간 몸이 허공으로 떠올랐다.

그런데 참 이상한 일이었다.

내겐 아직도 그만한 각오가 모자랐던 것일까. 아니면 모두가 그저 자신의 비운에 대한 치사한 복수심과 허풍스런 연극기에 불과했던 것일까. 나는 그 때 우스꽝스럽게도 심한 발버둥질을 친 것이다. 우선 목이 아프고 숨이 답답해 견딜 수 없었다. 눈알이 빠져 나갈 듯한 고통도 참을 수가 없었다. 그런 식으로라도 시간만 좀더 지나갔더라면 일은 그럭저럭 끝났을 터였다.

그런데 아마 내 발버둥질이 지나쳤던 모양이었다. 아니

면 나의 잔인한 운명의 신은 그 마지막 순간에 가서 아직도 내가 치러야 할 빚이 남은 걸 기억해 냈을지 모른다.

어느 순간, 나의 목을 졸라 오던 넥타이의 못이 그만 휘어져 버린 모양이었다. 같은 순간에 나의 몸뚱이가 부엌 바닥으로 나뒹굴고 말았다.

나는 잠시 동안 무엇이 어떻게 된 건지 알 수 없었다. 정확한 사정을 알 수도 없었고, 엉덩이가 아픈 것도 느낄 수가 없었다. 우선에 먼저 숨을 쉴 수 있는 것이 그렇게 편하고 후련할 수가 없었다. 숨을 쉬고 살아 있다는 것이 그렇게 반갑고 좋을 수가 없었다. 나는 자신도 모르게 몇 번 깊은 심호흡을 되풀이하면서, 공연히 큰일날 짓을 하였구나 싶었다. 하다 보니 이번엔 또 자신이 우습고 부끄러워지기 시작했다.

거친 숨결은 이내 차츰 편하게 가라앉았다. 하지만 숨결이 가라앉고 나서도 나는 그 부끄러움 때문에 한동안 그대로 부엌 바닥에 망연히 주저앉아 있기만 하였다. 그 부끄러움 또한 내게는 또 하나의 절망이 아닐 수 없었다.

17

나는 이제 두 번 다시 사과 궤짝 위로 기어 올라갈 생각이 없었다. 부끄러움이나 절망감도 문제였지만, 우선 나는 배가 몹시 고파 오기 시작했다.

사과 궤짝을 타고 올라가는 대신, 나는 엉덩이를 털고 일어나 밥을 짓기 시작했다. 그 배고픔은 내가 다시 삶으로 돌아와 있음의 증거였고, 그 삶의 가장 분명한 권리의 요구였다. 나는 부끄러움이나 절망감 대신 우선 배고픔 쪽을 따르기로 하였다. 알고 보면 그 부끄러움이나 절망감들도 삶으로의 귀환을 전제한 것이었고 삶에의 미련에서 배태된 것이었다.

물론 일이 그 꼴로 끝나고 만 것도 나의 생각이 그만큼 모자랐던 데 허물이 있었다. 생각도 없이 너무 일찍 절망을 하고 덤벙덤벙 작정을 내려 버린 데 낭패의 원인이 있었다. 생각없이 덤빈 만큼 각오가 단단했을 리 없는 일이었다.

하지만 이젠 시간이 필요했다. 다시 돌아온 나의 삶을 한 번 더 깊이 생각해 보아야 할 시간이 필요했다. 게다가 숨을 편하게 쉴 수 있는 것만으로도 이렇게 즐거울 수가 없는 삶이라니!

배고픔부터 우선 달래고 볼 일이었다.

나는 더듬더듬 밥짓기를 시작했다. 한 가지 한 가지 마음속에서 일의 순서를 정하고, 거기 따라 신중하게 몸을 움직여 나갔다. 마루로 올라가 쌀을 퍼 오고, 수돗물을 찾아 씻음질을 하였다. 그리고 부엌 구석에서 나무 화덕을 하나 찾아 냈다. 연탄을 피운 지가 오래된 아궁이는 오히려 일이 더딜 것 같아서였다. 나는 부엌의 넓이를 어림하여 그 한가운데다가 화덕을 앉혔다. 불을 잘못 당기다간 옆으로 옮겨 붙을 위험이 많았다.

밥 냄비를 화덕 위에 얹어 놓고 생각하니, 막상 화덕을 덥힐 땔감이 없었다.

—무엇으로 불을 때나?

나는 그냥 손쉬운 대로 방에서 책을 꺼내 올까 생각했다. 하지만 이내 다른 땔감이 머리에 떠올랐다. 목을 매려고 천장으로 올라갈 때 발받침대로 썼던 빈 사과상자였다. 나는 더듬더듬 그것을 찾아다 불에 타기 쉽도록 잘게 부쉈다. 부숴 낸 나무 조각들을 한쪽으로 가지런히 치워 놓고, 다시 방으로 들어가 불쏘시개로 쓸 종이와 성냥을 찾아 내왔다.

그 종이와 나무 조각들을 화덕 아궁이에 섞어 넣고는 조심스럽게 성냥을 켜붙였다.

거기까지 일을 진행하는 데도 두 시간은 족히 걸렸을 것 같았다. 하지만 나는 서두를 일이 없었다. 해가 저문들 걱정할 일이 없었다. 밤낮의 어둠을 가려 살 처지가 아니었다. 천천히, 천천히—같은 동작을 몇 번씩이고 되풀이 반복하면서 조심스럽게 일을 처리해 나갔다.

이윽고 싸아한 연기 냄새가 코를 찔러 왔다. 그리고 이내 얼굴 근처가 불기로 따끈따끈 더워 오기 시작했다. 오랜만에 맛보는 육신의 감각이었다. 죽었던 감각들이 하나하나

잠을 깨고 다시 살아나는 것 같았다. 그 따끈따끈한 불기의 감각은 얼굴과 손등으로, 그리고 종내는 가슴과 뱃속까지 온몸을 훈훈하게 덥혀 왔다. 나는 불기를 어림잡아 나무 조각을 계속 화덕으로 던져 넣었다.

한참을 그러고 있으려니, 이윽고 화덕 위의 밥 냄비에서 비비 김이 새어 나오는 소리가 들리고, 마침내는 쌀이 익어 가는 고소한 냄새가 코끝으로 가득 배어들기 시작했다.

나는 한두 조각 나무를 더 던져 넣고 나서 화덕 주변을 정리했다. 그리고 그 화덕의 불기가 이마와 손등에서 식기를 기다려 참으로 모처럼만의 식사 준비를 서둘렀다.

준비가 번거로울 건 없었다. 나는 옷섶을 감아쥔 손으로 냄비를 화덕에서 내려놓고 찬장의 숟가락과 찬거리를 꺼내 왔다. 찬장엔 마침 간장에 볶아 놓은 멸치 그릇과 고추장 단지가 있어 손에 잡혀 왔다. 아내가 가면서 무슨 다른 찬거리들을 좀 마련해 놓은 것 같았지만, 나의 만찬에는 우선 그것이면 족했다.

나는 더 찾아볼 것도 없이 화덕 앞으로 돌아왔다. 자리를 옮기고 어쩌고 할 것도 없었다. 나는 화덕 앞에 찬 그릇을 놓고, 그 옆으로 나무 조각 하나를 깔고 앉았다. 그리고 밥이 익어 있는 냄비를 찾아 뚜껑을 열었다. 그 순간, 그 이상스런 그리움과 서러움기와도 같은 고소한 밥 냄새가 나의 얼굴을 가득 휩싸 왔다.

간장에 볶은 멸치와 고추장 찬뿐이었지만, 밥맛이 그렇

게 달 수가 없었다. 하지만 나는 한꺼번에 밥을 모두 먹어 치우지 않았다. 밥을 짓는 어려움을 생각하여 조금씩 조금씩 끼니를 미뤄 가며 아껴서 먹었다. 그러면서 천천히 혼자 지각 훈련을 시작하였다.

무엇을 어떻게 해야 할 것인가는 이제 더 생각해야 할 필요가 없었다. 첫번 성찬을 끝내고 난 나는 이미 생각이 모두 정해져 있었다. 밥을 지어 먹으면서 잊혀진 지각들을 하나하나 다시 경험하는 동안 나는 살아 있음이 그토록 고맙고 신기하게 느껴질 수 없었다. 나에게는 아직도 살아남아 있는 생명의 지각이 얼마든지 있었다. 차고 뜨거움을 느낄 수 있는 손발이 있었고, 맛을 아는 입과 혀가 있었고, 냄새를 맡을 코가 있었고, 한쪽뿐이기는 하였지만 아직도 필요한 소리들을 들을 수 있는 귀가 있었다. 그것들은 나의 가장 분명한 삶의 증거였다. 그리고 앞날의 가능성에 대한 가장 소중한 담보물이었다.

말할 것도 없이 나는 다시 살아야 했다. 나는 다시 살기로 하였다. 그리고 현실적인 방법을 생각하기 시작했다. 무엇보다도 눈이 보이지 않는 결함에서 적응력을 길러 그 불편으로부터 먼저 자유로워져야 하였다. 실명 상태에 적응하기 위해서는 남아 있는 다른 지각기관들을 건강하게 유지하고 그 기관들의 간접지각을 최대한으로 활용해야 하였다.

나는 듣고 만지고 냄새를 맡는 지각활동으로 보는 일을

대신하는 다른 능력을 다듬어 나갔다. 나는 눈을 볼 수 있었을 때의 사물에 대한 기억이나 지식을 하나하나 다시 되살려 나갔다. 그리고 그 기억들을 다른 지각기관의 기억으로 옮겨 지니는 일을 시작했다.

나는 내가 기거하는 방 안에서부터 하나하나 물건들을 더듬어 나갔다.

—이것은 시계다.

—이것은 책이다.

시계가 손에 닿으면 손끝으로 시계를 만져서 그것을 외웠고, 책이 닿으면 책을 만져서 기억에 담았다. 그것도 어느 방향에서 만져지든지 금세 기억을 살려 낼 수 있도록 이리저리 연습을 되풀이하였다. 때로는 손에 닿아 오는 물건이 무엇인지 잘 기억이 나지 않아서 애를 먹은 적도 있었다. 그런 경우일수록 나는 연습을 거듭하여 기억을 분명히 해 두곤 하였다. 방 안에만도 훈련의 대상물은 얼마든지 많았다. 나는 그 방 한쪽에서부터 차례차례 모든 공간을 만져 나가면서 기억을 하나하나 쌓아 갔다. 다른 할 일이 없다 보니 그것은 어둡고 지루한 시간을 보내는 데도 매우 유용한 작업이었다. 그런 짓이라도 하면서 시간의 흐름을 잊지 않으면 나는 순간순간마다 답답한 머리 속이 터져 미쳐 버릴 것 같았다. 게다가 눈이 보이던 시절의 빛에 대한 기억이 순간순간마다 견디기 어려운 절망감과 갈등을 유발해 내곤 하였다. 견딜 수 없는 짜증과 광기가 솟아오를 적이 한두 번이 아니었다.

하지만 나는 마치 시간대를 벗어난 고속 필름의 화면처럼 느린 동작으로 하나하나 눈앞의 어둠을 뚫고 지각의 공간을 넓혀 나갔다. 나중에는 어디에 문이 있고, 어디에 기둥이 있으며, 어디쯤에 라디오가 놓여 있는지, 방향이나 위치까지도 제법 익숙해져 갔다.

마침내는 책이라도 그것이 무슨 책인가, 그리고 그 곁에는 또 무슨 책이 꽂혀 있는가 하는 데까지 방 안의 구조를 완전히 머리 속에다 집어넣고 말았다.

방 안 일이 끝나자, 이번에는 마루로 나가 마루를 익혔고, 그 다음에는 부엌의 구조와 변소길을 익혔다. 그건 이를테면 그 동안 어둠에 가려 죽어 있던 세계가 내 앞에서 하나하나 다시 살아나는 격이었다.

그건 물론 이만저만 힘이 드는 일이 아니었다. 선천적인 불구나 유년기 실명자 같으면 다른 지각기능의 대체 계발이 보다 쉬울 터였다. 하지만 나는 이미 서른일곱의 늦은 나이였다. 나의 지각기관들은 이미 기능이 굳어질 대로 굳어져서 잠재능력을 발휘하기 어려웠다. 기껏 익히고 외워 둔 사물의 경험도 느낌이 설고 새삼스러울 적이 많았다.

하지만 어쨌거나 나는 결국 그 일을 해냈다. 만족할 만한 정도는 못 되더라도 적어도 집 안에서만은 최소한의 불편을 면할 수 있을 정도였다.

집 안을 거의 다 익히고 나서도 나는 여전히 그런 훈련을 계속했다. 다른 할 일이 없기 때문이었다. 그 짓이라도 하고 있지 않으면 외로움과 적막감을 달랠 길이 없었다. 절망감을 이겨낼 길이 없었다. 그래 이번에는 머리 속에 익혀 둔 집 안의 구조와 사물들을 하나하나 다시 찾아 확인해 나가는 작업을 시작했다.

나는 머리 속에 그려진 구조를 따라 손끝으로 방 구석을 차근차근 더듬어 확인하고, 책상의 위치와 책꽂이를 찾아내고, 그리고 책꽂이에 꽂힌 책들을 가려 냈다. 쓰다 남겨 둔 노트를 찾아 내선 한 장 한 장 분량을 헤아려 보기도 하였고, 서랍을 열어 그 안에 가려 둔 필기구의 종류를 확인하기도 하였다. 마루로 나가선 창문의 위치와 거리를 재어 보는 연습을 되풀이하고, 부엌으로 내려가선 간장병과 조리기구들의 위치를 점검했다.

그것은 이를테면, 나의 세계와의 새로운 만남이었고, 그것과의 새로운 교유였다. 몸을 눕히고 움직임을 그치고 있으면 나는 완전한 정적 속에서 혼자가 되었다. 내가 손을 움직여 더듬기 시작하면 그것들은 비로소 내 곁으로 돌아와 나의 세계의 일부분이 되었다. 하지만 내가 움직임을 그치면 그것들은 금세 깜깜한 정적 속으로 흔적도 없이 사라져 가버렸다.

나는 그 깜깜한 정적이 싫었다. 세상이 온통 어디론가 사라져 가고, 나 혼자 어둠의 나락 속으로 떨어져 들어가는 느낌—나는 그럴수록 끊임없이 몸을 움직여 그것들을 만나고 있어야 했다.

그런 식으로 어느새 한 달여의 시일이 흘러가고 있었다.

하다 보니 그것도 끝내는 한도가 있는 일이었다. 나는 마침내 그 짓에도 심신이 지치고 말았다. 끼니를 자주 거른 데다, 지친 육신에 하나하나 고장이 겹쳐 오기 시작했다. 허리 부근의 신경통기가 도져 오고, 턱 밑 부근께가 심심하면 묵적지근하게 부어 올랐다. 이마에선 신열이 자주 느껴지고, 혈압상태도 심상치 않을 적이 많았다.

하지만 나는 그 육신의 잦은 고장에서보다도 마음이 먼저 지쳐 가고 있었다.

무작정 그러고 지낼 수가 없었다. 날이 갈수록 자신의 앞일이 막연하고 불안했다. 그리고 주위가 너무 어둡고 좁고 적막스러웠다. 처음에 염려를 했던 바와는 달리, 아내나 형님댁에선 그 동안 나를 방해해 온 일이 전혀 없었다. 그것은 어쩌면 말없는 기다림이나 재촉처럼 보였다. 나는 그럴수록 마음이 초조하고, 어떤 결단에 쫓기고 있는 기분이었다.

그러던 어느 날이었다. 그 날 오후, 나는 답답한 불안기를 달래려고 마루 끝으로 몸을 끌고 나와 저녁 햇살을 쪼이고 있던 참이었다.

그 때 어디선가 문득 사람의 목소리가 들려 왔다.

"해지기 전에 잊어버리지 말구 장독 뚜껑부터 덮어 두거라."

블록 담 너머에서 들려 오는 이웃집 아주머니의 목소리였다. 아주머니가 가정부 아이에게 장독 단속을 시키는 소리였다.

나는 그 소리를 듣는 순간 자신도 모르게 몸을 벌떡 일으켜 세웠다. 그것은 물론 나를 상대로 한 소리는 아니었다. 하지만 나는 참으로 오랜만에 잊고 있었던 사람의 목소리를 들은 것이었다. 이상스런 반가움에 가슴마저 뛰었다. 왜 저 소리가 여태까지 한 번도 귀에 들려 오지 않았을까. 나는 차라리 그게 이상스러울 정도였다. 그 집과 우리 집은 원래 나지막한 블록 담 하나로 경계를 삼고 있는 이웃간이었다. 게다가 두 집의 장독대가 그 블록 담 곁으로 높게 쌓아 올려져 누가 그 곳을 올라가면 어느 쪽에서나 서로 사람을 알아볼 수 있게 되어 있었다. 한데도 나는 이상하게 그 집 사람들이 장독대로 올라가는 것을 본 적이 없었다. 눈이 성했을 때도 무심해서 그랬던지 사람을 본 기억이 없었다. 눈을 잃고 돌아와 숨어 지내다시피 해 온 이즈음에는 더더구나 사람의 기척 같은 걸 느껴 본 일이 없었다. 이상한 일이었다. 아침 저녁으로 가정부 아이가 그 장독대를 오르내렸을 텐데 그런 기척을 한 번도 귀담아 들을 수가 없었다.

이 날따라 그 소리가 비로소 귀에 들려 온 것이 어떤 특별한 조짐만 같았다. 나는 터무니없는 흥분기를 누르며 조심스럽게 다음 기척을 기다렸다.

"알았어요."

담 너머에선 이내 가정부 아이의 대답 소리와 함께 신발 끄는 소리가 다가왔다. 그러나 담 너머 기척은 그것으로 그만이었다. 가정부 아이가 장독대로 올라오는가 싶더니 어느새 일을 끝내고 발소리가 다시 멀어지고 있었다. 장독대 위에서 뭔가 한두 마디쯤 말이 더 오가기를 기다렸으나, 그런 사정을 알 리 없는 아이였다.

그 무심스런 한두 마디 말소리가 사라지고 나자 나는 가슴 속이 새삼 황량해지고 있었다. 하지만 그 한두 마디 사람의 말소리를 들음으로 인한 이 날의 반가움은 그것으로 그만 마감이 된 것이 아니었다.

이 날 밤 나는 공연히 잠을 이룰 수가 없었다. 낮에 들은 말소리가 자꾸만 귀에서 되살아나곤 하였다. 그리고 뭔가 분명하지는 않았지만 가슴 속에 한 가닥 가느다란 빛줄기 같은 것이 느껴져 왔다.

다음 날은 아예 아침부터 방을 나와 담 너머 기척을 살피기 시작했다. 다른 할 일이 없었으므로 말소리라도 한번 듣고 싶어서였다.

하지만 아침 때가 이미 지난 때문이었을까. 옆집 사람들은 기대보다 말수가 적은 사람들 같았다. 한나절을 기다려도 소득이 없었다. 가정부 아이가 부엌을 드나들 저녁참에는 아예 마루를 내려가 장독대 계단으로 건너가 앉았다. 그리고는 블록 담벼락에 왼쪽 귀를 대고서 기척을 기다렸다.

그러나 그 저녁도 신발 끄는 소리가 몇 차례 담 옆을 잠깐씩 지나갔을 뿐 사람의 말소리는 들려 오지 않았다.

하지만 나는 서두르지 않았다. 기다리는 것만으로도 마음이 즐거웠다. 언젠가는 소리가 들려 오겠지. 그리고 기회가 닿으면 내 쪽에서도 한두 마디쯤 말을 넘겨 보내 보리라. 어느새 나는 그런 생각까지 머리 속에 사려 먹고 있었다. 그리고 그 때 그쪽에 건네 붙일 말구실을 골똘히 궁리했다.

―가정부 아이가 이런 이웃집 사정을 들은 일이 있을까. 이런 사정을 아이가 어떻게 헤아려 줄 마음이 생길까. 솔직하게 그냥 앞을 못 보는 장님이라고 말하자. 그리고 먹을 만한 찬거리가 떨어졌다고 말하자. 사람의 아픈 마음을 조금이라도 헤아릴 줄 아는 아이라면 그런 말붙임을 허물하진 않으리라.

반찬거리 같은 건 물론 문제가 아니었다. 이쪽 사정 같은 건 알아듣지 못하더라도 그저 한두 마디 사람의 목소리로 말을 주고받을 수 있다면 그만이었다. 나는 그저 말소리가 듣고 싶을 뿐이었고, 사람과 말을 해 보고 싶을 뿐이었다.

그런데 그 집에는 아무래도 사람들이 모두 바깥 나들일 나가고 없는 모양이었다. 아무리 기다려도 도대체 사람의 기척이 들려 오지 않았다. 저녁을 지을 때가 되었을 텐데도 그런 기척이 전혀 없었다. 아침녘엔 한두 번씩 지나쳐

가는 듯싶던 가정부 아이의 발걸음소리조차 저녁 나절로 접어들어선 전혀 깜깜 무소식이었다.

그렇다고 담 너머로 남의 집 사람들을 함부로 불러 댈 수는 없었다. 어쨌거나 말소리를 기다려야 하였다.

나는 다른 할 일이 없었으므로 몸이 지쳐나는 것도 잊은 채 계속해서 담벼락에 귀를 대고 끈질기게 기척을 기다렸다.

18

어느 때쯤 되어서였을까.

온몸으로 스며드는 싸늘한 밤기운에 나는 까맣게 가라앉아 들어갔던 의식이 되돌아왔다. 하지만 나는 정신이 돌아오고 나서도 이 때가 어느 때쯤 되었는지 전혀 시간을 종잡을 수 없었다. 아무 소리도 귀에 들려 오는 것이 없었다. 옆집에서도, 대문 밖에서도 소리라곤 전혀 들려 오는 것이 없었다.

그러자 나는 이내 다른 사실을 한 가지 깨달았다. 청력이 살아 있던 왼쪽 귀마저 소리가 들려 오지 않는다는 사실이었다. 손바닥을 두드려 보았으나, 귀에 닿아 오는 소리가 없었다.

보이지도 않고 들리지도 않는 세상은 완전히 진공상태였

다. 나는 그 절벽같이 단단하고 깜깜한 진공상태 속에 육신이 꽁꽁 결박당해 버린 느낌이었다. 아직도 잠 속에서 제정신을 차리지 못하고 있는 듯한 느낌이 들기도 하였다. 잠 속이거나 생시이거나 그건 어차피 죽음 한가지였다. 나의 잠은 죽음이었고 깨어 있음 역시 그것의 다른 모습일 뿐이었다.

하지만 나는 어쨌든 의식을 되찾고 있었다.

그리고 내가 여태 그런 식으로 아내를 기다리고 있었음을 깨달았다.

그새 며칠이나 시일이 흘렀는지 정확한 날수를 헤아릴 수는 없었다. 그리고 이미 각오를 했던 만큼 그런 기대를 머리 속에 떠올려 본 적도 없었다. 하지만 아내 쪽에서도 그 동안 역시 아무 소식이나 낌새가 없었다. 어머니에게서도 마찬가지였고, 형님댁에서도 마찬가지였다. 나의 일은 나의 결의에 맡겨 두자는 것일 터였다. 그것은 내가 애초부터 바라고 당부해 온 바였다.

그런데 이번에는 그런 내 쪽에서 거꾸로 누군가를 몹시 기다리고 있었다. 담벼락에 귀를 대고 기다린 것도 실은 이웃집 가정부 아가씨의 발자국소리만은 아니었다. 그것은 어쩌면 아내의 발자국소리일 수도 있었고, 어머니의 그것일 수도 있었다. 혹은 형님 내외분의 그것일 수도 있었고, 그냥 의례적으로 병문을 다녀가던 옛 교우들의 그것일 수도 있었다.

하지만 끝내 아무도 찾아오는 사람은 없었다. 심지어는 그 담 너머 이웃집 가정부 아가씨의 발자국소리마저도. 스스로 그렇게 만든 일이기는 하였지만 아내의 떠남은 이제 더욱더 확실했다. 나는 이제 그 모든 결별을 끝내고 외롭고 두꺼운 침묵의 벽 속에 오로지 혼자가 되어 있었다.

나는 진실로 내가 해야 할 일이 무엇인가를 새롭게 깨달은 것 같았다. 나는 오히려 어느 때보다도 마음이 편하게 가라앉고 있었다.

—방으로 들어가자.

나는 더듬더듬 몸을 일으켜 방 쪽으로 향했다.

집 안은 역시 무덤 속 같은 침묵뿐이었다. 사람에 대한 그 동안의 기다림이 그토록 깊고 간절했던 탓일까. 새삼 가슴 속으로 냉랭한 바람기가 지나갔다. 더듬더듬 집 안으로 기어 들어가고 있는 것까지 공연히 우습고 부질없는 짓 같았다.

하지만 그런 건 문제가 아니었다. 이제는 사정이 너무도 분명해져 있었다.

나는 마침내 방으로 들어와 남은 미련을 정리하기 시작했다.

—이젠 정말로 그만 끝내자. 이제 나에게 남아 있는 것이 무엇인가…….

남아 있는 것은 아무것도 없었다. 떠나갈 것은 다 떠나가고, 잃을 것도 모조리 잃은 다음이었다. 정말로 이제는 마지막 가능성을 찾아 스스로의 삶을 꾸려 갈 길밖엔 없었다. 하지만 이런 처지, 이런 육신에 무슨 가망이 남아 있을 것인가. 그야 한때는 그런 가능성을 느껴 본 적도 있기는 하였다. 남아 있는 육신의 지각들로 인하여, 발자국소리에 대한 기다림으로 인하여.

하지만 그것들도 실상은 모두가 헛된 착각일 뿐이었다. 허무한 감관들의 속임수였을 뿐이었다. 무엇보다도 그 가능성이라는 것은 구체적이고 현실적인 방법이 뒤따라야만 하였다. 허망스런 공상이나 희망만으로는 도움이 전혀 안 되는 것이었다. 그렇다면 내게 가능한 방법이 무엇인가. 담벼락에 귀를 붙이고 이웃집 가정부 아가씨의 발자국소리나 기다리는 것? 그건 방법이 될 수가 없었다.

그나마도 방법이나 여망이 없었다. 이젠 청력까지 완전히 죽어 버렸을 뿐 아니라, 그것도 이미 기다릴 만큼 기다린 일이었다. 항차 나에겐 그 위대한 헬렌 켈러의 설리번 선생을 기대해 볼 여망도 없었다. 설리번이 없는 헬렌 켈러는 흉한 육괴에 불과한 존재였다. 그것도 무슨 인간의 '존재'라고 말할 수가 있는가. 그리고 그 존재 자체로서 위대한 창조가 가능하다고 단언한 것이 저 허풍쟁이 게오르그 짐멜 선생이시던가? 존재양식의 요소로서 과정과 갈등과 운동이 있노라? 존재는 곧 생성이요 생성은 곧 창조라…… 그리하여 인간은 존재함으로써 창조력을 지닐 수 있다고? 그렇다면 아직까지 숨을 쉬고 있는 것만으로 내게도 그 존재라는 것을 인정할 수가 있단 말인가. 그리고 그것으로 어떤 창조가 가능하단 말인가…….

건강한 몸으로 아침 점심 다 찾아 자시고, 가고 싶은 곳 가고, 보고 싶고 듣고 싶은 것 다 보고 듣고 하면서, 책상머리에 앉아 한번 큰소리를 쳐 본 것뿐이었다. 작자에게도 눈이 멀고 귀가 안 들리게 된다면, 그리고 목이 붓고 허리가 아프고, 이웃도 없이 혼자 끼니를 굶고 앉아 있게 된다면, 과연 그런 소리를 지껄일 배짱이 있을까. 그런 자신을 '존재' 로 시인하며 창조에 대한 열망이 생길 수 있을까…….

아니면 또 잘난 소리를 많이 하고 간 베르그송이라는 작자의 그 생의 철학이라는 것은 어떤가. 현재라는 의식 속에서 항상 과거나 미래가 포함되며, 항상 변하여 새로운 것을 만들어 내는 현재라는 시간의 흐름, 그게 바로 우주의 생명의 본질이라고 했던가. 그리고 인간 존재의 깊은 본질은 생각이나 말로써가 아니라, 삶의 체험이나 직관으로써 인식된다고 했던가. 그렇다면 내게 닥쳐올 그 끊임없는 현재의 시간은 어떤 것이 될 것인가. 어떤 변화와 생성이 이루어지기를 기대할 수 있을 것인가. 거기서 무엇을 체험하고 직관해 낼 수가 있을 것인가. 다가오지 않는 발자국소리에 대한 부질없는 귀기울임의 시간? 그 지루한 시간의 연속적인 무위성? 그리고 끝없는 절망의 체험과 죽음의 어둠에 대한 직관?

모두가 그저 부질없는 소리들일 뿐이었다. 아무것도 의지하고 믿을 것이 없었다. 남아 있는 가능성은 아무것도 없었다.

—끝내자, 이젠 정말로 그만 끝내 버리자. 이번에야말로 진짜 미련없이 끝장을 내는 거다.

나는 한 번 더 다짐을 하였다. 아무래도 그 길밖엔 다른 결론에 이를 수가 없었다. 그러자 나는 이제 죽음의 방법을 생각하기 시작했다. 전번에는 일을 너무 서두른 나머지 진짜 각오가 없었던 것 같았다. 그래 낭패를 보게 된 것이었다.

이번에는 사태가 훨씬 더 명확했고 각오도 그만큼 충분했다. 마음도 훨씬 담담하고 차분했다. 이번에는 실수가 있어서는 안 되었다. 결정적인 방법이 되지 않으면 안 되었다.

이윽고 나는 면도날을 생각해 냈다.

수염이 많은 나는 평소에 면도를 자주 했다. 면도기와 면도날은 평소 나의 가까운 일용품이었다.

나는 곧 책상의 오른쪽 맨 아래 서랍에서 면도기를 찾아냈다. 하지만 근래 들어 한동안은 쓴 일이 없었기 때문에 그 면도기에는 칼이 들어 있지 않았다. 날이 얇아 그랬는지 몇 차례 되풀이된 그간의 방 안 수색에서도 그것이 손끝에 닿아 온 기억이 없었다. 하지만 찬찬히 찾아보면 방 안 어느 구석엔가 헌 면도날이 하나쯤은 굴러다닐 터였다.

헌 면도날이 끼여들 만한 장소를 생각해 보았다. 그리고 책장과 서랍 바닥과 방 안을 모두 수색한 끝에 마침내는 비닐 장판 이음새 밑에 깔린 헌 면도날 하나를 찾아 냈다.

그것으로 이젠 준비가 모두 끝난 셈이었다.

—이제는 아무도 원망하지 않기로 하자.

—아무도 원망하지 말고 모두를 그저 용서하기로 하자.

나는 마지막으로 자신을 한 번 더 다짐했다. 이젠 면도날로 목을 잠깐 그어 버리면 그만이었다. 그것은 다시 고쳐할 수 있는 일이 아니었다. 그 전에 미진한 일이 있으면 마음을 깨끗이 정리하고 싶었다. 그리하여 아무런 빚이나 미련을 남기지 말고 마음 가볍게 떠나고 싶었다.

제일 먼저 아내가 머리에 떠올랐다. 이제는 원망보다도 사죄를 할 일이 많은 사람이었다. 아이들에 대해선 더욱 말할 것이 없었다.

—나를 용서하오. 그리고 아이들을 부탁하오.

나는 아내를 용서하기보다 오히려 용서를 빌었다.

다음으론 다시 어머니와 아버지를 생각했다. 그리고 늘 괴로움과 걱정을 끼쳐 온 형제들을 생각했다. 역시 아무것도 원망할 것이 없는 사람들이었다. 오직 내 쪽에서밖엔 용서를 빌 것이 없는 사람들이었다.

—못난 자식을 용서하소서.

—어리석은 자를 용서해 다오.

집안 식구들에 이어 아직도 수많은 사람들의 얼굴이 머

리 속을 줄줄이 지나갔다. 어렸을 때 아버지의 뺨을 후려치던 시골마을 사람, 교회와 학교에서 즐겁게 사귀던 친구들, 논산에서의 선생님들과 착한 아이들, 눈이 멀게 된 과정에서 만나고 지나간 숱한 의사들—, 특히 나의 병을 찾아 내고 어쩔 줄 몰라 난처해하던 백 군과 평택의 할머니에 대해서는 누구보다 많은 생각을 갖게 했다. 나는 그 모든 사람들에 대한 원망을 거두고, 진실로 마음의 용서를 빌었다…….

그리고 마지막으로 나 자신을 용서하려고 하였다. 이제 정말로 누구에게 원망이나 미움을 남기고 있는 것은 없는가. 후회나 미련을 남기고 있는 것은 없는가. 스스로 무슨 연민 같은 것을 사고 싶어하는 마음은 없는가…….

그런데 참 알 수 없는 일이었다.

이제 정말 마지막이라고 생각하니, 이제야말로 정말 죽는구나 생각하니, 상념이 좀처럼 끊기지 않았다. 미련이 아직도 깨끗이 지워지지 못한 탓이었을까. 머리 속이 아무래도 가볍게 비워지지 않았다. 아내와 아이들, 어머니와 아버지…… 한번 지나간 사람들의 얼굴이 머리 속으로 다시 줄을 이어 나타나곤 하였다. 자신에 대한 용서가 아직은 다 하지 못하고 있는 것 같았다. 눈에서는 새삼 눈물까지 치솟아 올랐다. 참으려 해도 소용이 없었다. 그것으로 대신 내 생명의 마지막 소명을 다하기라도 하려는 듯 쉴새없이 두 눈에서 눈물이 샘솟아 올랐다.

나는 좀더 기다릴 수밖에 없었다. 그런 식으로 아직 끝낼 수가 없었다. 모든 미련이 다해 끝나기를, 그리하여 참으로 마음이 깨끗이 비어 가벼워지기를, 자신을 용서할 수 있게 되기를 침착을 잃지 말고 기다려야 하였다.

나는 침착하게 그것을 기다렸다. 그리고 머리 속에 떠오른 얼굴들을 하나하나 지워 가면서 눈에서 눈물이 그치기를 기다렸다. 아무려나 마지막을 눈물 속에서 울면서 끝낼 수는 없는 노릇이었다.

19

기다림의 시간이 너무 길어진 것이었을까. 아니면 이제 그런 기다림의 시간조차 감당해 낼 수 없을 만큼 심신이 지쳐 버린 것이었을까. 나는 어느새 또 정신을 잃고 쓰러진 모양이었다.

—요한아, 요한아…….

꿈결처럼 어디선가 문득 나를 부르는 소리가 들려 왔다. 우렁우렁한 목소리가 한마디도 아니고 연속적으로 방 안을 가득 울려 오고 있었다.

소리에 놀라 눈을 떠 보니 방 안에는 그 소리뿐 아니라 이상하게 휘황한 광채와 향기 같은 것이 가득했다. 형언할 수 없이 휘황찬란한 그 광채와 향기 속으로 누군가의 목소리가 계속해서 울려 왔다.

—요한아, 요한아, 요한아…… 이젠 그만 일어나거라.

—당신은 누구십니까?

나는 귀가 열리고 눈이 뜨인 것을 이상해할 겨를도 없었다.

—당신은 누구시며 어디에 계십니까?

나는 사지를 허우적거리며 연거푸 물어 댔다.

—나는 너의 여호와니라. 내가 아직 너를 버리지 않았는데, 어찌 너는 혼자라 하느냐…….

소리가 빛 속에서 대답을 해 왔다. 그리고 계속해서 다짐해 왔다.

—내, 네가 혼자가 아님의 증거를 보이리라. 구약성경 320면이 너의 것이니라.

—몇 면이라 하셨습니까?

—320면이니라…….

나의 물음에 그 보이지 않는 목소리는 한 번 더 분명한 면 수를 일러 왔다. 그리고는 기다란 소리의 여운을 끌며 먼 허공으로 사라져 갔다.

나는 그 소리의 여운 속에 비로소 번쩍 제정신이 들었다. 동시에 광채나 소리는 간 곳이 없고 눈앞은 다시 깜깜한 어둠의 절벽뿐이었다. 하지만 나는 아직도 한동안 정신이 어리벙벙했다.

—요한아, 요한아, 요한아…….

귀에서는 아직도 그 우렁우렁한 목소리가 울려 오고, 방안엔 여전히 휘황한 광채가 가득 차 있는 것 같았다.

가슴이 떨리고 숨이 가빠 왔다.

하지만 나는 아직도 꿈을 꾸고 있는 것만 같았다. 꿈인지 생시인지 아직도 확실히 분간을 할 수가 없었다.

—나는 아직도 혼자가 아니라구?

—당신이 아직 나를 버리지 않았다구?

소리는 분명히 그가 나의 여호와 하나님이라 하였다. 하지만 나는 알 수가 없었다. 서른일곱 나이가 되도록 나는 참으로 어설픈 교인이었다. 때로는 기도도 인도하고, 때로는 성가대 합창에 끼여들기도 했지만, 그 모두가 실상은 어쩔 수 없는 체면치레에 가까운 짓들이었다. 게다가 당신이 안 계신다고 방을 써붙이며, 그렇게 믿고 싶어하고 또 믿어 온 나였다. 근자에는 그나마 아예 머리 속에조차도 남아 있지 않던 하나님이었다. 그런데 그 하나님이 하필 이런 때에, 이 마지막 죽음의 순간에 아직도 나를 버리지 않고 함께 계셔 주신다? 그리고 그 증거까지 주신다?

그럴 리가 없는 일이었다.

믿을 수 없는 일이었다.

하지만 나는 아직도 이상한 흥분기를 가눌 수가 없었다. 그 음성이 남기고 간 증거가 아직도 머리 속에 분명하게 남아 있었다.

—구약성경 320페이지.

그 말씀이 나의 것이라 하였다. 그 말씀이 무엇인가.

어디쯤인지 짐작이 안 갔다. 눈이 없으니 볼 수도 없었다.

나는 어떻게든지 그것을 알아 내야 하였다. 그 말씀이 무엇이길래 그것이 당신의 증거가 된다는 말인가. 나는 어떻게든지 그걸 알아 보지 않고는 견딜 수가 없었다.

나는 책장을 찾아 구약성경을 꺼내 들고 무작정 대문 쪽으로 더듬어 나갔다. 그리고 나는 거기서 비로소 그 동안에 감감 닫혀 있던 왼쪽 귀의 청력이 젖은 고막이 말라가듯 조금씩 되살아나고 있음을 깨달았다.

바깥은 그새 아침이 밝아 온 모양이었다. 골목을 지나가는 발자국소리들이 완연하게 귀청을 울려 왔다.

나는 대문을 열고 나가 지나가는 발자국소리를 무작정 불러 세웠다.

"여보세요, 여보세요, 지금 제 앞을 지나가시는 양반……."

"무슨 일이세요?"

발자국소리 하나가 내 앞으로 다가와 멈춰 서고 있었다. 등교길을 서둘러 나선 고등학교 학생쯤 되는 남자아이의 목소리였다.

"바쁜 길에 미안합니다. 난 앞을 못 보는 사람입니다……."

나는 학생 아이의 팔소매를 붙잡고 간곡하게 나의 사정을 말했다. 그리고 잠시 집으로 들어가 성경 한 페이지를 읽어 달라 간청했다.

"그러지요."

사정이 딱해 보였던지, 학생 아이는 고맙게도 이내 승낙을 하고 나를 따라 들어왔다.

"여기 이 구약에서 320페이지를 찾아봐 주세요."

학생을 방으로 데리고 들어온 나는 가슴을 두근거리며 성경책을 내밀었다.

"찾았습니다. 320페이지는 여호수아 1장 1절부턴데요."

성경책을 대한 일이 있는 학생이었던지 그는 이내 페이지를 들춰 내용을 일러 주었다.

—여호수아 1장 1절?

별로 눈여겨 읽어 본 일이 없는 곳이었다.

"그럼 그 1절부터 좀 읽어 봐 주십시오."

나는 다시 학생에게 부탁했다.

"여호와의 종 모세가 죽은 후에 여호와께서 모세의 시종 눈의 아들 여호수아에게 일러 가라사대……."

학생이 차근차근 성경의 구절을 읽어 나가기 시작했다.

나는 한 자라도 놓칠세라 학생의 낭독 소리 한마디 한마디에 온 정신을 쏟아 귀를 기울였다.

"……내 종 모세가 죽었으니 이제 너는 이 모든 백성으로 더불어 일어나 이 요단을 건너 내가 그들 곧 이스라엘

자손에게 주는 땅으로 가라. 내가 모세에게 말한 바와 같이 무릇 너희 발바닥으로 밟는 곳을 내가 다 너희에게 주었노니 곧 광야와 이 레바논에서부터 큰 하수 유브라데에 이르는 헷 족속의 온 땅과 또 해 지는 편 대해까지 너희 지경이 되리라……. 계속해서 읽어요?"

학생이 잠시 낭독을 중단하고 나에게 물어 왔다. 내가 그냥 아무 소리 없이 앉아 있기만 하니까 혼자 무작정 읽어 나가기가 싱거워진 모양이었다. 아닌게 아니라 거기까진 나도 별반 마음에 닿아 오는 곳이 없었다. 하나님이 나를 버리지 않으셨다거나 아직도 나의 곁에 계심이 증거가 될 만한 곳이 없었다.

"좀더 계속 읽어 나가 주십시오."

나는 학생에게 다시 청했다.

"그럼 이젠 5절부텁니다."

학생이 다시 읽기를 시작했다.

"너의 평생에 너를 능히 당할 자 없으리니 내가 모세와 함께 있던 것같이 너와 함께 있을 것임이라. 내가 너를 떠나지 아니하며 버리지 아니하리니 마음을 강하게 하라. 담대히 하라……."

바로 그 때였다. 나는 불현듯 손을 저어 앞사람의 낭독을 중단시켰다. 그리고 자신도 모르게 뜨겁게 끓어오르기 시작한 가슴을 억제하며 다급한 목소리로 그에게 말했다.

"아니 잠깐! 거기서 멈추고 5절부터 다시 한 번 읽어 봐 주시오.”

학생은 잠시 영문을 모르겠다는 듯 입을 다물고 있었다. 그러더니 그도 뭔가 심상찮은 낌새를 알아차렸는지, 이내 군말없이 5절부터 낭독을 반복했다.

“너의 평생에 너를 능히 당할 자 없으리니 내가 모세와 함께 있던 것같이 너와 함께 있을 것임이라. 내가 너를 떠나지 아니하며…….”

틀림없었다. 바로 그 곳이었다. 나는 어느새 기쁨과 환희로 가슴이 터질 듯 차오르고 있었다.

—내가 너를 떠나지 아니하며 버리지 아니하리니…….

광채 속에서 들은 음성과 같은 내용의 말씀이었다. 아니, 그 말씀이 나를 위한 그것이요, 나의 것이라는 분명한 증거였다. 음성과 성경으로 증거를 얻은 것이었다.

하나님은 분명 나를 버리지 않고 계셨다. 그리고 이런 때에, 내가 믿고 의지하고 살아가야 할 사람들이 모두 다 떠나가 버리고 난(그것이 비록 내가 원하여 그렇게 된 일이라 하더라도) 지금, 모든 원망과 미련을 거두고 나의 육신마저도 버리려 하는 이 마지막 순간에, 하나님은 홀로 나를 기억해 주시고 나의 곁에 함께 계셔 주신 것이었다. 그 음성과 성경의 말씀으로 나를 지켜 주신 것이었다.

“이 율법책을 네 입에서 떠나지 말게 하며 주야로 그것을 묵상하여 그 가운데 기록한 대로 다 지켜 행하라. 그리하면 네 길이 평탄하게 될 것이라. 네가 형통하리라. 내가 네게 명한 것이 아니냐. 마음을 강하게 하고 담대히 하라……."

나의 기쁨을 알아차렸는지 학생은 일부러 다시 청하지 않아도 내가 지적한 대목을 넘어서 페이지의 끝까지 말씀을 계속 읽어 나가고 있었다.

하지만 이제 그 목소리는 아까의 학생이나 여느 사람의 그것이 아니었다. 그것은 바로 휘황한 광채 속에서 들려온 하나님 당신의 소리였다. 그리고 그 말씀 중의 '너'는 바로 나 자신을 일컬으심이었다.

"두려워 말며 놀라지 말라. 네가 어디로 가든지 네 하나님 여호와가 너와 함께하느니라 하시니라……."

말씀이 계속 귀청을 울렸다.

이윽고 학생이 읽기를 끝내고 돌아가고 나서도 그 말씀은 계속해서 나의 귀청을 울려 왔다. 뿐더러 그 학생이 돌아가고 나서도 나는 이제 혼자가 아니었다.

—아아, 참으로 나는 이제 혼자가 아니다. 그분이 나를 버리지 않고 이렇게 함께 계셔 주신 것이다.

나는 기쁨을 견딜 수가 없었다. 가슴 속 저 깊은 곳에선 새로운 힘과 소망이 샘물처럼 솟구쳐 올라왔다.

이 세상의 친구들 나를 버려도
나를 사랑하는 이 예수뿐일세.

나는 자신도 모르게 입에서 노래를 부르기 시작했다.

기억에도 까마득한 찬송가의 노랫소리가 문득 저 혼자 입술을 흘러 나온 것이다.

나는 기쁨에 못 이겨 어두운 방바닥을 쓸어 대면서, 눈물로 목이 메어 오는 소리로 되풀이 되풀이 혼자서 주 찬양의 노래를 불렀다.

예수 내 친구 날 버리잖네.

온 천지는 변해도 날 버리지 않네…….

그 길의 행인들 I

20

나는 시간이 지날수록 새로운 각성과 용기가 샘솟아 올랐다. 기쁨으로 눈앞까지 환히 밝아 오는 듯하였다.

하나님은 정말로 나를 기억해 주신 것이다. 그리고 분명히 나를 떠나지 않겠다 하신 것이다. 강하고 담대하라 하신 것이다. 강하고 담대하라 하심은 당신이 언제나 나와 함께하심을 전제하신 것이었다.

그 강하고 담대해짐의 의미가 무엇인가……. 여호수아의 이름과 능력은 한 개인의 힘을 의미하는 것이 아니었다. 그에게는 늘 하나님이 함께하시는 절대적인 조건이 주어져 있었다. 하나님이 없는 개인 여호수아는 아무 능력도 있을 수 없는 무력한 인간의 존재에 불과한 것이었다. 그를 앞세운 하나님의 능력이 함께하심으로써 여호수아는 비로소 강하고 담대해질 수 있었다. 여호수아가 그의 힘의 근원이 하나님이신 것을 믿었기 때문이었다.

한데도 나는 지금까지 나의 지식, 나의 재능, 나의 재산과 같은 지극히 찰나적이고 속세적인 것들에서 헛되이 나의 힘을 구해 온 것이었다. 그것들은 진실로 내가 구하고 의지할 힘을 낳을 수는 없는 것이었다. 그것들은 오히려 나의 눈을 가려 진정한 하나님의 힘과 주님의 십자가를 보지 못하게 한 방해물들일 뿐이었다. 참 빛의 차폐물들일 뿐이었다.

—하나님 용서하소서. 모든 힘의 근원이 이 세상의 것들이 아님을, 모든 힘의 근원은 오직 여호와 하나님 당신에게서임을 이제 깨달았나이다. 그것으로 이제 제게 진실로 강하고 담대하여 앞을 보지 못하는 괴로움과 두려움을 물리치게 하여 주옵소서.

나는 기쁨으로 회개하고 하나님께 대한 믿음에 근거하여 스스로 두려움을 물리쳐 나갈 길을 생각하기 시작했다.

그것은 당연히 내게 앞을 보지 못한 자로서의 새로운 삶의 소명감을 찾게 하였다. 강하고 담대해짐은 무엇을 위해선가? 무엇을 위하여 나는 어떻게 강하고 담대해져야 하는가? 그것이 바로 살아 있는 자로서의 나의 소명이 될 터였다. 눈이 먼 자로서 내가 할 수 있는 일, 그것을 나는 찾아 행하여야 하였다. 육신의 눈을 잃은 대신 하나님께서는 필경 눈먼 자로서 내가 감당할 수 있는 어떤 소명을 보여 주실 수 있으리라.

그 소명은 이를테면 나의 새로운 생명의 빛이었다. 육신의 눈을 대신한 영혼의 빛이었다. 나는 그 빛을 찾아야 하였다. 원인을 알 수 없는 나의 실명은 거기서 까닭이 자명해진 듯싶었다.

하지만 하나님께선 그저 내게 그것을 보여 주려 하실까, 비탄만 하고 앉아 있는 내게?

그것은 아니었다. 강하고 담대해지라 하심은 그 소명, 그 영혼의 빛을 위해서였다. 그 빛을 나서 찾으라 하심이었다.

—이제 너는…… 일어나 이 요단을 건너 내가 그들에게 주는 땅으로 가라…….

나는 일어나 그 요단을 건너야 하였다. 그리고 스스로 그것을 찾아야 하였다. 그것을 위하여 스스로 강하고 담대해져야 하였다. 그 곳이 어디인지는 알 수가 없었다. 그러나 그것은 죽음처럼 가라앉은 침묵과 어두움의 벽 속에 비탄과 애원으로 기다리는 일은 아니었다. 비탄과 두려움을 떨치고 일어나 스스로 그것을 찾아 나서야 하였다…….

당장 구체적인 방법이 떠오른 것은 없었다. 어디로 어떻게 그것을 찾아 나서야 할지도 아직은 앞길이 막막했다. 하지만 나는 이제 더 이상 그런 꼴로 집에만 틀어박혀 있을 수가 없었다.

—스스로 길을 나서 보기로 하자.

나는 일단 집을 떠나기로 작정을 내렸다. 고난이 따르리라는 생각은 들었지만, 그 길에서 진정한 삶의 소명을 얻는다면, 그 정도 고난쯤은 달게 받아야 하였다. 그것은 차라리 구도자의 영광스런 순례의 길이 될 수도 있었다.

작정을 내리고 나자 나는 더 망설이고 있을 필요가 없었다. 이것저것 번거롭게 행장을 차릴 것도 없었다. 나는 곧 장롱 속에서 속옷 몇 벌을 찾아 내었다. 그리고 손에 잡히는 대로 책상 위에 놓인 트랜지스터 라디오 한 대를 끼어 간단한 행장 보퉁이를 만들었다.

행장을 대강 추리고 나니, 누구에겐가 편지 한 장쯤은 남겨 둬야 할 것 같았다.

나는 다시 책상으로 가서 펜과 종이를 찾아 냈다. 그리고 보이지 않는 백지 위에 손어림으로 짤막한 사연을 적어 내려갔다.

눈이 보이지 않으므로 긴 말 쓰지 못합니다.
나는 오늘 주님의 인도하심을 받아 이 집을 떠납니다.
주님께서 제게 소명을 주실 것입니다. 나는 그 주님께서 주실 소명으로 당신의 품안에서 당신의 종으로 살아갈 것입니다.
주님이 원하실 때까진 날 찾지 말아 주십시오.

거기까지 쓰다 보니, 나는 실상 그것이 누구에게 쓰고 있는 것인지 잘 분간을 할 수가 없었다. 하지만 나는 그게 누가 되든 상관이 있으랴 싶었다. 그것은 어차피 이 곳을 맨 먼저 찾아온 사람이 읽게 될 것이었다. 그것이 누가 될지 알 수도 없었고, 또 누가 되어도 상관없을 일이었다. 누가 먼저 그것을 읽게 되든 알아야 할 사람에겐 어차피 알려질 일이었다.

나는 좀더 글을 계속해 나갔다.

집은 그냥 이대로 두고 갑니다. 행여나 이 집으로 찾아올 사람이 있을까 해섭니다. 돌아오고 싶은 사람이 있을 때는 그를 위해 이 집이 남아 있어야겠기 때문입니다.

나는 거기까지 쓰고 나서 다시 손을 멈추었다. 집을 처분하겠다는 것은 아닌게 아니라 생각조차 해 본 일이 없었다. 집을 그대로 놔 두고 가겠다는 것은 조금도 거짓없는 나의 진심이었다. 하지만 그런 식으로 글을 쓰다 보니 나는 아직도 아내를 기다리고 있었던 것 같았다. 내가 나간 다음이라도 아내가 집으로 돌아오기를 마음으로 바라고 있었던 것 같았다.

하지만 나는 이내 고개를 가로저었다. 그리고 스스로 마음이 허심 탄회해지려 애쓰며 마지막 몇 마디를 덧붙였다.

이것은 맹세코 누가 다시 이 집으로 돌아오기를 기대해서 하는 말이 아닙니다. 돌아오든 돌아오지 않든 그것은 전혀 그 사람의 뜻에 달린 일이며, 이제 나의 뜻과는 상관이 없는 일입니다. 다만 나는 이제 아무도 원망을 하지 않으며, 그로써 스스로를 용서하고, 다른 사람에게도 그래야 할 일이 있다면 똑같이 그렇게 하고 싶은 마음을 남기고자 함일 뿐입니다. 마음으로나 현실에서나 나는 나의 주변 여러 사람에게 물심 양면 빚이 많은 줄 압니다. 하오니 그럴 필요가 생기면 어머님이나 형수님이나 그 밖의 누구라도 용도에 따라 이 집을 재량껏 처분하여 주십시오. 그 곳에 언제나 주님의 뜻이 계실 것이므로 나의 뜻에도 합당할 것입니다.

1976년 6월 초순

안요한 씀

21

편지를 끝내 놓고 집을 나섰을 때는 오후 해가 거의 다 기울 무렵이었다. 하지만 나는 이제 어둡고 밝음을 가릴 필요가 없는 처지의 인간이었다.

나는 보퉁이를 옆에 끼고 무작정 집을 나와 길거리로 나섰다.

막상 대문을 나서고 보니, 집에 앉아 생각하던 것과는 달리 어려움이 한두 가지가 아니었다. 옛날 다니던 경험이 머리 속에 남아 있어 동네 근처에서는 그래도 제법 길이 익었다. 집을 나서면 바로 문 앞에서 산부인과를 하나 지나게 되고, 그 곳을 계속 걸어 나가면 인왕 아파트 앞 대로로 나서게 되어 있었다. 그리고 그 인왕 아파트 앞에서 왼쪽으로 길을 굽어 올라가면 서울여상 쪽 무악재 고개를 오르게 되어 있었다.

나는 더듬더듬 산부인과를 지나고 아파트 앞 대로변까지 나갔다. 그 짧은 거리를 가는 데서마저 적지 않은 참을성과 요령이 필요했다.

무엇보다 나는 우선 길 한가운데를 걸어갈 수가 없었다. 방향을 놓치지 않기 위해 길 한쪽으로 붙어서서 벽이든 울타리든 계속해서 손으로 더듬어 나가야 하였다. 걸핏하면 돌부리에 걸리고 걸핏하면 전봇대에 이마를 받혔다. 길가에 세워 둔 리어카 따위에 무릎을 받히기도 하였고, 열어 둔 샛문에 옆구리를 찍혀 숨을 쉴 수가 없게 될 적도 있었다.

그러나 동네 안길은 그래도 나은 편이었다. 아파트 앞 대로로 나서고부터는 어려움이 한층 더해 갔다.

여기서도 나는 인도를 놓치지 않기 위해 계속해서 한쪽 길가의 구조물들을 더듬어 나갔다. 하지만 이제 나의 머리 속에는 거리의 구도가 들어 있지 않았다. 동네도 익숙치 못할 뿐더러 거리의 구도에 대한 기억이 없으니 손으로 계속 만져 가면서도 그것이 무엇인지를 알 수가 없었다. 내가 무엇을 지나가고 있는지, 지금 어디쯤을 가고 있는지 방향이나 거리감을 유지할 수가 없었다. 그나마 한 귀를 듣지 못하니 자칫하면 방향마저 놓치기 쉬웠다. 그것들은 일정한 목적지가 없는 나의 발길을 더욱 절망스럽고 더디게 하였다.

하지만 그것도 아직은 참을 만하였다. 보다 더 괴롭고 마음이 쓰린 일은 사람으로 인한 이유 모를 구박질이었다. 벌건 대낮에 두 눈 뜨고(보이지는 않지만 외양은 거의 멀쩡하니까) 벌벌거리는 게 조무래기 아이들에겐 그렇게 이상하고 재미있어 보이는지 몰랐다.

어른들은 그저 모른 척 곁을 지나가 버리곤 하였다. 하지만 아이들은 거의 그렇지를 않았다.

"아저씨, 정말 앞이 안 보이세요?"

그쯤 묻고 지나가는 녀석은 그래도 제법 얌전한 편이었다.

"저 봐라, 눈 뜨고 괜히 장님 시늉하고 가는 거."

"아니다, 괜히 저러는 거 아니다. 장님 시늉을 하면 거지질을 하기 쉬우니까 저러는 거다."

저희들끼리 아는 척을 하며 다투는 녀석들도 있었고, 그중에는 정말 장님인지 아닌지를 확인하기 위하여 일부러 손바닥으로 눈앞을 쓸어 보고 가는 녀석도 있었다.

"아니란다, 정말 눈이 안 보여서 그런단다."

타일러 보낼래도 소용이 없었다. 어떤 녀석은 눈에다 흙을 뿌리고 가기도 하였고, 어떤 녀석은 발길을 걸어 넘어뜨리고서 좋아라 도망질을 치기도 하였다. 혹은 거기까지도 아직 직성이 덜 풀려 한참씩 뒤를 졸졸 따라오며 이리저리 나를 집적대 보기도 하였다.

서글프기 한량이 없었다. 주님께서 나와 함께해 주고 계시리라는 믿음은 나의 신념과 영혼에 위로가 될 수 있을 뿐이었다. 나약하고 감상적인 인간의 감관은 눈앞의 고난조차 감내하기가 힘들었다.

—참으리라. 용서하리라. 주님께서 지금 나와 함께 계시지 않느냐.

마음을 굳게 지니려 하여도 서글픈 심사가 주저앉지를 않았다. 어떤 기묘한 배신감 같은 것이 자꾸만 눈시울을 적셔 오곤 하였다.

하고 보니, 이 날 저녁 내가 그 첫날의 행로를 마무리지은 것도 그 아이들의 장난으로 인해서였다.

길 옆을 지나가는 야간부 여학생 아이들의 재잘거림으로 미루어 서울여상 앞이 가까워지고 있을 무렵이었다.

"아저씨! 오른쪽에 자전거 와요!"

누군가가 뒤에서 다급히 외쳐 왔다. 나는 이번에도 그것이 어린아이의 장난기가 어린 목소리임을 알았으나, 순간적으로 사정을 가늠해 볼 여유를 잃고 말았다. 소리가 워낙 다급했기 때문에 본능적으로 우선 벽 쪽으로 몸을 비켜선 것이 잘못이었다. 자전거는 실상 오른쪽에서 오고 있는 것이 아니라 나의 바로 왼쪽 벽 쪽에 세워져 있었다. 몸을 돌이키자 손에 불쑥 잡혀 오는 것이 있었다. 그것이 나의 무게를 받고 넘어져 가고 있었다. 나는 손으로 그 넘어져 가는 것을 붙잡으려다 끝내 내 몸뚱이까지 함께 나뒹굴고 말았다. 자전거를 안고 나뒹구는 순간 킬킬거리는 웃음소리가 귓전을 스쳤다.

나는 넘어진 자전거를 일으켜 세우려 하지 않고 한동안 그대로 망연스럽게 주저앉아 있기만 하였다.

누구를 원망할 생각도 없었다. 그러나 그런 식으로는 계속 갈 수가 없었다. 한동안 분주하던 발자국소리들이 차츰 뜸해지고 있는 걸로 보아 이 날은 밤도 꽤 늦어진 것 같았다. 눈앞이 보이는 건 아니지만 언제까지 밤길을 그렇게 헤매고 있을 수는 없었다. 배가 몹시 고파 오기도 하였다.

궁하면 통한다는 말이 있던가. 엉뚱하게 친구들의 얼굴이 떠오르기 시작했다.

—그래, 그렇게 하기로 하자.

나는 간단히 마음을 정했다. 아무래도 내가 집을 너무 서둘러 나온 것 같았다. 이 날 밤은 우선 친구들 중의 한 사람을 찾아가 지내는 게 좋을 것 같았다.

나는 이내 한 친구의 집을 마음 속에 작정했다. 1년 전에 결혼을 하고 사직동에 살림을 낸 황이라는 친구였다. 내가 그 황 군을 찾기로 한 것은, 그의 결혼 후론 한동안 서로 소식이 뜸했음에도 불구하고 마치 옛날 교분의 증거라도 됨직한 전화번호가 우연하게도 먼저 떠올랐기 때문이었다. 교분이 아무리 깊고 마음이 편한 친구라도 이 밤중에 전화번호를 알지 못하고는 아무 소용이 없는 일이었다.

하지만 황 군의 집과 전화번호를 떠올리고 나서도 나는

한동안 망연해 있었다. 황 군의 집은 알지도 못하거니와 그걸 알고 있다 해도 걸어서 찾아갈 수는 없는 노릇이었다. 차를 탄다고 해도 사정은 마찬가지였다. 미안하지만 우선 전화를 걸어 이쪽 사정을 알려야겠는데, 그 일만 해도 방법이 난감했다. 어디쯤에 공중전화가 있는지부터 알 수가 없었다.

그런데 보다 더 알 수 없는 것은 아이들의 뒤낌새였다. 내가 넘어져 일어날 생각을 않고 있으니까 녀석들이 그만 겁을 먹은 것인가. 아니면 원망 한마디 없이 망연해 있는 나의 모습에 오히려 호기심이 더해 온 것일까. 가만히 기척을 살펴보니 녀석들이 아직도 나를 떠나가지 않고 있었다. 멀찌감치서 나를 둘러싸고 서서 소리 없이 동정을 기다리고 있었다. 밤 과외라도 다녀오던 길인 모양이었다. 한두 녀석도 아니고 네댓 녀석이나 되는 것 같았다. 녀석들의 동기가 무엇이든 나는 오히려 다행이다 싶었다.

"너희들 아직 거기 있었니?"

나는 비로소 몸을 털고 일어서며 녀석들을 향해 부드럽게 말했다.

"나 지금 집으로 전화를 좀 해야겠는데 말이다……. 누가 공중전화 있는 데까지 나를 좀 데려다 주겠니?"

대답이 없는 녀석들을 향해 다시 한 번 사정조로 달래듯이 말했다. 녀석들에게선 그래도 한동안 대꾸가 없었다. 달아나는 기척이 없는 걸로 보아 망설이고 있음에 분명했다.

나는 말없이 녀석들을 향해 한 손을 내밀었다. 녀석들이 제발 나를 버리지 않기를 빌면서.

그러자 녀석들도 끝내는 나의 기대를 저버리지 않았다.

마침내 한 녀석이 스적스적 내게로 걸어와 내민 손을 붙잡았다. 조그맣고 따뜻한 손이었다.

"일루 오세요."

한마디를 하고 나서 녀석은 아직도 뭔가 불안기가 가시지 않는지 다시 아무 말이 없이 어디론가 발길을 이끌어 가기 시작했다.

"고맙다."

손을 맡기고 따라가면서 나는 녀석의 불안기를 덜어 주려 했으나, 아이는 여전히 말없이 발길만 조심스레 재촉해 가고 있었다.

나는 더 이상 말을 하지 않았다. 입을 다문 채 녀석이 이끄는 대로 부지런히 길을 따라 내려갔다. 내리막길을 가고 있는 것이 오던 길을 거꾸로 되짚어 가는 모양이었다. 녀석과 함께 있던 다른 아이들까지 줄줄이 뒤를 밟아오고 있는 기미였다.

길은 생각처럼 오래 걸리지 않았다.

"여기서 거세요. 저 가겟방에 전화가 있어요."

아이가 드디어 발길을 늦추며 가게 안으로 나를 이끌었다. 그리고는 제가 먼저 가게 주인에게 전화기 사용을 허락받아 주었다.

"아저씨, 이 아저씨가 앞을 못 봐요. 전화 좀 걸게 해 주세요."

"그래, 고맙다. 이젠 가 봐라."

나는 비로소 손을 놓아 주며 녀석에게 고마운 인사를 하였다. 그리고는 잠시 녀석의 기척이 사라져 가기를 기다렸다.

그런데 실상은 바로 그 아이가 아까 장난질의 장본인이었던 모양이었다. 그리고 녀석은 나를 거기까지 인도해 오고서도 아직도 뭔가 빚이 남은 듯싶은 모양이었다. 녀석은 금세 가게에서 나가지 못하고 발길을 머뭇거리고 서 있는 눈치였다.

이윽고 더듬더듬 중얼대듯 녀석이 말해 왔다.

"아저씨, 미안해요. 아깐 정말 앞을 못 보시는 줄 모르고 그랬어요."

22

"어떻게 된 거야, 도대체 어떻게 된 거야?"

전화를 받자마자 곧 가겟집으로 달려온 황 군은 처음 한동안 몇 차례나 같은 소리만 되풀이하고 있었다. 그러다간 미처 사정 이야기도 다 듣기 전에 나를 냉큼 차에 싣고 집으로 데려갔다.

"내게 연락을 주길 참으로 잘했어. 집을 나온 건 지금 뭐라 말할 수 없지만, 어쨌든 오늘은 밤도 늦었으니 나하고 같이 우리 집으로 가자구."

황 군은 그간 나의 소식을 대강은 들어 알고 있었노라 하였다. 하지만 사정이 그토록 절박한 데까지 이른 줄은 몰랐다 하였다. 그리고 그간 한 번쯤 찾아보지 못한 것을 여간 미안하게 생각해 오지 않던 참인데, 그렇게 내 쪽에서 연락을 주어 고맙기 이를 데가 없다고 하였다.

"이제 아무 걱정 말구 한 며칠 그냥 우리 집에서 지내면서 함께 앞일을 생각해 보자구."

황 군은 차 속에서 몇 번이나 같은 다짐을 되풀이했다.

불시에 들이닥친 불구의 손이건만, 황 군의 아내 역시 친구 못지않게 따뜻하고 상냥한 마음씨로 나를 반겨 맞아 주었다. 밤늦게 불쑥 찾아들게 된 것을 민망해하는 나에게 황 군의 아내는 남편의 친구보다 더 귀한 사람이 있을 수 있느냐고 허물없는 위로와 친절을 아끼지 않았다. 그리고 밤늦은 저녁을 지어 권하며 나의 불운과 고초를 자기들 일처럼 가슴아파하였다.

나는 마치 나의 가족이 있는 집으로 돌아온 것처럼 마음이 녹아 왔다.

황 군은 내가 지낼 방도 하나 따로 마련해 주고, 앞을 못 보는 불편을 생각하여 이리저리 두루 신경을 써 주었다. 마음아파할까 봐 걱정이 되어선지 지난 일들을 꼬치꼬치

캐어 묻는 일도 없었고, 함께 생각을 해 보자던 앞일에 대해서도 나의 복안을 물어 오는 일이 없었다.

나는 한 며칠 그런 식으로 망외의 편한 생활을 누리고 있었다. 하지만 그것도 며칠 간뿐이었다. 부모나 아내에게 부담거리가 되지 않겠다면, 친구나 다른 누구의 부담거리도 되어서는 안 되었다. 그러자고 집을 나온 건 아니었다. 그런 식으로 무작정 시간만 보낸다고 할 일이 저절로 찾아질 수는 없었다.

황 군네는 그저 임시 경유지로 머무른 것뿐이었다. 황 군은 앞일을 분명히 결정할 때까진 자기 집에 그냥 머물러 있으라 하였다. 하지만 그가 아무리 머물러 있으랜다고 무작정 그러고 지낼 수는 없었다.

황 군 내외가 신경을 써 준다고 불편이 전혀 없는 것도 아니었다. 세수하고 밥 먹고 변소길 다니는 일 한 가지 한 가지가 모두 불편하고 거북살스럽기 그지없는 고역이었다. 친구가 있을 때는 그래도 나았지만, 그가 출근하고 없는 낮 시간 동안은 변소길 하나만도 사람이 못 할 일이었다. 숨소리를 내기도 거북할 적이 많았다.

황 군과 황 군의 아내에 대해 미안하고 부끄러운 생각이 갈수록 나를 못 견디게 하였다. 나는 어차피 떠나야 하였다. 하지만 막상 황 군네를 떠나자고 생각하면 무작정 집을 나설 때와는 달리 어디로 가서 무엇을 해야 할지 앞일이 막막해지기만 하였다.

그런 식으로 하루하루 날짜만 자꾸 흘려 보내고 있었다.

그러던 어느 날이었다.

하루 저녁은 친구들 몇 사람이 한꺼번에 황 군네로 나를 찾아왔다. 전에도 소식을 듣고 개별적으로는 한두 번씩 찾아온 일이 있는 친구들이었는데, 알고 보니 이 날 밤엔 내 문제를 결판내려 그렇게 한꺼번에 몰려든 낌새였다.

"오늘 저녁부턴 우리 집으로 가지."

이런저런 이야기 끝에 한 친구가 갑자기 내게 그런 제안을 해 왔다. 그리고 나서 그는 말이 나온 김에 아예 결말을 짓자며 내가 계속 황 군네 집에만 있을 게 아니라 이 친구 저 친구 집을 돌아가며 지내는 게 좋겠다는 것이었다.

"그러면 자네도 지루하지 않을 테구 서로가 마음이 가벼울 테니까."

일단 이야기가 시작되자 다른 친구들도 미리 말을 맞추어 온 듯 먼저 녀석을 거들며 조심스럽게 나의 의향을 타진해 왔다.

길게 듣지 않아도 알 만한 이야기였다. 그리고 그건 물론 친구들의 고마운 배려이기도 하였다. 그런데 이 친구들은 어떻게 내가 기왕에 신세를 져 온 황 군에게는 사전 의논이 없었던 모양이었다.

"아니, 그렇게 집을 옮겨 다닌다고 이 친구 문제가 해결될 수 있는 건 아니지."

내가 뭐라고 대답을 하기도 전에 선참격인 황 군이 먼저 반대를 하고 나섰다.

"중요한 건 누구네 집에서 지내느냐보다도 문제를 근본적으로 해결지을 길을 찾아 내야지. 그거야 물론 당사자의 생각을 따라야 할 일이겠지만, 그 동안 내가 생각해 온 거로는 아무래도 요한이가 다시 집으로 돌아가는 게 옳을 것 같거든."

"그게 물론 가장 바람직한 해결책이긴 하지. 하지만 지금 당장에야 이 친구 처지가 그럴 수가 있어야 말이지. 지금 다시 집으로 들어간다고 나올 때와 형편이 달라져 있을 바도 아니고……."

친구 녀석들은 이제 나를 뒤로 제쳐놓고 저희끼리 서로 의견들을 다투고 있었다.

"글쎄 지금 형편이 그러니까 그 형편을 바꾸어 놓을 생각부터 하는 게 순서라 이거지, 내 말은……. 이 친구 눈까지 이래 가지고 이 집 저 집을 떠돌아 다닌다고 무슨 뾰족한 수가 나겠어?"

"형편이야 물론 그렇게 되도록 하는 방도를 생각해 봐야겠지. 하지만 그 때까진 아무래도 날짜가 좀 걸릴 테니까 그 동안이라도 서로 며칠씩 나눠 지내게 해 보자는 게지."

"그 동안은 그냥 우리 집에 있는 게 나아. 그리고 요한이 자신이 결정을 할 때까지 쓸데없는 참견들을 안 하는 게 좋겠어."

"……."

"요한이가 다시 집으로 돌아갈 때 외엔 내 집을 나가게 하지 않을 테니까……."

황 군은 마침내 더 이상 말을 못하게 단호한 어조로 선언하고 나섰다.

하지만 이 친구고 저 친구고 근본은 모두 내가 다시 집으로 돌아가길 바라고서 하는 말들이었다. 그게 문제 해결의 최선의 방법으로 함께 결론들을 내리고 있었다. 형편이 되어 내가 그런 결단을 내릴 때까지 기다리자는 것도 같은 의견들이었다. 다른 것은 다만 한쪽은 그 때까지 제 집 한 곳에서 머물게 하자는 것이었고, 다른 한쪽은 그런 수고를 번갈아 가면서 나누자는 것뿐이었다. 내 속마음을 알지 못하는 친구들로선 당연한 생각이라 할 수 있었다. 비교적 사정을 소상하게 알고 있는 황 군으로서도 다른 방법이 떠오를 수가 없었다.

나는 그저 부끄럽고 미안했다. 그리고 녀석들의 뜻이 고마우면서도 난처했다. 그 친구들 앞에서 집으로 돌아가지 않겠다는 소리를 할 수는 없었다. 그렇다고 무한정 친구들을 괴롭히며 떠돌아다니겠다고 할 수도 없었다. 더욱이 나의 신념, 그 신념을 낳게 하신 주님과 그 주님의 체험을 말할 수는 없었다. 녀석들에겐 쓸데없는 우스갯소리나 되기 십상이었다.

하지만 어쨌거나 나는 입을 다물고 그냥 듣고만 앉아 있을 수가 없는 처지였다. 결정은 어차피 내가 내려야 할 입장이었다. 그리고 나는 이미 그 결정을 가지고 있었다.

"가만히들 있어 봐. 여러 가지 이야기들 고맙기는 하지만, 결정은 어차피 내가 내려야 할 일이니까……."

나는 마침내 이야기로 끼여들었다. 그리고 짐짓 친구들이 듣기 편할 소리로 이야기의 결말을 매듭지어 나갔다.

"자네들 말대로 나도 무한정 이렇게 지내고 있을 수는 없는 줄 알고 있어. 자네들 말대로 집으로 다시 돌아갈 생각을 하든지, 막말로 자네들 집을 떠돌아다니면서 앞일을 좀더 생각해 보길 하든지, 미구에 결정을 내려야 하겠지. 그건 나도 생각하고 있었어. 하지만 오늘은 그냥 여기서 지내겠어. 이 친구에겐 염치가 없지만 하룻밤만 더 여기서 지내면서 생각을 다시 정리해 보고 싶으니까……. 그러니 오늘은 이만들 그냥 돌아가라구……. 내 생각이 정해지면 청하지 않아도 다음 날 다시 연락을 할 테니까."

친구들은 그쯤에서 집으로들 돌아갔다. 물론 다음 날 나의 연락을 다짐하고서였다.

"그 친구들 괜히 실없는 걱정들을 하고 있구만……. 쓸데없는 신경 쓰지 말구 며칠이고 차분히 생각을 하라구."

나를 보기가 좀 민망스러워졌던지, 황 군도 그저 그 한마디뿐 더 이상 긴 말을 하지 않고 일찍 제 방으로 건너가 버렸다.

하지만 나는 이제 더 이상 생각을 정리하고 말고 할 것도 없었다. 무슨 섭섭한 생각이나 오해가 있어서가 아니었다. 나 자신의 뜻이 이미 그만큼 분명했기 때문이었다. 황군네에서 지낸 며칠 간은 쓸데없는 게으름과 망설임의 시간이었을 뿐이었다. 나는 애초에 그런 안식을 찾아나선 길이 아니었다. 가야 할 길이 너무도 분명했다. 나는 일찌감치 잠자리로 들어갔다. 마지막 편한 잠을 자 두고 싶었다.

그러나 나는 그 때까지도 아직 그 친구 녀석들의 이야기 가운데 눈치를 채지 못한 게 있었던 셈이었다. 그래 아직 나의 각오가 어떠해야 할 건지에 대해서도 막다른 생각은 못 하고 있었던 것 같았다.

이 날 밤 좀더 시간이 지나고 났을 때였다.

자리에 들어서도 나는 괜히 이런저런 상념들 때문에 쉽사리 잠을 이룰 수가 없었다. 한동안 그렇게 잠을 못 이루고 몸을 이리저리 뒤채다 보니 아랫배가 어느새 팽팽하게 부풀어 올랐다. 화장실을 한 번 더 다녀와야 할 사정이었다. 하지만 나는 그런 늦은 시각에 친구를 불러 깨울 수는 없었다.

나는 밝은 날 황 군의 안내를 받아 다니면서 화장실의 방향과 구조를 머리 속에다 미리 익혀 두고 있었다. 나는 가만가만 혼자서 일을 보고 오기로 하고 조심조심 방문을 더듬어 찾았다. 그리고 소리 나지 않게 조용히 문을 열고 거실로 발길을 내딛기 시작했다.

그러자 그 때 안방에서 아직도 잠을 자지 않고 있던 황군 내외의 말소리가 도란도란 들려 왔다.

"안 선생 부인이란 여자 도대체 어떤 사람이에요……."

"어떻기는 어떤 사람, 눈먼 남편 버리고 달아난 여자겠지."

여자의 소리에 비해 황 군의 낮고 심드렁한 대답. 첫마디부터 무슨 이야긴지 대뜸 짐작이 가는 소리였다. 나는 금세 그 자리에 몸이 굳어 붙고 말았다. 듣지 않음만 못한 소리였다. 엿들은 기척을 내어서도 안 되었다.

하지만 나는 얼핏 자리를 피할 수가 없었다. 이러지도 저러지도 못한 채 엉거주춤 신통치도 못한 청각을 잔뜩 곤두세우고 있었다.

"그래, 그 여잔 다시 돌아올 가망이 없는 건가요?"

"돌아오기가 쉽지 않겠지……."

두 사람은 계속 이야기를 이어 나갔다. 남자의 조심스런 어조에 비하여 여자의 그것은 갈수록 목청이 높아지고 있었다.

"친구분들이라도 한번 찾아가 만나 보지 그러세요."

"왜 여태 가만히 있었겠어. 하지만 도대체 소재를 알 수 있어야지."

"안 선생한텐 물어 볼 수가 없나요?"

"그런 거 알려 줄 사람이 저렇게 집을 나왔겠어. 공연히 심사만 어지럽힐 뿐이지."

"양친이랑 동기간들도 계시다면서요."

"글쎄, 그쪽도 아직 찾아 내지 못했어. 우리들끼리 알아

보고 있는 중이니까 얼마 안 있어 알게 되긴 하겠지만."

"부모님들이 나타나 설득을 하시면 안 선생님이 다시 집으로 들어가시려 할까요?"

"글쎄, 사실은 그게 문제야……."

자신없어 하는 황 군의 대답. 그리고 침묵.

"부모님을 찾아도 가망이 없다면…… 이 일은 도대체 기약이 없겠군요. 그런데 당신은 무작정 붙들고 나서기만 하세요……?"

한동안 침묵 끝에 여자가 다시 남자를 은근히 추궁하기 시작했다. 이번에는 노골적인 불평기가 끼인 목소리였다.

"무작정 붙들긴…… 앞도 못 보는 사람을 난들 그럼 어떻게 하겠어. 난 어릴 적부터 저 사람의 친구야."

"그런 친군 줄 알았으니까 저도 여태까지 아무 말 없이 참아 온 거예요. 하지만 그분의 친구가 어떻게 당신 한 사람뿐인가요?"

"우리가 이러지 않아도 괴로울 사람이야. 며칠만 더 참고 기다리면 자기도 무슨 생각이 있겠지."

"며칠이라니 언제까지요?"

"목소리 좀…… 저 친구 듣겠어."

더 이상 듣고 있을 수가 없었다. 용변 길을 갈 처지는 더더욱 못 되었다. 나는 소리 없이 다시 문을 닫고 들어와 아랫배의 긴장을 견디기 시작했다. 그리고 안방의 친구 내외가 잠이 들기를 기다리면서 몇 번씩 자신을 후회했다.

하는 일 없이 어물쩡거리며 날짜를 흘려 보내고 있었던 게 잘못이었다. 아니, 그것은 황 군 내외의 밤이야기를 몰래 엿듣게 되어서가 아니었다. 그게 원망스러워서도 아니었다. 고의는 아니었더라도 그걸 엿들은 건 오히려 내 쪽의 허물이 컸다. 후회가 되는 것은 나의 게으름과 망설임으로 쓸데없이 아내를 욕되게 하고 있는 때문이었다.

게다가 친구 녀석들은 나의 아버지와 어머니에게까지 곤욕을 보이려 하고 있었다. 내가 다시 집으로 돌아가기를 바라는 친구들의 생각은 녀석들의 이야기에서도 이미 짐작하고 남은 일이었다. 하지만 녀석들은 다만 그런 생각을 가지고 있을 뿐만이 아니었다. 아내와 집안 어른들의 소재를 저희들끼리 몰래 수소문중이었다. 이야기중엔 별로 주의해 듣지 못했었지만 내가 다시 집으로 '돌아갈 형편이 되도록' 해야 한다던 소리가 바로 그 말이었다.

—결국 녀석들이 마지막 결단을 재촉해 준 셈인가.

나는 혼자 실소를 흘리며 아랫도리에 한 번 더 힘을 주었다. 그리고 안방 기척을 살피기 위해 청력이 성한 한쪽 귓바퀴를 문틈으로 바싹 가져다 대었다.

23

이튿날 아침 황 군이 출근을 하자 나는 기회를 엿보다

집을 나섰다.

아직도 앞일은 막막한 채였다. 앞날의 일에 대한 확신은 아무것도 없었다. 하지만 확신이 생길 때까지 마냥 기다리고 있을 수는 없었다. 참 소망을 얻기 위하여 내가 치러야 할 고난이 있다면, 그 고난에 조건이나 희망을 내세우고 나설 수는 없었다.

"조용히 쉬고 있어. 내 퇴근하는 길로 곧 집으로 올게."

출근을 하면서 황 군은 다시 한 번 미심쩍은 당부를 남기고 나갔으나, 나는 그 황 군이나 황 군의 아내에게조차 전혀 낌새를 보이지 않은 채 몰래 집을 빠져 나오고 말았다. 차제에 아주 완전히 잠적을 해 버리는 것이 나을 듯싶기 때문이었다. 황 군에게든 그의 아내에게든 잘못 인사를 치르려 했다간 일을 그르치게 될 염려가 컸다. 서로 입장만 민망스럽게 될 수도 있었다. 앞일에 대한 예정도 거의 불확실한 마당에선 차라리 아무 말 없이 사라지는 편이 나았다.

그건 물론 다른 친구들에 대해서도 마찬가지였다. 다른 친구들에 대해서도 같은 이유로 해서 이젠 별도의 연락이 필요없었다…….

하여 나는 이제 그것으로 나의 지난날과 그 지난시절에 내가 이룩해 온 모든 것들과 완전히 결별을 하고 만 것이다.

하지만 그것은 나의 새로운 유랑생활의 출발이기도 하였

다. 지금까지 살아온 세상으로부터의 잠적은 내가 살아오지 않았던 다른 세계로의 새로운 유랑과 체험의 시작이었다.

아니 그것을 그냥 유랑이나 체험이라 말할 수는 없다. 어디를 가나 한결같은 어두움의 벽에 갇힌 나의 헤매임에 무슨 흐름이 있을 수 있을 것인가. 그리고 그 낮과 밤이 없는 어둠 속의 시간에 무슨 체험이 담기겠는가. 일상적인 감각으로 그것은 공간이나 시간의 구분이 없는 끝없는 어둠의 흐름일 뿐이었다.

하지만 나는 그 어둠 속에서나마 내가 어디론가 끊임없이 흐르고 있음을 느낄 수가 있었다. 무엇인가 자꾸 나를 부딪쳐 오는 것들이 있었다. 어디인지는 알 수 없었지만, 그 아픈 부딪침들이 바로 내가 흐름을 계속하고 있는 증거인 셈이었다.

한번은 이런 일이 있었다. 아직도 그저 서대문 일대를 떠돌고 있을 때였다.

그 무렵 나는 영락없이 거지와 한가지 몰골이 되어 있었다. 몇 푼 안 되는 주머니 돈은 며칠이 못 가 바닥나고, 그로부터 나는 걸식과 노숙으로 기약없는 나날을 연명해 가고 있었다. 그 노숙도 한참 길이 들다 보니 장소를 찾는 요령이 생겼다. 그 무렵은 아직도 초여름께여서 밤이 되면 기온이 떨어지고 냉기가 몹시 심했다. 그런데 다행스럽게도 밤냉기를 피하기 좋은 장소가 있었다. 한옥들이 늘어선 주택가 좁은 골목이었다. 한옥이 많은 주택가 골목엔 굴뚝을 밖에다 내세운 곳이 많았다. 그 굴뚝 아래쪽에 시멘트 밑자리를 쌓아올린 곳이 있었다. 밤이 되면 굴뚝 밑자리가 따뜻한 열기로 덥혀지곤 하였다. 밤을 지내기에 알맞은 곳이었다.

나는 밤이 늦어지면 대개 낮 동안에 익혀 둔 가까운 한옥 굴뚝으로 잠자리를 찾아가곤 하였다. 그리곤 문간방 벽과 굴뚝 자리 사이에 몸을 끼우고 밤을 지냈다.

그 날 밤도 나는 밤이 이슥하여 어떤 한옥집 굴뚝을 찾아갔다. 그런데 이 날은 웬일로 밤이 늦도록 잠이 오지 않았다. 잠을 청하다 못해 나는 슬그머니 자리를 털고 일어섰다. 그리고 지루한 시간을 달래기 위해 어둠 속에서 혼자 산책을 시작했다. 산책이라야 굴뚝을 멀리 떠나 걸을 수는 없었다. 집 안 사람들에게 들킬세라 발소리를 함부로 낼 수도 없었다. 나는 발소리를 조심조심 죽여 가며 한 손으론 그 담벼락을 놓치지 않기 위해 천천히 벽면을 쓸어 나가기 시작했다. 벽면이 끝나면 다시 발길을 되돌려 왔다 갔다 몇 번이고 왕복운동을 계속했다.

그런 식으로 얼마쯤 시간을 보내고 있을 때였다.

"이 새끼!"

느닷없는 고함소리와 함께 어디선가 갑자기 심한 주먹 세례가 얼굴로 날아들었다. 나는 순간 사태를 직감했다. 방범대원이 분명했다. 하지만 워낙 졸지에 당한 일인 데다 연거푸 날아드는 주먹 세례에 사정을 설명할 틈이 없었다. 나는 그 자리에 몸이 고꾸라지고 말았다.

주먹질의 주인은 그제서야 안심이 된 모양이었다.

"이 새끼, 일어나. 여기서 뭘 훔치려 엿봤어!"

잠시 숨을 가라앉히고 나더니, 옆구리를 쿡 발길로 걷어차며 즉석 신문을 해 오기 시작했다.

"뭘 엿본 게 아닙니다. 전 눈을 못 보는 장님입니다."

나는 비로소 틈을 얻어 몸을 일으키며 사정을 말했다. 그러나 그게 위인을 더욱 수상쩍게 만들었다.

"이 새끼, 그래도 아직 도망갈 궁리야."

그는 마치 복수의 상대를 만난 원귀처럼 심한 욕설과 함께 다시 한 차례 나의 배와 옆구리를 사정없이 난타해 왔다.

"그래, 눈구멍이 어떻다구? 다시 한 번 말해 봐. 멀쩡한 새끼가 사람을 어떻게 보구 거짓말이야 거짓말질이……."

나는 다시 한 번 땅바닥으로 주저앉고 말았다. 한데도 작자는 내가 다시 도망칠 궁리를 못할 때까지, 그 스스로 그런 확신이 들 때까지 발길질을 한참이나 더 계속했다. 하지만 그가 아무리 거짓말이라고 해도 나는 어차피 장님이었다. 그리고 그것은 끝내 사실로 밝혀질 수밖에 없는 일이었다.

사실이 밝혀진 것은 내가 파출소로 연행을 당해 가던 길에서였다. 몸을 움직일 수조차 없을 만큼 실컷 매질을 하고 난 방범대원은 나를 끝내 파출소까지 연행하려 하였다. 나는 외모가 멀쩡한 눈을 내보이기보다 그쪽을 따르는 편이 차라리 나을 듯싶었다. 나는 이를 악물고 몸을 일으켜 말없이 그를 앞장서 나섰다. 뒷덜미를 붙잡힌 것이 오히려 발길에 의지가 되었다.

하지만 뼈가 아프도록 얻어맞은 데다가 앞까지 못 보는 사람의 발길이 여느 사람의 그것과 같을 수가 없었다. 위인은 아무래도 나의 발길이 수상쩍어진 모양이었다. 그는 한참 나를 몰아부치다 말고 문득 뒷덜미를 휘어잡은 손을 놓았다. 그리고는 발길을 멈춰 서 버린 나의 앞으로 돌아오며 물었다.

"당신 정말 앞을 못 보는 봉사야?"

나는 이제 차라리 할 말이 없었다. 굳이 말을 할 필요도 없었다. 그가 이미 나의 얼굴에 전짓불을 비추고 있을 터이기 때문이었다.

"이거 정말 장님인 모양일세……. 미안해서 어떡허지?"

이윽고 작자가 혼자말처럼 중얼거리고 있었다. 나는 역시 할 말이 없었다. 이제 내가 장님이란 사실은 밝혀진 셈이었다. 하지만 반드시 그것으로 끝날 일이 아닐 수도 있었다. 이 포악스럽고 비정스런 인간이 또다시 무슨 트집을 잡을지 알 수 없었다. 작자의 처분을 기다릴 수밖에 없었다. 나는 작자의 기척을 살피며 어둠 속에서 말없이 기다리고 있었다.

그러니까 이젠 작자도 입장이 꽤 난처해진 모양이었다. 엉뚱한 사람을 두들겨패고 나서 그가 장님인 것이 밝혀진 마당이었다. 그는 아마 그것으로 이 귀찮은 병신을 밤거리에 혼자 버려 두고 돌아서 버리기가 뭣한 모양이었다. 그리고 그것이 제 임무를 수행하는 것이기는 하겠지만, 그렇더라도 일차 전짓불쯤은 켜 볼 수도 있었을 일이었다. 그는 아마 그러지 못하고 불문곡직 매질부터 시작한 자신의 조급성을 뒤늦게 후회하고 있었는지도 모른다.

그는 한동안 말없이 나의 주위를 맴돌고만 있었다. 그러다간 마침내 결심을 한 듯 귀찮은 소리로 한마디 하였다.

"본의는 아니었지만 어쨌든 미안하우. 그리고 오늘은 지낼 데가 뭣할 텐데 어차피 일이 이렇게 됐으니 나하고 함께 파출소로나 가자구요……."

달가울 리는 없었지만 이 날 밤 내 사정으로는 그나마 다른 도리가 없는 막다른 손길이었다.

파출소라는 곳이 원래 나 같은 처지에선 가끔 비상 구호처로 이용될 수 있는 곳이기도 했다. 나는 어쩔 수 없이 그를 따라 나섰다.

내 처지에선 당연하다지만 내가 파출소에서 밤을 지낸 것은 오직 그 한 번뿐이었다. 나는 그 날 밤 단 한 번의 경험으로 비가 오는 날에조차 파출소를 찾아갈 생각은 다시 하지 않았다.

파출소의 야간 근무자들은 늘 심신이 피곤하고 무료해

있게 마련이었다. 남의 사정을 깊이 이해하고 보살펴 줄 여유가 많지 않은 사람들이었다.

사세 부득하여 방범대원을 따라간 나에게 이 사람들은 처음에는 전혀 관심이 없는 듯이 보였다. 그러나 시간이 한참 지나고부턴 심심풀이 삼아 한마디씩 실없는 농담을 던져 오곤 하였다.

—장님은 여잘 고를 때 무얼 어떻게 알아보나? 손으로 직접 사람을 더듬어 보고 고르나?

—앉은뱅이 여잘 하나 얻어서 살지 그래. 성한 눈하고 다릴 보태면 서로 지내기가 편할 거 아니야.

밤새도록 그렇게 놀림감 노릇만 당하고 난 경험이 나에게 다시 그 곳을 찾지 않게 한 것이다. 그 어두운 골목길 한옥 굴뚝 밑자리 또한 그러니까 그런 봉변이 있고 나서도 계속 내 변함없는 밤잠자리로 애용되고 있었을 뿐이었다.

그리고 그러면서 나는 아직도 어디론가 끊임없이 흘러가고 있었다. 그 흐름 가운데선 그 날과 같은 부딪침도 여전했다. 빛이 나타날 징조는 좀처럼 느껴지지 않았다. 그 빛으로 말할 수 있는 나의 소명을 만나기란 아직도 그리 쉬울 수가 없었다.

기약조차 없는 그 빛에 대한 갈구와 함께 끊임없이 나를 아쉽게 해 오는 애틋한 소망 두 가지가 있었다.

하나는 내가 눈을 볼 수 있는 거지였으면 하는 소망이었다. 앞을 볼 수만 있다면 어떤 곤란도 문제가 안 될 것 같았다. 어떤 어려운 일이라도 참고 이겨 나갈 수 있을 것 같았다. 눈은 육신의 창이었다. 내겐 이를테면 그 육신의 창문이 닫혀 버린 셈이었다. 그 육신의 눈 대신 다른 영혼의 문을 찾으려는 것이 바로 나의 헤매임이기는 했지만, 그러나 보이지 않는 육신의 눈은 나의 헤매임을 그만큼 더 더디고 힘들게 하였다.

나머지 다른 소망 한 가지는 내게도 돌아갈 곳이 있었으면 하는 것이었다. 내 스스로 집(기다려 주는 사람 하나 없는 곳을 집이랄 수야 없겠지만)을 떠나와 떠돌고 있는 처지이기는 했지만, 그런 내게도 돌아갈 곳이 없는 것처럼 마음아픈 일은 없었다. 밤 늦은 시간 버스 정류소 근처에서 막차 떠나가는 소리를 들을 때, 한옥 골목 굴뚝 밑자리에 웅크리고 앉아 밤이 깊기를 기다리고 있을 때, 그리고 그러다가 귀가길을 재촉해 가는 어지러운 발자국소리를 들을 때, 그런 때 나는 내가 돌아갈 곳 없음이 새삼 가슴에 사무쳐 오곤 하였다. 그리고 그 바쁜 발길들이 찾아가는 골목 안집 가족들과 그 따뜻한 잠자리들이 그립고 애틋하게 떠오르곤 하였다.

하지만 그것들은 이제 내겐 어차피 이루어질 수 없는 소망들이었다. 참고 이겨 나가야 할 망상들이었다. 그리고 그런 육신적 갈망의 결핍이야말로 나의 헤매임의 최초의 사단이었고, 내가 찾아 얻어 내야 할 그 소명의 빛에 대한 절대절명의 조건인 셈이었다.

빛을 만나려는 것은 이미 나의 육신의 눈을 위해서가 아니었다. 그것은 그 육신의 눈을 대신하여 새로운 영혼의 눈을, 그 영혼의 창문을 찾으려는 것이었다. 마찬가지로 내가 찾아 돌아가려는 곳도 그 육신의 갈구들을 잠재워 줄 따뜻한 잠자리가 있는 집이 아니었다. 내가 찾아 돌아가려는 곳은 내 생명의 소명이 깃들인 곳, 그 빛이 내 영혼을 밝혀 줄 밝은 소명과 영생의 집이었다. 육신의 갈구와 따뜻한 잠자리들은 그 소명과 영혼의 집을 위하여 스스로 버리고 나온 것들이었다.

그런 소망들은 전혀 다른 방법으로 성취되어야 할 것들이었다. 헛된 소망을 물리치고 고난을 이겨 나가게 해 준 것은 언젠가는 나의 삶에 참된 소명을 찾게 되리라는 변함없는 희망과 신념이었다. 마음을 강하게 하고 담대하게 하라시며 언제나 나와 함께하시겠다던 그 날의 주님의 말씀이었다. 나의 희망과 신념을 주님이 저버리지 않으시리라는 믿음이었다. 어느 때 어느 자리에선가 주님께선 결국 내게 소명을 주시리라는 믿음이 내게 용기를 다시 일깨워 오곤 하였다……. 그리하여 나는 마침내 그 시간도 없고 공간도 느낄 수 없는 길고 긴 어둠의 터널을 빠져 나올 수가 있었다.

그것은 여름 더위가 한창 기승을 부리기 시작한 7월 중순께의 일이었다.

어느 날 저녁 나는 밤낮없이 늘 사람이 북적거리는 한

장소를 찾아 들어서고 있었다.

서울역이었다. 서대문 일대를 떠돌다가 문득 그 서울역을 생각해 내곤 그쪽으로 발길을 더듬기 시작한 지 며칠만의 일이었다. 잠자리와 용변길이 편리한 곳이 서울역을 앞설 곳이 없었기 때문이었다. 앞을 못 보고 거리를 떠돌다 보면 먹고 자는 일 못지않게 배변의 불편 또한 이만저만이 아니었다. 나는 언제나 그 일에 애를 먹었고, 그 때문에 망신과 수모를 겪은 일이 적지 않았다. 잠자리와 용변에 대한 궁리가 결국은 나의 발길을 서울역으로 인도해 간 셈이었는데, 그 곳이 이를테면 그 길고 긴 내 어둠 속의 흐름이 끝난 곳이었다.

24

서울역에 오고 보니 지내는 데 불편이 절반은 줄어들었다.

서울역엔 우선 여기저기 늘 빈 의자들이 많아서 잠자리 걱정을 할 필요가 없었다. 뿐만 아니라 그 곳에는 누구의 눈치를 볼 필요없이 언제나 마음대로 쓸 수 있는 변소가 있었다. 용변 걱정을 할 필요가 없었다. 거기에다 또 서울역에는 사람들이 끊임없이 넘쳐흐르고 있었다. 그러면서도 사람들은 언제나 같은 사람들이 아니었다. 시간마다 바쁘게 몰려왔다 황황히 다시 어디론가 떠나가 버리는 사람들—누구에게 특별히 관심을 기울이거나 간섭을 해 오려는 사람이 없었다. 그만큼 구걸이 쉬운 곳이 서울역이다. 구걸을 하면서 지내는 데에 전혀 다른 사람의 눈치를 볼 필요가 없는 곳이었다.

나에게는 차라리 축복의 장소였다.

그런데 그 서울역이 내게 특별한 축복의 장소가 된 것은 그처럼 갈 곳 없는 사람이 머물러 지내기에 편리한 점들 때문만이 아니었다. 그보다도 그 곳은 내게 오랫동안 잊고 지내 온 사람의 체온 같은 것을 느끼게 해 준 모처럼의 장소였다. 나는 비로소 서울역에서 조금씩이나마 서로 따뜻한 체온을 나눌 사람들을 만나고 있었다.

서울역이라 하여 모든 사람들이 그저 흐르고 있는 것만은 아니었다. 그 곳에도 더 흐르지 못하고 늘 그 곳에만 머물러 남아 있는 사람들이 있었다. 나처럼 어디로 흘러갈 곳이 없는 사람들이었다. 구두닦이나 껌팔이, 신문팔이 아이들이 그랬고, 하루 품팔이 막일꾼이나 넝마를 줍고 사는 재건대(그 때 서울역엔 제6소대가 조직되어 있었다) 아이들이 그랬다.

나는 이를테면 저들의 생활 터전을 침범해 들어온 틈입자인 셈이었는데, 처지가 너무 딱해 보여 그랬던지, 아무도 그런 나를 간섭해 오는 사람이 없었다. 간섭해 오지도 않았고, 관심을 두지도 않았다. 저들은 그저 나를 모른 척 내

버려 둔 것이었는데, 그 내버려 두어 준다는 것, 그것만도 내게는 더할 수 없는 관용이요 아량이 아닐 수 없었다. 게다가 그 흐르지 않는 사람들은 또 흐르지 못하는 사람끼리의 삶에 대한 이해와 인정이 있었다.

날짜가 지남에 따라 이들 가운데서 하나 둘씩 나에게 마음을 써 주는 사람이 생기기 시작했다. 변소를 더듬어 갈라치면 어느샌가 쫓아와서 손을 이끌어 주는 아이도 있었고, 끼니 때가 넘도록 굶고 앉아 있는 것을 보고는 제 빵조각을 나눠 주는 아이도 있었다.

—아저씨, 그러다 다른 사람이 집어 가고 말겠어요.

—이리 와서 함께 이야기 좀 하세요.

손님이 무릎께에 놓아 둔 동전닢을 손바닥에 거둬 주고 가는 아이도 있었고, 저희끼리 모여 앉아 이야기 꽃을 피울 때면 일부러 끌고 가 자리를 내어주는 아이도 있었다. 그런 식으로 서울역 사람들은 나를 차츰 자신들의 따뜻하고 은밀스런 공생관계 안으로 한 걸음 한 걸음씩 받아들여 주었다.

나는 오랜만에 그 길고 긴 어둠 속의 흐름이 끝나 있음을 느꼈다. 그리고 길고 긴 어둠의 출구 밖에서 비로소 사람을 만나고 있었다.

어디선가 빛이 비춰 오고 있음을 느끼곤 하였다. 사람과 사람이 만나고 마음과 마음이 오감을 느낄 때 나는 그것을 느낄 수 있었다. 그런 때 나는 눈으로 볼 수는 없지만, 나의 영혼과 육신 전체가 어떤 따뜻한 빛 속에 가득 젖어들고 있음을 느끼곤 하였다. 피부에 따뜻하게 스며드는 빛의 감촉, 어떤 조용한 영혼의 열기 같은 것, 그것이 나에게 서울역을 더욱 축복의 장소가 되게 한 것이다.

하지만 나는 아직도 그 빛이 어디서 어떻게 나를 비추고 있는지 알지 못했다. 그 빛을 내가 어떻게 맞아야 할지도 알지 못했다. 말하자면 나는 아직도 나의 분명한 소명을 보지 못하고 있었던 셈이었다.

하지만 나는 이제 어차피 나의 흐름을 끝내고 있었다. 그것은 나 자신의 뜻이 아닐 수도 있었다. 그것은 오히려 주님의 뜻이었다. 서울역은 이미 내가 소명을 받을 장소로 정해진 곳이었다. 그게 주님의 뜻이었을 터였다. 결국 나는 그것을 깨달았다. 하지만 그것도 자신의 힘으로써가 아니었다. 내가 생각지도 않았던 한 소년을 통하여, 이름이 진용이라 불리는 서울역 신문팔이 소년을 통하여 주님께서 그것을 내게 보여 주신 것이다.

어느 날 밤 열한 시쯤이었다.

밤열차 손님들이 거의 다 떠나가 버린 역 대합실은 썰렁한 정적이 감돌기 시작했다.

나는 이 날도 여느 날처럼 빈 벤치에 무릎을 괴고 앉아 무연스레 턱수염을 쓰다듬고 있었다. 그 때 문득 한 발자국소리가 다가와 내 앞에서 머물러 섰다. 그리고 이내 소리가 들려 왔다.

"형님, 난 인제 들어가 봐야겠어요. 내일 또 올게요."

삼양동에 사는 신문팔이 진용의 목소리였다.

—어떤 사람이 예루살렘에서 여리고로 내려가다가 강도를 만나매 강도들이 그 옷을 벗기고 때려 거반 죽은 것을 버리고 갔더라. 마침 한 제사장이 그 길로 내려가다가 그를 보고 피하여 지나가고, 또 이와 같이 한 레위인도 그 곳에 이르러 그를 보고 피하여 지나가되 어떤 사마리아인은 여행하는 중 거기 이르러 그를 보고 불쌍히 여겨 가까이 가서 기름과 포도주를 그 상처에 붓고 싸매고 자기 짐승에 태워 주막으로 데리고 가서 돌보아 주고…….

그 길은 참으로 많은 사람이 지나갔을 것이다. 그러나 '그'를 가장 사랑하는 '사마리아인'은 누구였느냐. 고난당한 자를 가장 사랑하고 돌보아 준 자가 그 때 가장 핍박받고 고난을 당하던 사마리아인이었던 것과 같이, 그는 바로 같은 고난을 당하고 있는 소년들이었다.

나의 서울역 생활에선, 그 곳을 스쳐 흐르는 그 많은 사람들 중에서도 역시 처지가 불우한 소년들의 도움과 보살핌이 많았다. 그 소년들 가운데에서도 진용이는 특히 나를 따르며 많은 도움을 준 아이였다. 신문을 팔고 귀가 때가 되면 언제나 그런 아쉬운 작별의 인사를 잊지 않는 아이였다. 하지만 진용이로서도 밤시간의 헤어짐만은 어쩔 수가 없었다. 그는 혼자서 떠나가야 하였다. 그리고 혼자서 떠나가곤 하였다. 그 역을 통하여 끊임없이 나의 곁을 지나가는 사람들의 하나처럼.

그런데 이 날은 진용이의 목소리가 전에 없이 쓸쓸하고 공허하게 들려 왔다.

"그래, 잘 가거라."

나는 곧 녀석에게 대꾸를 보냈으나, 내 말소리 역시도 쓸쓸한 공허감을 감출 길이 없었다. 나는 잠시 그런 서글픈 기분 속에 녀석의 발자국소리가 광장 쪽으로 멀어져 가기를 기다리고 있었다. 그런데 그 때 몇 발자국쯤 멀어져 간 듯싶던 녀석의 발자국소리가 저만큼에서 천천히 멈춰 서고 있었다. 그리고 다시 천천히 내 쪽으로 방향을 되돌려 오고 있었다.

이내 진용이는 나의 두 손을 끌어쥐면서 얼굴과 가슴을 무릎 위로 던져 왔다. 그리고는 내게 그 작은 등을 내맡긴 채 더럽고 남루한 나의 무릎을 눈물로 뜨겁게 적셔 오기 시작했다.

나는 아무 말도 할 수가 없었다. 사연 따위는 물을 필요도 없었다. 그 안타까운 손잡음, 그 뜨거운 눈물, 그것보다 더 깊고 분명한 인간의 말이 있을 수 있으랴. 그것은 어느 쪽 누구의 사정을 말하고 있는 것이어도 상관이 없었다. 나의 딱한 처지 때문이어도 좋고, 진용 자신의 처지 때문이어도 상관이 없었다. 그것이 어느 쪽 사정, 어느 쪽에 대한 생각 때문에서였든, 둘의 마음이 그토록 깊은 곳에서 흘러 만나고 있는 이상 두 사람 공통의 사정이었고, 두 사람 공통의 마음인 것이었다.

나는 말없이 진용이의 등만 어루만지고 있었다.

"형님, 오늘 저녁엔 우리 집으로 가요."

마음을 가라앉힌 진용이가 이윽고 코먹은 소리로 말했다.

"고맙다……."

나는 그런 진용 앞에 의젓해지려고 노력하며 녀석을 거꾸로 달래려 하였다.

"더 말하지 않아도 진용이 마음은 알고 있단다. 하지만 나는 이대로 괜찮다. 난 여태도 이런 식으로 지내 왔는걸 뭐. 내 걱정 말고 어서 가 봐라."

하지만 진용은 이미 마음이 정해져 있었다. 녀석은 내가 뭐라고 말하든 아랑곳하지 않았다.

"형님은 괜찮으신지 모르지만 제가 안 되겠어요. 형님을 두고는 제가 여길 떠날 수가 없어요."

"……."

"오늘 하루만이라도 저하고 같이 가세요. 형님이 안 가시면 저도 안 가요. 자, 어서요……."

진용이 일방적으로 나의 손을 붙잡아 끌어 댔다.

25

진용이네 집은 짐작했던 대로 삼양동 산허리의 무허가 판잣집이었다.

"집엔 할머니 한 분밖에 계시지 않아요. 아버지 어머니가 돌아가신 뒤로 저를 여태까지 돌봐 주신 외할머니예요."

차를 내려 산길을 오르면서 진용이가 내게 일러 준 말이었다.

진용이의 말대로 산중턱 무허가 단칸방에는 노인 혼자서 손주를 맞았다. 그것도 노인은 중풍기를 앓고 누운 지가 오래여서 자리에서 몸을 일으키지조차 못한 채였다.

"할머니, 오늘 형님을 함께 모시고 왔어요. 전에 말씀드린 서울역 형님 말씀이에요."

진용이의 소리를 듣고서야 노인은,

"그래, 잘했다. 잘하긴 잘했다만 이걸 어쩔 거나, 이 할미가 몸이 이래서……."

부스럭 부스럭 이부자리를 밀치며 몸을 일으켜 보려는 기척이었다.

"할머니, 그냥 누워 계십시오. 전 그렇게 몸이 불편해 계신 줄도 모르고 염치없이 진용일 따라왔네요."

인사를 겸하여 노인의 불편스런 거동을 막으려 하였다.

그런데 노인의 걱정은 실상 그게 아니었다.

"눈을 못 보는 양반이시라문서……. 내 이럴 줄 알았으면 따뜻한 밥이라도 미리 좀 지어 둘 것을……."

진용인 전에도 저의 할머니에게 내 이야기를 한 적이 있는 모양이었다. 노인은 나의 실명 사실을 알고 있었다. 그래 처음부터 그런 걱정이 드는 모양이었다. 하지만 노인 혼자서는 자신의 끼니조차 제대로 못 추려 왔을 형편인 게 뻔했다.

나의 짐작이 틀림없었다.

"잠깐만 좀 앉아서 기다리고 계세요. 제가 곧 저녁을 지어 올게요."

진용이 방 한 곳으로 나를 끌어다 앉히고 나서 저녁 준비를 서두르러 나갔다.

나는 멋모르고 진용일 말리려 하였다. 진용이를 더 번거롭게 하기가 싫었기 때문이었다.

그런데 알고 보니 진용이가 저녁을 지으려는 것은 나나 자신을 위해서만이 아니었다. 노인도 아직 저녁 전이었다. 할머니의 거동이 어려운 만큼 진용이가 언제나 밥을 짓는다 하였다. 신문을 팔고 밤 늦게 돌아와 밥을 한솥 지어 내면 그걸로 이튿날 아침과 할머니의 점심을 차린다 하였다.

"제가 새벽에 집을 나가야 하니까 그럴 수밖에 딴 도리가 없어요."

하지만 이 날 진용이는 시간을 줄이기 위해 밥을 조금만 짓겠다 하였다. 아침엔 어차피 시간이 늦어질 테니 아침밥을 다시 짓겠다는 것이다.

진용이가 부엌으로 나간 후 나는 공연히 또 마음이 무거워지고 있었다. 노인은 병고와 시장기 때문에 긴 이야기를 할 수가 없는 것 같았다. 아니면 노인에게는 그 이상 적절한 대화의 방법이 없었던 것일까. 노인은 모처럼 사람을 눈앞에 두고서도 별달리 말을 건네 오지 않았다.

"어린 것이 가엾어서. 저 어린 것이 가엾어서……."

노인은 이따금 혼자말처럼 그런 한숨 섞인 넋두리를 웅얼거릴 뿐이었다. 그리고는 다시 쥐죽은 듯 깜깜한 침묵뿐.

그러나 내 마음이 무거운 것은 그 노인의 침묵 때문이 아니었다. 너무도 진용이의 짐이 무거워 보였기 때문이었다. 진용이에게 그런 할머니가 계신 줄은 전혀 상상을 못해 본 일이었다.

처지가 불운하고 가난한 것은 서울역 주변 아이들의 공통적인 사정이었다. 그것은 이들에겐 일종의 원죄와도 같은 것이었다. 힘에 겨운 짐을 지고 이리 뛰고 저리 뛰는 아이들의 고난은 자신들에겐 그 허물이 있을 수 없는 불운과 가난의 죄갚음인 셈이었다. 서울역의 아이들은 누구나 그것을 위해 자기 유년의 꿈을 팔았고, 그것을 팔아 인색한 육신의 양식을 구했다.

진용이도 이를테면 그런 아이들 중의 하나인 셈이었다. 사실은 그 정도가 아니었다. 진용이에겐 그 눈에 보이는 자기 육신의 양식을 구하는 것만으론 죄갚음이 모두 끝날 수 없었다. 진용에게는 과외로 그의 할머니가 있었다. 그것은 또 하나의 눈에 보이지 않는 짐이었다. 진용은 그 할머니의 죄값음마저 대신해야 하였다.

어린 진용이에겐 지나친 짐이었다. 하지만 내가 실제로 알지 못해 그렇지 두 겹 세 겹 그렇듯 무거운 짐을 지고 살아가는 것이 어찌 그 많은 서울역의 아이들 중에 진용이 한 아이뿐이었겠는가. 내가 진용이 때문에 마음이 그토록 무거워진 것은 그러니까 녀석의 짐이 그토록 무거워 보이는 데서만이 아니었다. 내가 그 진용이에게 또 하나의 짐이 되고 있었다는 생각 때문이었다.

기이한 일이었다. 녀석은 그렇듯 무거운 짐을 지고서도 몸이나 마음이 주저앉는 일이 없었다. 그처럼 무거운 짐을 짊어져 본 사람이라야 남의 짐 생각도 해 볼 수가 있는 것일까. 진용은 언제나 마음이 밝고 평화로워 보였다. 그리고 가슴이 무척 따뜻한 아이였다. 나에 대한 진용이의 친절이나 관심은 녀석 스스로가 나에게서 자초한 또 하나의 짐인 셈이었다. 나는 자신도 모르게 어느 틈에 그의 짐거리가 되어 가고 있었다.

부끄러운 생각을 금할 수가 없었다. 진용의 처지를 생각할수록 부끄러움이 더해 갔다. 남의 짐이 되지 말자고 집을 버리고 나온 나였다. 아무에게도 부담스런 존재가 되지 않기 위해 부모 형제와 아내와 자식들과 친구들을 모두 등지고 떠나온 나였다. 그런 내가 다시 남의 짐거리가 되고 있었다. 그것도 하필이면 어린 나이로 나보다 몇 배, 몇 십배의 무거운 짐을 짊어진 진용이에게…….

그러나 나의 부끄러움은 그 정도에서 그치지 않았다. 보다 더 부끄러운 것은 내가 어린 진용이의 짐이 되고 있는 사실이 아니었다. 내가 진실로 부끄러워진 것은 내가 진용이의 짐이 되고 있음을 부끄러워하고 있는 바로 그 점이었다. 남의 짐거리가 되지 않으려는 것만이 능사가 아니었다. 사람은 누구나 자기의 짐만을 지고 살 수는 없었다. 때로는 이쪽이 저쪽의 짐이 되는 수도 있었고, 저쪽의 그것을 이쪽이 함께 나눠 지게 될 수도 있었다. 그것이 사람의 사람다운 길이었고, 어쩔 수 없는 숙명이기도 하였다.

그런데 나는 여태까지 그런 간단한 사람살이의 이치조차 알지 못하고 지내 온 것이었다. 나의 짐을 짊어져 보려고 한 적이 없었다. 자신의 짐을 제대로 짊어져 보지 못한 사람이 남의 짐을 생각하기는 어려웠을 게 당연했다. 나는 부모님이나 아내나 아이들에 대해서마저 진실로 그것을 생각해 본 일이 없었다. 내가 그 사람들에게 짐이 되지 않으려 한 것 역시 나 또한 주위의 누구를 대신하여 그의 짐을 나눠 질 생각이 없었기 때문이었다. 나는 언제나 나 한 사람의 짐만을 생각하며 인색하게 마음을 닫고 살아온 꼴이었다. 그 가난하고 불운한 진용이가 그것을 무겁다 탓하지 않고 자신의 짐을 묵묵히 짊어지고 살아가는 것을 볼 때, 자신과 할머니의 짐을 함께 짊어지고도 조금도 비틀거림이 없음을 볼 때, 그러고도 오히려 누구보다 따뜻한 사랑과 인정을 베풀어 올 때, 그 사랑과 인정에 대해 그의 짐이 되는 것만을 부끄러워하는 자신의 옹졸스런 이기심을 볼 때, 나는 진실로 부끄러워지지 않을 수가 없었다.

하지만 그런 부끄러움을 깨달은 것만으로 나의 마음이 가벼워질 수는 물론 없었다. 부끄러움을 알았으면 그 부끄러움을 씻어 낼 각오와 방도가 있어야 하였다. 하지만 나에겐 방법이 없었다. 진용의 짐을 나눠 져 줄 방도나 힘이 내게는 없었다. 무엇인가 진용이를 도와 주고 싶었고, 고난을 함께 나누고 싶었다. 마음을 열어 따뜻한 사랑을 전해 주고 싶기도 하였다. 하지만 마음만으로는 어려운 일이었다. 앞을 못 보는 불구의 몸으로는 아무것도 가능한 일이 없었다. 지닌 것도 없었고, 능력도 없었다. 나는 갈수록 마음만 무거웠다…….

하지만 그것은 나의 속단이었다. 진용에게도 줄 것은 있었다. 많이 가진 자만이 줄 것이 있는 것은 아니었다. 베풀고자 하는 마음이 있으면 그 마음 가운데서 길을 찾을 수 있었다. 진용이가 그의 이웃에게 나눠 줄 것이 있다면 다른 누구에게도 그것이 전혀 없을 리 없었다. 내게도 아직 나눠 줄 것은 남아 있었다.

내가 그것을 깨달은 것은 좀더 시간이 흐른 다음이었다. 이번에도 그 진용이를 통해서였다.

진용이가 지어 온 저녁밥을 먹고 나서도 우리는 이내 잠을 잘 생각을 하지 않았다. 진용이도 그랬고 나도 그랬다. 잠을 자기엔 시간이 아까웠다. 뭔가 해야 할 일이 남아 있는 것 같았다. 진용이는 내 이야기를 듣고 싶어했다. 내가 자라 온 어린 시절의 이야기와 눈이 멀게 된 사연과 그리고 그 밖에도 나에 관한 것이면 무엇이든지 이야기를 듣고 싶어했다.

나는 진용이가 듣고 싶어하는 대로 이야기를 해 주었다. 그것은 진용이를 위하여 무엇인가 해 주어야 한다는 나의 마음을 상당히 편하게 해 주고 있었다.

나는 내 어린 시절을 이야기하고, 아버지와 어머니와 형제들에 관한 이야기를 했다. 그리고 교회와 학교와 군대 시절에 관하여 말하고, 눈이 멀게 된 경위와 그 후의 생활들을 빠짐없이 다 이야기했다.

진용이의 호기심이 지칠 때까지 나의 이야기를 모두 그렇게 털어놓았을 때였다.

"형님은 참 좋으시겠네요. 부러워 죽겠어요."

한동안 말없이 침묵만 지키고 있던 녀석이 문득 자탄하듯 말했다.

나는 처음에 그것이 무슨 뜻인지 진의를 얼른 알아들을 수 없었다. 하기야 내가 눈만 멀지 않았던들 진용의 처지에 나를 비견할 바는 아니었다. 진용이 같은 처지의 아이들에겐 부러움을 사고 남을 만도 하였다. 그러나 나는 이제 눈이 먼 장님이었다. 지금은 오히려 진용이를 예까지

의지해 온 처지였다. 처지가 나으면 무엇이 나을 건가. 그리고 그 지나간 일들이 지금의 나에게 무슨 소용인가……. 진용이가 일부러 나를 위로하려 하는 소린 줄만 알았다.

그런데 사실은 그게 아니었다. 진용이 나를 부러워한 것은 저보다 나았던 집안 환경이나 건강했던 시절의 일들 때문이 아니었다.

"형님은 공부하고 싶은 거 맘껏 공부하고 배우고 싶은 거 다 배우셨지 않아요. 공부하고 배운 거 많은 게 얼마나 좋은 건데 그래요."

한동안 침묵이 흐른 다음 녀석이 다시 위로의 소리를 덧붙여 왔다. 녀석이 내게서 부러워한 것은 하고 싶은 공부를 마음대로 할 수 있었다는 바로 그 대목이었다. 그리고 내가 공부를 많이 했으니 아는 것도 많으리라는 점이었다. 그건 이를테면 진용이 자신이 그만큼 배움을 소망하고 있다는 자기 심중의 고백이기도 하였다.

하지만 나는 녀석의 소리에도 아직 마음이 열리지 못하고 있었다. 진용에겐 물론 그럴 법도 한 일이었다. 그러나 녀석은 그 배움이라는 것이 눈이 멀고 만 지금에 와서 내게 얼마나 부질없고 무용한 것인지를 모르고 있었다.

"글쎄다. 너라면 그게 부러울 수도 있겠지. 하지만 내겐 이젠 다 부질없는 것들이지."

나는 어둠 속에서 혼자 쓴웃음을 흘리며 허탈스럽게 중얼거리고 있었다.

"이렇게 눈이 멀어서 길거리를 헤매고 다니는 주제에 아는 것이 있다고 무슨 소용이 되겠니. 이제 와선 다 소용없는 것들이지."

하지만 진용인 그게 아니었다. 녀석은 끝끝내 나의 체념을 가로막고 나섰다.

"그게 아니에요. 그건 형님이 잘 모르시는 말씀이에요. 형님은 배우고 싶은 대로 다 배우셨으니까 그렇게 말씀하실 수 있을지 모르지만, 그러지 못한 사람은 생각이 달라요. 공부하고 배우고 싶은 것이 어디 써먹을 일만 생각해서 그러나요. 공부하고 배울 길이 없는 사람은 써먹을 데가 있거나 없거나 무작정 그냥 공부를 하고 싶은 거예요."

진용이의 그 완강한 어조엔 그냥 나를 위로하고 싶은 것 이상의 간절한 소망이 깃들여 있었다.

나는 비로소 가슴이 차츰 뜨거워지기 시작했다. 무엇인가 확실치는 않았지만, 어디선가 나의 가슴 한구석으로 희미한 빛이 비춰 들고 있는 것 같았다.

"그래 진용인 공부를 그토록 하고 싶니?"

나는 자신도 모르게 가슴 속에서 요동쳐 오르는 흥분기를 누르며 다짐하듯 한 번 더 진용에게 물었다.

이번에는 진용이 대답 대신 조용히 자리에서 일어섰다. 그리고 벽에 걸어 둔 옷가지 하나를 벗겨 들고 돌아왔다.

"이게 뭔지 좀 만져 보세요."

진용이 그 옷가지를 내 손에다 쥐어 주며 물었다. 나는 영문을 모른 채 녀석의 주문대로 옷가지를 찬찬히 더듬어 만졌다. 무슨 중학생 아이들의 겨울 교복과 모자 같은 것이었다.

"이건 모자하고 교복 같구나."

"그래요, 모자하고 교복이에요. 그런데 학교도 못 다니는 애가 왜 이런 건 사다 놓은 줄 아세요."

"……."

"형님은 벌써 짐작하고 계실 거예요. 저는 몇 년째 이 모자하고 교복을 저 벽에다 걸어 두고 지내요. 그러면서 그걸 입게 될 날을 기다리는 거예요. 저도 언젠가는 이 모자에 번쩍거리는 모표를 달고, 옷깃에도 떳떳한 학교 배지와 이름표를 달고 나서게 될 날이 있을 거라고, 그런 날이 오기를 고대하면서 말이에요……."

"……."

"모자와 교복뿐이 아니에요. 형님은 아직 모르시겠지만, 이 방에는 지금 학교 아이들이 배우는 책도 여러 권 사다 놓은걸요. 공부를 할 틈도 없으면서 공연히 책을 사다가 꽂아 놓은 거예요. 공연히 흉내를 내고 싶어서도 아니고, 가짜 학생 노릇을 하고 싶어서도 아니에요. 왠지 그냥 마음에서 그러고 싶기 때문이에요."

"……."

"끼니도 제대로 못 추리는 주제에 입어 보지도 못할 교복을 사다가 몇 년씩 벽 위에 걸어 놓고 기다리는…… 그런 날이 올 수 없을 걸 알면서도 그냥 그러고 싶어지는…… 그런 마음을 형님은 모르실 거예요."

진용이의 그 애절한 고백은 끝내 흐느낌으로 변해 가고 있었다.

서울역—그 서울역과 삼양동 산중턱의 판잣집은 참으로 내게 뜻이 깊은 장소였다. 나로 하여금 사랑 속에서 진용이를 만나게 하고, 그리고 그로 인하여 나를 눈뜨게 하여 준 특별한 계시의 장소였다.

그것도 물론 우연일 수가 없는 일이었다. 주님께서 특별히 내게 마련해 주신 귀한 계시의 장소가 분명했다.

다른 곳에서는 아무것도 줄 것이 없던 나였었다. 그리고 아무 곳에서도 주려는 동기를 얻을 수 없었던 나였다. 하지만 그 곳에서 비로소 나는 나에게도 베풀 것이 남아 있고, 베풀 사람이 있음을 깨달은 것이었다.

주님의 뜻임이 분명했다. 나는 그 주님에게 내가 아직도 다른 사람에게 베풀 수 있는 것이 남아 있음을 감사했다. 베풀 수 있는 사람을 찾게 하여 주심에 감사했다. 불구의 몸으로도 아직 남의 짐을 나눠 져 줄 수 있는 나의 힘과 재산이 있음을 감사드렸다. 내가 지닌 작은 지식은 아직도 전혀 쓸모가 없는 것이 아니었다. 나는 그것으로 나의 사랑을 나누고, 그것을 원하는 사람의 용기를 북돋워 그의 짐을 함께 짊어져 줄 길을 찾게 된 것이었다.

장소가 그런 곳이 아니고서는 어디에서도 얻을 수 없는 깨달음이었다. 고난 속에서도 희망과 용기를 잃지 않고 살아가는 진용을 볼 때, 그 무거운 짐 속에서도 또다시 나를 그의 짐으로 짊어져 주려 하는 그의 따뜻한 사랑을 느낄 때, 가진 것이 없으면서도 더 못 가진 사람에게 아직도 무엇인가를 베풀며 살아가려 하는 서울역의 그 따스한 아이들의 마음을 볼 때(저들마저! 아아, 저들마저 그 사랑을 베풀고 싶어함을 볼 때) 나는 그것을 깨닫지 않을 수가 없었다.

나는 비로소 캄캄한 어둠 속에서 내 소명의 빛을 찾은 것 같았다. 그 소명으로 새로운 생명의 빛을 얻은 것 같았다.

내가 여태까지 그 빛을 만나지 못한 것은 위만 쳐다보고 온 내 허물 때문이었다. 나는 그것이 어느 높은 곳에서 나를 비춰 오기만을 기다려 온 것이었다. 그러나 그 빛은 어느 높은 곳에서 오는 게 아니었다. 빛은 오히려 낮은 곳에서, 그것도 스스로 베풀고 비추려 하는 곳에서, 그런 노력으로 자기 안에서 찾아지는 것이었다. 낮은 곳에서 스스로 찾아 낸 소명의 불빛, 그것이야말로 참된 영혼의 눈뜸인 것이었다. 그리고 그것을 위하여 주님은 일찍이 내게서 육신의 눈을 멀게 하고 그 곳으로 나를 인도해 오신 것이었다. 낮은 곳을 보게 하고, 그 곳을 찾아가게 하기 위해 그 낮은 곳에 필요한 작은 것만을 남기고 내게서 모든 것을 빼앗아 버리신 것이었다. 육신의 눈을 뜬 사람은 볼 수 없는, 영혼의 눈으로밖에 볼 수 없는 것 그것을 보게 하기 위하여, 그 만남의 자리를 마련하시기 위하여 내 육신의 눈을 멀게 하고 나를 그 곳으로 인도해 오신 것이었다. 그 서울역이 도대체 어떤 곳이던가. 그 곳은 나의 흐름이 멈춘 곳이었다. 흐름이 멈춘 곳보다 낮은 곳은 있을 수 없었다. 그 곳은 나의 흐름이 닿을 수 있는 가장 낮은 곳이었다.

그 어둠 속의 흐름마저도 나의 우연한 뜻이랄 수가 없었다. 그것은 오히려 오묘하기 그지없는 주님의 뜻이었다. 나는 이제 그 주님의 뜻을 알 수 있을 것 같았다. 그리고 비로소 나의 눈멀음을 마음으로부터 받아들일 수 있었다.

—우리가 실명한 것은 조상의 죄나 본인의 죄로 인함이 아니라 우리에게서 하나님의 영광을 나타내려 하심이라.

내 육신의 눈이 멀기 시작하였을 때 나를 찾아온 목사님이나 어머니와 아내 그리고 교우와 친지들로부터 숱하게 들어온 복음의 말씀이었다. 그 때는 그런 말이 귓등에도 잘 스쳐 오지 않았었다.

—내가 실명을 한 것이 무슨 하나님의 영광을 나타내기 위해서라?

그런 독선이 있을 수 없었다. 남의 일이라고 그저 입바른 소리들을 하고 있거니 싶기만 하였다. 그런 소리를 듣고 있노라면 마음이 편해지기는커녕 역정만 부글부글 들끓어 올랐었다.

그 말씀이 이제는 새삼스레 다시 머리에 떠올랐다. 주님의 뜻은 이제 더 이상 의심할 여지가 없었다. 그 위에 당신은 언제나 나와 함께하신다 하셨다. 두려워 말고 용기를 가지고 과감하라 하셨다.

나는 이제 나의 소명을 확인한 것이다. 더 이상 헤매일 필요가 없었다. 진용이를 위하여, 진용이와 같이 가난하고 못 배운 아이들을 위하여 나는 나의 남은 육신과 마음을 바쳐야 하였다. 그들에게 나의 작은 지식을 나눠 주는 것은 실상 아무것도 아닐 수 있었다. 그러나 나는 그 작은 지식을 나눠 주는 일을 통하여 그들에 대한 나의 위로와 사랑을 전해 줄 수 있었다. 그리고 그 위로와 사랑으로 저들에게 희망과 용기를 부추길 수가 있었고, 그것으로 함께 짐을 나눠 지고 갈 수도 있었다. 그것이 내가 주님의 사랑과 복음을 전하는 길이었고, 당신의 영광을 나타내는 길이었다.

나의 지식을 나눠 주는 것이 주님의 복음을 전하는 길이었다. 나에게도 그 복음을 전할 길이 찾아진 것이었다.

나는 진용이를 통하여 그것을 내게 보여 주신 주님께 한 번 더 감사했다. 그리고 기쁜 마음으로 그 길을 가기로 결심했다.

—하나님, 오늘 밤 저에게 이 뜻 깊은 자리를 마련하여 주심을 감사합니다.

나는 진용의 손을 붙잡고 오랜만에 함께 기도를 올리기 시작했다. 그리고 주님과 진용 앞에 나의 각오를 되풀이

다짐했다.

—그리고 아직도 제게 나누어 줄 것을 남겨 주심을 감사합니다. 제가 가진 것은 참으로 작고 보잘것없는 인간 세계의 지식일 뿐입니다. 그리고 주님께서 제게 주신 장소도 어느 곳보다 낮고 보잘것없는 곳이옵니다. 하오나 저는 그 작은 것으로 당신의 영광을 나타내게 하시려는 당신의 뜻을 알겠나이다. 그리고 낮고 어두운 곳일수록 당신의 사랑이 필요한 것도 알겠나이다. 저는 이 적은 것으로나마 부끄러움이 없이 당신의 사랑과 복음을 전하겠나이다. 어둡고 낮은 곳일수록 당신의 사랑이 더욱더 귀하고 소중한 것이 되게 하겠나이다.

저는 아직도 미련하고 무력한 주님의 작은 종일 뿐이옵니다. 하오나 이 작은 육신의 생명이 남아 있는 한 그 육신을 위하여 주님의 나라를 구하려 하지 않겠나이다. 주님께서 이미 제게 뜻하신 대로 저들과 함께 사람의 짐을 지고 저들과 고락을 같이 하겠나이다. 다만 바라옵기는 제게 더 많은 용기와 지혜를 주옵소서. 저들을 위하여 더 많은 짐을 져 주고, 저들에게 더 많은 당신의 사랑을 전할 수 있도록, 작은 것을 크게 나누어 줄 수 있도록 용기와 지혜를 내려 주옵소서. 그리하여 이 모두가 당신의 뜻에 합당한 일이 되게 하옵시고, 이 낮은 곳에서나마 다른 어느 곳에서와 마찬가지로 당신의 영광이 크게 나타나실 수 있도록 하옵소서…….

그 길의 행인들 II

26

그로부터 나는 당연히 자신의 재활과 소명을 실천할 방법을 구하기 시작했다. 나는 무엇보다 먼저 재활의 터전을 닦는 일이 중요했다. 그것은 나 자신의 신앙심을 온전히 하는 일이었고, 스스로의 능력을 기르는 일이었다. 믿음을 얻고 있기는 하였지만, 나는 아직도 하나님의 율법과 사랑의 역사에 관해 아는 것이 너무 부족했다. 자신에게서 이루어짐이 없이 남에게서부터 이루려고 서두를 수는 없었다.

나는 더 많은 사랑의 말씀을 들어야 하였다. 내가 나눠주고자 한 지식의 근본도 바로 하나님과 그 하나님의 말씀을 아는 것이 되어야 하였다. 그 사랑의 말씀들을 인간의 말로 들을 수 있어야 하였다. 그래야 그것을 나의 이웃에게 다시 전할 수가 있었다. 성경의 말씀부터 읽을 수 있어야 하였다…….

나는 맹인들의 세계에 점자가 있음을 생각해 내었다. 그리고 그것부터 우선 익히기로 하였다. 읽을 수 있고 쓸 수 있는 것이 그 주고받음의 절대 조건이기 때문이었다.

서울역으로 돌아온 나는 그 날 곧 지나가는 맹인을 한 사람 만나 볼 수 있도록 진용에게 부탁했다. 그리고 나는 오래잖아 진용이 만나게 해 준 한 맹인으로부터 점자학교를 소개받았다.

신교동에 위치한 맹인학교에 점자 교습과정이 있다 하였다. 스스로의 소명을 깨닫고 있음은 두려움이나 망설임을 모르게 하였다. 그리고 그 소명을 위해 해야 할 일들은 어떤 고난도 이기게 하였다. 그것은 오히려 큰 보람이요 즐거움일 수 있었다.

나는 어느 날, 기회를 보아 진용일 앞세우고 신교동의 그 맹인학교를 찾아갔다. 맹인학교의 건안인 교장은 이해심이 매우 깊은 사람이었다. 나의 사정을 듣고 난 교장은 두말 없이 수업을 허락해 주었다.

그리하여 나는 이후 몇 달 사이에 진용이의 정성 어린 보살핌과 학교 쪽의 친절한 호의에 힘입어 맹인점자를 익히게 되었다.

먼저 한글을 익혔고, 다음에는 다시 영어를 익혔다.

하지만 점자교습은 그 두 가지만으로는 충분치가 못했다. 점자서적 출간과 그것의 이용 빈도는 그 나라의 맹인

복지시책과 정비례하였다. 일본이나 프랑스 쪽은 맹인 복지사업이 특히 활발했다. 뿐만이 아니었다. 성경을 제대로 공부하자면 히브리어나 라틴어까지 익히는 것이 필요했다.

나는 다시 일본어를 익혔다. 하지만 불어나 히브리어나 라틴어는 아직 한국에 소개된 바가 없었다. (그러나 나는 결국 그것들도 모두 익혔다. 시기가 훨씬 나중이긴 하였지만, 나는 어떻게 소식을 듣고 영국 대사관을 통하여 본국에 있는 점자도서관으로 교재를 주문하여 독학 교습을 끝낸 것이다.)

그러나 그 당시로는 한글이나 영어, 일어 정도로도 눈앞이 훨씬 밝아진 것 같았다. 글을 읽고 적어 나가는 데 별다른 불편을 못 느낄 정도였다.

점자를 대략 익히고 나자 나는 다시 다음 단계의 작업을 시작했다. 주님에게로의 길에서 내가 처음 만난 사람들, 육신의 생명이 다할 때까지 함께하기로 주님 앞에 맹세한 그 고난받은 사람들에게 다시 돌아가 하나님의 말씀과 사랑 안에서 나의 작은 지식을 전하고 그들의 짐을 함께 나눠져야 하는 일이었다.

하지만 그건 실상 시기가 너무 이른 일이었다. 무엇보다 내겐 아직도 준비가 모자랐다.

나의 준비가 모자란 것은 얼마 안 가 곧 증명이 되었다.

서울역 아이들은 그 육신의 짐을 지고 가는 데만도 시간과 힘이 항상 모자랐다. 거기에 무슨 마음의 양식이니 사랑 따위를 노닥거리고 있을 여지가 없었다. 아이들에겐 육신의 노역이 너무도 과중했다. 거기에 반하여 나는 그 아이들을 위해 현실적으로 지닌 것이 너무 없었다. 짐을 나눠 져 주기는커녕 내 쪽에서 오히려 그들의 신세만 지고 있는 꼴이었다. 먹고 자는 모든 일에서 나는 진용이와 그 서울역 아이들의 부담거리가 되고 있을 뿐이었다. 녀석들은 자연히 나를 신용하려 하지 않았고, 나의 말이나 충고에 대해서도 귀를 기울여 오는 일이 없었다. 나는 그저 녀석들에게 특별히 해로울 것은 없어도 싱거운 소리 잘하는 장님 예수꾼 정도로나 보일 뿐이었다.

나는 보다 더 현실적이고 구체적인 능력에 대한 준비가 필요했다. 눈에 보이는 능력이 없이는 모든 게 그저 공염불일 뿐이었다. 끝끝내 남의 신세만 지고 살아야 할 판이었다.

나는 곰곰 그 길을 생각했다. 그리고 한 가지 결론에 이르렀다. 나 개인으로는 능력에 한계가 있을 수밖에 없었다. 교회의 힘을 빌릴 수밖에 없었다. 내가 생각한 복음 사업의 근거를 교회 안에다 마련하는 것이었다. 그러자면 먼저 나 자신이 교회로 다시 돌아가야 하였다. 그것은 바로 신학교 공부를 계속하는 일이었다. 정규 신학교 공부를 끝내야 교회 사람이 될 수 있었다. 그래야 교회 안에 그 능력을 빌려 쓸 수 있는 자신의 근거를 마련할 수 있었다. 당장의 내 형편으론 물론 그것이 쉬운 일이 아니었다. 시일도 오래 걸릴 일이었다.

하지만 나는 그 길을 기어코 찾아 내야 하였다. 그것은 내가 이웃을 위한 능력을 얻는 길일 뿐 아니라 주님의 말씀을 밝히 만나는 길이기도 하였다.

나는 용기를 가지고 신학교 공부를 다시 계속할 방도를 구하기 시작했다.

때는 어느새 가을도 다 가고 겨울철이 거의 가까워지고 있었다.

"형님은 서울역에서 겨울을 지내시지 못해요."

드디어 겨울 추위가 본격적으로 역광장을 휘몰아치기 시작한 어느 날, 진용이 나에게 월동 장소를 옮기게 하였다. 신문팔이나 구두닦이 아이들은 명당도 잘 찾아 내고 연락망도 좋았다. 그런 아이들이 들어앉아 있는 곳은 바람기 없고 볕발이 좋을 뿐 아니라 사람의 출입까지 빈번스런 골목 어귀나 건물 밑 같은 곳이었다.

진용이는 나를 위하여 미리 그런 곳을 한 군데 물색해 놓고 있었다.

"노량진으로 가세요. 아는 형들이 노량진 극장 앞 대화다방 근처를 휘어잡고 있어요."

진용이는 그렇게 나를 그 곳으로 인도해 가서는 제 '형'들에게 나의 보호와 시중을 몇 번씩이나 간곡하게 부탁하고 돌아갔다. 신문을 팔기에는 사람 많은 서울역 쪽이 훨씬 더 좋았으므로 녀석은 나를 따라 그 곳을 떠날 수가 없었기 때문이었다.

하여 나는 또 진용이 덕분에 노량진의 대화 다방 골목 어귀에 나의 새 근거지를 마련하게 되었고, 녀석 말대로 그 곳은 그럭저럭 추운 겨울을 지낼 만한 곳이었다. 바람 의지도 제법 좋았고, 아이들의 시중도 아쉬움이 없었다. 진용이가 가끔 찾아와 주기도 하였지만, 거기서 새로 사귄 아이들도 진용이 못지않게 나를 따르고 보살펴 주었다.

그 중에서도 특히 방울이라는 아이는 이 시절 나의 가장 가까운 친구로 많은 위안을 주었다.

방울이는 그 대화 다방 일대 손님들을 상대로 하는 구두닦이 아이들 패 가운데서 나이가 가장 어린 꼬마였다. 잘해야 이제 겨우 열 살 남짓한 나이로 보였으나, 그 진짜 나이나 이름은 자신도 모르고 지내 온 아이였다. 그래 그 대화 다방 일대 사람들은 녀석을 그저 성도 이름도 없는 방울이란 별명으로 불러 온 것이었다.

그런데 그 방울이란 별명처럼 이 아이의 성미가 나이나 처지에 비하여 티없이 명랑하고 똘똘했다. 제 한패의 아이들 중에서도 녀석의 일은 원래 다방을 드나들며 손님들의 신발을 벗겨 나르는 것이었다. 그런 만큼 녀석이 손님들의 신발을 벗겨 오는 데에는 잽싼 요령이 필요했다. 녀석은 그 요령이 어찌나 날래고 재빠르던지, 구두 신은 손님을 다방에서 그냥 내보내는 일이 거의 없을 정도였다. 금방 닦아 신고 온 손님의 신발도 녀석의 재롱스런 기지와 버팀 수 앞엔 공짜가 거의 없었다. 다방에 손님이 드나드는 횟

수만큼 녀석의 출입도 빈번했다. 한번은 어떻게 녀석이 실수를 하여 제가 금방 날라다 주고 온 구두를 다시 들어가 벗겨 내려다 호되게 알밤을 얻어맞고 나온 일까지 있었다.

녀석이 그렇듯 똘똘하고 명랑한 것은 손님들의 신발을 벗겨 나르는 일에서만이 아니었다. 녀석은 그 신발을 나르는 일말고도 제 형들의 오만가지 심부름들을 거의 도맡다시피 하고 있었다.

—방울이 뭐하니, 다방 가서 따뜻한 물 좀 얻어 와라.

—쥐방울 너, 지금 다방으로 들어간 아가씨 봤지? 그 아가씨 팬티 색깔이 무슨 색인지 알아 가지고 와, 못 알아 오면 너 알지?

나이깨나 먹은 형들이 무슨 일을 시켜도 녀석이 그것을 함부로 마다하는 일이 없었다. 여자의 팬티 색깔을 알아 오라는 따위의 난처한 주문에도 녀석은 그저,

—에이, 형두 참! 내가 대신 그걸 보고 오면 형님은 여기서 무슨 재미게?

하고 나이답지 않은 기지를 발휘하거나, 아니면 그저 샐샐 웃으면서 뒷걸음질이나 쳐 댈 뿐, 형들의 명령을 정면으로 거역하여 비위를 상하게 하는 일이 없었다. 장난 삼아 제 형들이 녀석의 머리통에다 까닭없이 세찬 꿀밤을 먹이고 지나가도 녀석은 그저,

—아휴, 아휴…….

매운 눈물만 찔끔거릴 뿐, 선불리 화를 내거나 달려드는

일이 한 번도 없었다. 다만 한 가지 녀석에게 이상스런 서러움의 그늘 같은 것이 느껴질 때가 있다면, 어쩌다 틈이 날 때 녀석이 헤진 바지 주머니에 두 손을 깊이 찔러 넣고 (아마도!) 먼 허공을 바라보고 서서는, 어디서 배운 것인지 모를 그 외롭고 슬프면 어쩌고 하는 유행가 가락을 휘파람으로 청승맞게 부르고 있을 때뿐이었다.

—외롭고 슬프면 하늘만 바라보면서 밤거리의 뒷골목을 누비고 다녀도…….

그것이 그 익숙한 휘파람 소리로 녀석이 몇 번씩 되풀이해 온 유행가의 가사였다.

나이답지 않게 너무 올되어 버린 녀석이라고나 할까.

그게 어쨌거나 방울이는 나의 대화 다방 시절 나와 가장 많은 시간을 함께 보낸 아이였다. 잠자리를 같이했기 때문이었다.

구두를 닦는 아이들이라도 제 잠자리들은 대개 따로들 가지고 있었다. 잠자리가 없는 것은 방울이와 나 두 사람뿐이었다. 아니, 방울이에게도 제 잠자리는 있었다. 대화 다방이 녀석의 잠자리였다. 손님들이 모두 돌아가고 나면 녀석이 다방의 뒷청소를 도왔다. 그리고 그 곳에서 대신 밤 잠자리를 얻었다. 잠자리가 없는 것은 나 하나뿐이었다.

처음 한동안은 산 중턱 근처의 판잣집까지 두세 아이들의 합숙 잠자리를 따라다녀 보았지만, 그건 애초부터 길게 갈 수 있는 일이 아니었다. 더듬더듬 길을 따라다니기엔 거리가 너무 멀었고, 비좁은 방에서 이것저것 서로 어려운 일이 한두 가지가 아니었다.

그 때 마침 방울이가 내게 자신의 잠자리를 소개해 왔다.

"형님, 나하고 같이 다방에서 자요. 형님은 그렇게 눈이 불편하니까 다방 형님이나 누나들도 사정을 다 보아 줄 거예요."

한번 말을 꺼낸 방울이는 그 날로 당장 결말을 내자고 하였다.

"우리도 그냥 공짜로 잠만 자는 건 아녜요. 손님들이 모두 돌아간 다음에 제가 청소를 해 주지 않아요. 제가 형님 몫까지 대신 청소하면 될 거예요. 다방 아줌마도 이젠 그걸 알고 있으니까 별 상관이 없을 거구요."

"……."

내가 뭐라고 말을 못하고 있으니까, 녀석은 계속 재촉을 해 왔다.

"난 형들하고 같이 지내 봐서 형님의 마음을 알 수 있어요. 형님들하곤 귀찮은 일들이 많아서 같이 못 자요. 그래서 나도 여태까지 여기서 혼자 지냈지만, 이제부턴 형님하고 자면 좋잖아요……."

녀석은 제 쪽에서 숫제 애원을 해 왔다. 그리고 그 날로 결국 혼자서 일을 다 만들어 놓았고, 그로부터 나는 밤과 낮을 온통 녀석과 함께 지내게 된 것이다.

잠자리는 그저 걸상을 몇 개 한데다 모아 붙이고, 녀석이 여태까지 혼자서 덮어 오던 담요 한 장을 둘이서 함께 나눠 덮는 식이었다.

하지만 나는 그것으로 족했다. 방울이와 함께 지내는 모든 시간—, 낮이면 쉴새없이 바쁘게 돌아가는 녀석을 곁에 앉아 지키다가, 밤이 늦으면 녀석과 저녁거리 빵조각을 나눠 먹고 둘이서 오붓한 잠자리를 함께하는 시간들이 그토록 따스하고 마음 편할 수가 없었다.

방울이는 서울역의 진용이를 대신하여 내게 나타난 고마운 친구이자 고단스런 삶의 동행자인 셈이었다.

한동안 그렇게 마음 평온한 날들을 지내다 보니, 나는 이제 외려 할 일이 없는 사람 같았다.

나는 낮이면 주로 아이들의 구두를 닦는 옆자리에 앉아 햇볕이나 쬐면서 시간을 보냈다. 하지만 실상은 그렇게 그저 뜻없이 시간만 보낸 것은 아니었다. 그건 어쩌면 내게 가장 절박하고 간절한 기다림의 시간이기도 하였다. 오전에는 주로 점자 해독법을 복습하였고, 오후에는 나의 유일한 재산 품목인 트랜지스터 라디오의 방송 프로그램들을 들었다. 그 무렵 극동 · 아세아 방송사에서는 오후 네 시부터 여덟 시까지 영어로 하는 선교 프로그램을 내보내고 있었다. 루터런아워, 성경공부 등은 그 무렵 내가 즐겨 들은 프로그램들이었다. 그것은 나의 성경 이해와 믿음을 위하여 무척 소중한 도움이 되었다. 그러나 내가 그 방송 프로그램들을 열심히 들은 것은 나의 공부나 믿음을 위해서만이 아니었다. 프로그램의 끝에는 언제나 청취자들의 신앙 상담을 안내하는 광고 방송이 뒤따랐다.

나는 그 때마다 상담에 응해 나온 기관이나 선교 단체들의 주소를 모두 메모하였다. 그리고 그 곳으로 나의 사정을 적어 보냈다.

신앙 상담자 되신 분께

……저는 원래 니느웨의 성으로 여호와 하나님의 부름을 받았던 요나 같은 사람이었습니다. 그러나 저는 이방인에게 굳이 하나님의 말씀을 전할 생각이 없어 다시스로 가는 배를 타고 도망가다 폭풍을 만나 바닷물 속으로 내던져진 바 되어, 어두운 고래 뱃속에 갇혀서 회개를 하고 있는 사람입니다……. 하나님의 축복으로 저의 이러한 회개와 진심이 당신들께 이르러 저를 다시 니느웨의 성으로 보내 주신다면 이번에야말로 저는 하나님의 말씀을 전하는 주님의 충실한 종이 되겠습니다……. 저를 제발 다시 니느웨의 성으로 보내 주시도록, 저의 이 간절한 소망이 당신들에게서 이루어지기를 빕니다…….

편지 가운데서 나는 하나님의 부름을 받들지 못했던 일과 실명을 하게 된 과정, 그리고 그로 인한 회개와 기도의 마음을 전하고, 그리고 이제 다시 신학공부를 계속하고 싶다는 간절한 소망을 호소하곤 하였다.

한 통의 편지를 써 보내는 데도 적지 않은 노력이 필요했음은 물론이었다. 방송 프로그램에 어떤 선교 단체의 주소가 나오면 나는 그것을 우선 점자로 기록했다. 그리고는 머리 속에다 먼저 편지의 사연을 정리한 다음, 그것을 다시 점자로 기록했다. 다음엔 그 점자 문장을 다시 영문으로 옮겨 적는 절차를 거쳐야 했다. 하지만 나의 주위에는 영문을 받아 써 줄 사람이 없었다. 다방에서밖엔 사람을 찾을 수가 없었다. 나는 아이들에게 부탁하여 편지 종이와 봉투를 구해 가지고 있다가 방울이 녀석이 닦아 놓은 신발을 가져갈 때 녀석과 함께 다방으로 따라 들어갔다. 이해를 해 준다곤 하지만 그 때마다 다방 종업원들이나 손님들의 눈치가 보이는 건 말할 것도 없었다. 더럽고 귀찮고 재수없는 자신의 존재를 매번 다시 확인해야 하였다.

하지만 나는 그것을 견뎌 이기지 않으면 안 되었다. 그것이 그리 섭섭하거나 원망스럽지도 않았다. 담대하고 과감한 것이 그런 건지도 알 수 없었다. 사람이 제 할 일을 찾아 만나고 있음은 그만큼 염치가 없게 만드는 것 같았다.

"저는 돈을 구걸하지 않습니다. 영문을 쓰실 수 있는 분을 찾습니다. 그런 분이 계시면 저를 좀 도와 주십시오."

몇 차례의 시도 끝에 나는 어쩌다 영문 필기력을 가진 학생을 한 사람쯤 만날 수 있었다. 그러면 나는 그 사람의 도움으로 마침내 한 통의 영문 편지를 완성할 수 있었다.

하지만 그걸로도 그냥 편지가 부쳐지는 건 아니었다.

해외 우편 요금은 그 나름대로 다른 부담거리였다. 그건 아이들에게도 쉽게 신세를 질 수 있는 금액이 아니었다. 한두 번 신세를 지고 말 일도 아니었다. 그것만은 어떻게든 내 힘으로 마련해 볼 궁리를 해야 했다. 하지만 내게 별다른 방법이 있을 리 없었다. 그런 필요에서만은 아니었지만, 나는 이 무렵 사람들의 발자국소리를 머리 속에다 따로따로 구분해 익혀 두고 있었다. 뚜걱뚜걱 신사, 퍽석퍽석 아주머니, 또각또각 아가씨, 툭툭툭툭 소년 아이들……. 고무신과 운동화 발자국소리, 구두와 장화류 발자국소리, 심지어는 그 신발을 신고 가고 있는 사람이 어른인가 아이인가, 남자인가 여자인가 하는 것들까지 그 속도나 무게에 따라 도사처럼 모든 걸 익혀 두고 있었다.

나는 이따금 큰길가로 나가 팔장을 끼고 서서 사람들을 기다렸다. 그리고 좀 아량과 여유가 있어 보이는 남자의 발소리가 들려 오면 그 소리를 불러 세우거나 거미처럼 팔소매를 붙들고 나서며 나의 처지를 호소했다. 때로는 노상강도라도 만난 듯 기겁을 한 행인에게 심한 야단을 맞는 수도 있었지만, 그런 때 나의 발자국 식별법은 꽤나 정확한 성과를 거두었다…….

그런 모든 절차를 거치고 나서야 나는 비로소 한 통의 편지를 보낼 수 있었다. 그것도 한두 번으로 끝나거나 어느 한 곳에서나마 해답의 약속이 있는 일이 아니었다. 나는 그저 새 단체의 주소를 얻을 때마다 같은 일을 되풀이하였다.

—상담 관계자 되신 분에게.

—상담 관계자 되신 분에게. ……저는 니느웨의 성으로 부름을 받았던 요나와 같은 사람이었습니다…….

오후가 되면 라디오 프로그램을 듣고, 아침이나 저녁으로는 편지를 만들고 우표값을 구했다. 그렇게 무작정 편지를 띄워 놓고 어느 한 곳에서라도 소식이 오기를 기다렸다.

그게 금세 결과를 얻을 수 있는 일은 아니었다. 어느 한 곳에서도 소식이 없었다. 겨울이 다 가도록 어느 한 사람 서신을 받았다는 회답조차 없었다.

"형님, 공연히 헛꿈을 꾸고 계시는 게 아녜요?"

처음에는 좀 시큰둥해하던 아이들도 나중엔 나의 그 간절한 소망을 누구보다 깊이 이해해 주었다. 그리고 나보다 녀석들이 더 초조하게 편지의 응답을 기다렸다. 나는 차라리 그 아이들을 보기조차 민망스러울 정도였다.

자신이 기다리고 있는 일에 새삼 회의가 느껴져 오기도 하였다. 이게 정말로 내가 바라고 가야 할 길인가. 나 혼자 편한 공부나 하자고 이런 구걸질을 하고 있는 건 아닌가……. 공부로 힘을 얻어 나중에 크게 갚겠다는 건 공연히 허풍스런 구실이 아닐까…….

주변 아이들의 어려운 처지를 생각할 때 나는 문득문득 그런 생각까지 들었다. 한동안 함께 지내다 보니, 아이들의 처지란 눈에 보이는 것보다도 더 고난이 심했다.

아이들은 추위 속에서 곱은 손으로 신발을 닦아 얻은 적은 수입금조차도 모두 저희들 것으로 만들지 못했다. 며칠마다 자릿세를 거둬 가는 패거리가 있었다. 아이들이 패거리에게 빼앗기는 자릿세는 수입의 몇 할이나 되는 것 같았다. 녀석들은 정해진 날짜에 정해진 금액을 거둬 가는 것 외에도 생각나면 한 번씩 나타나서 아이들을 괴롭혔다. 아이들은 항상 줄 돈이 모자랐고, 패거리들의 행패는 갈수록 늘어갔다. 아이들이 때로 패거리들에게 끌려가서 곤욕을 치르고 돌아오는 일도 있었다.

나는 그 아이들의 처지를 생각할 때마다 혼자 공부를 하겠다고 구걸 편지질이나 일삼고 있는 자신이 부끄럽고 서글펐다. 모든 걸 걷어치우고 녀석들과 고락을 같이하며 능력껏 녀석들의 일이나 돕고 싶었다.

하지만 그것은 역시 잠깐 잠깐씩의 생각일 뿐이었다.

나에게는 애시당초 그럴 능력이 없었다. 무도한 패거리들의 수탈극을 보면서도 거기서 아이들을 지켜 주는 일 하나 제대로 감당해 낼 수가 없었다. 내 어설픈 참견은 패거리들의 웃음거리나 되었을 뿐이었다. 그리고 동생 아이들에겐 내 쪽에서 신세만 지고 있었다.

나는 어떻게든지 힘을 얻어야 하였다. 그러지 않고는 지금처럼 끝없이 녀석들의 짐거리나 되어 살아야 할 판이었다.

—고난당한 것이 내게 유익이라. 이로 인하여 내가 주의

율례를 배우게 되었나이다…….

고난당함이 내게 유익이 되는 것은 그 고난을 함께할 수 있는 길을 찾는 데에 있었다. 그 고난이 내게 유익임을 알고 감사하는 것도 그로 인하여 내가 할 일을 찾아나서게 되었기 때문이었다.

나는 역시 능력을 얻을 길부터 찾아야 하였다. 아이들의 처지가 어려우면 어려울수록 오히려 그것을 서둘러야 하였다.

나는 참고 실망하지 않았다. 모든 것을 그저 하늘의 뜻에 맡기고 내가 할 일만 묵묵히 계속했다. 그리고 끈질기게 소식을 기다렸다.

뜻이 있는 곳에 길이 있음인가. 그리고 두드리는 자에게 문은 결국 열리게 되어 있었음인가…….

76년도 한 해가 저물고 77년도 2월로 접어든 어느 날—, 마침내 기다리고 기다리던 소식이 찾아왔다.

"형님, 빨리 좀 와 보세요. 빨리요."

그 날 아침 다방에 들어갔던 방울이 녀석이 금방 다시 숨을 헐떡거리며 쫓아나와 내 팔소매를 급히 끌어 댔다.

"다방 아줌마가 그러는데, 지금 거기로 형님 편지가 한 장 와 있대요. 영어 글씨로 된 편지가 말예요."

방울인 숨도 쉬지 않고 나를 거푸 재촉했다.

나는 부리나케 방울일 뒤쫓아 다방으로 내려갔다. 영문 편지라니 짐작이 갔다. 다방 전교로 된 나의 주소까지도 어긋남이 없었다.

다방에 내려가 보니 모든 것이 과연 방울이의 말대로였다. 마담이 건네 준 편지를 손님 중 한 사람에게 확인을 해 보니, 그건 틀림없이 내게로 보내 온 미국인 발신의 해답 편지였다.

편지의 발신인은 뉴욕 시에 있는 헬렌 켈러 재단의 〈맹인을 위한 존 밀턴 협회〉의 톰 프랜시스 총무 목사였다.

편지의 사연인즉 내가 오랫동안 바라고 기다려 오던 소망 바로 그대로였다

우리는 세번째 당신의 서신을 받았습니다. 그리고 신중한 검토 끝에 당신의 진실한 소망이 하나님의 뜻과 우리 협회의 활동 목적에 부합하는 일임을 인정하였습니다. 당신이 신념과 용기를 잃지 않는다면 우리는 하나님의 사랑 안에서 당신의 뜻이 이루어지도록 도울 것입니다.

그러므로 당신은 먼저 이 승낙서를 근거로 하여 당신이 원하는 그 곳 신학교에 입학 절차를 취하십시오. 그리고 거기에 소요되는 학자금 및 필요한 생활비의 명세를 서류에 근거하여 송부하여 주십시오. 그 서류들이 도착하는 대로 우선 가장 신속한 조치를 취할 것입니다.

우리들의 일이 당신에게 보람스런 열매를 맺게 될 것을 믿으면서 당신의 건투를 빌어 마지않습니다…….

사연은 짧았지만 그 안에는 내가 구하고 고대해 온 모든 해답들이 간단 명료하게 밝혀져 있었다.

나의 기쁨은 형언할 수 없었다.

"형님, 이젠 됐군요. 지금까지 고생이 헛일이 아니었어요."

"눈도 못 보는 우리 형님이 진짜 신학생이 되게 생겼어요."

아이들도 모두 제 일처럼 기뻐하며 축하해 주었다.

27

그러나 나는 이제 마냥 기쁨에만 취해 있을 수는 없었다.

시기가 벌써 새 학기 입학철로 접어들고 있었다.

나는 서둘러 신학교 입학의 절차를 위해 나섰다. 나에겐 이미 대학 졸업과 대학원 1년의 학력이 있었으므로 3년 정도의 학사 편입 과정을 택하기로 하였다. 거기에도 물론 이런저런 서류들을 미리 갖춰야 할 것들이 많았다.

하지만 이번에도 동생 아이들이 제 일처럼 서로 앞장을 서 주어 쉽게 일을 끝낼 수 있었다. 서류들이 모두 갖추어진 다음에는 편입학 절차도 생각보다 간단히 끝낼 수 있었다.

내가 입학을 지원해 간 곳은 수유리 소재의 한국신학대

학이었다. 그것도 무슨 특별한 선택의 결과는 아니었다. 소사에 있는 서울신학은 내가 한 번 자퇴를 한 곳인데다 교사가 워낙 먼 거리에 있어 안내를 받아 가기가 힘이 들었다. 그래서 처음에 나는 안내를 받기가 비교적 쉬운 광나루 소재의 장신대학 쪽을 찾아갔다.

그런데 마침 이 날 학교에는 교무과장이 부재중이었다. 나는 사정이 특수하여 교무과장 면담이 절대 필요했다. 교무과장 면담을 갖지 않고는 원서를 낼 수 없는 사정이었다.

나는 할 수 없이 발길을 돌렸다. 안내를 받아 나선 김에 다음 번으로 찾아간 곳이 한국신학이었다. 한신에서도 원서를 접수중이었고, 그 곳에는 마침 교무과장도 있었다. 뿐만 아니라 교무과장은 나의 사정을 설명 듣고 나자 모든 것을 쾌히 승낙해 주었다…….

나는 마침내 눈을 볼 때 떠나온 신학교로 눈이 멀어 다시 돌아갈 준비가 모두 끝난 것이다.

그런데 무슨 호사다마라던가. 준비를 모두 끝내 놓고 막상 아이들 곁을 떠날 생각을 하니, 나는 다시 마음이 무거워지기 시작했다.

—내가 정말 이런 식으로 이들을 두고 떠나야 하는가.

신학교 진학을 결심했을 때부터 꺼림칙하게 늘 나를 괴롭혀 오던 생각이 다시 머리를 쳐들어 온 것이다. 그야 내가 그 아이들 곁을 떠나는 것이 그들을 아주 떠나는 것은 물론 아니었다. 그것은 오히려 짐을 나눠 질 힘을 얻어 다시 돌아오기 위함이요, 그것이 나만을 위하는 길도 아니었다.

하지만 사정이 그토록 분명함에도 나는 좀처럼 마음이 가벼워지지 않았다. 학업을 계속해 나갈 조건의 돈임에도, 나는 내게 주어질 그 협회의 장학금이 상당액에 이르리라는 점에서마저 아이들에게 몹시 큰 죄를 지은 느낌이었다.

—이 어려운 아이들을 두고 나 혼자 공부를 하러 떠나는 것이, 그것이 장차 이들을 위해 참으로 보탬이 되는 길일까. 내가 정말로 이 아이들에게 다시 돌아올 수 있을 것인가…….

그야 언제고 내가 다시 그 아이들에게 돌아오리라는 것은 더 이상 의심할 여지가 없는 일이었다. 그리고 내가 다시 돌아와 만날 아이들이 반드시 지금과 같은 아이들일 필요도 없었다. 그것은 그렇게 될 수도 없겠거니와 처지가 같은 아이들, 같은 고난을 겪는 사람들이라면 그것이 누구든 상관없을 일이었다.

하지만 함께 지내 온 시간의 체험이 바로 우리 인정의 길이었다. 나는 왠지 자꾸 '지금 이 아이들'에 대한 집착을 지울 수가 없었다. 마음이 무거워지는 것도 바로 그 때문인 것 같았다.

—이게 어쩌면 이 아이들과는 영원한 헤어짐이 될지도 모른다. 그렇다면 지금 이들을 놔 두고 누구에게 빚을 대

신 갚자고…….

방울이나 그 아이들이 나를 부러워하고 헤어지게 된 것을 섭섭해할 때 나는 더욱 그런 아쉬움이 앞서곤 하였다.

"형님은 이제 우리하곤 처지가 아주 다른 사람이 되시겠군요."

"하지만 형님, 이런 말을 섭섭하게 들으시면 안 돼요. 우린 형님이라도 이런 처지를 벗어나게 되신 걸 얼마나 기뻐하고 있는지 몰라요."

"그렇다고 우릴 아주 잊어버리진 마세요. 이제 형님을 다시 볼 수는 없겠지만, 그래도 우린 형님 같은 분하고 함께 지낸 일을 잊지 못할 거예요."

개학을 기다리며 어름어름하고 있는 동안 녀석들은 자주 그런 식으로 나를 부러워하는 소리를 해 왔다. 그리고 은근히 나를 빗대어 자신들의 처지를 아쉬워하곤 하였다.

그렇다고 녀석들이 나를 이해하지 못하는 것은 물론 아니었다. 그들 말마따나 녀석들은 참으로 나의 변신(?)을 기적처럼 신기하게 여기고 있었다. 그리고 나 한 사람만이라도 그런 식으로 처지가 달라지게 된 것을 마음으로부터 기뻐해 주고 있었다.

아니, 녀석들은 오히려 내가 다시 자기들에게로 돌아오는 것은 꿈에도 생각을 말라는 식이었다. 그럴 필요도 없으려니와 그래서도 절대 안 된다는 것이었다.

"그야 내가 학교에 간다고 이 곳을 아주 잊을 수 있겠니.

틈이 나면 서로 소식도 전하고 얼굴을 보러 오가기도 해야지. 그러다 또 학교를 마치면 난 너희들에게로 다시 돌아올 테고……."

어쩌다 내가 나의 결심이라도 들려 줄라치면,

"우리하고 이런 식으로 함께 지내시던 형님이 공부를 하여 잘살게만 되신다면 우린 그것만으로도 자랑스럽고 즐거운 거예요. 공연히 성가신 생각 하실 거 없어요. 옛날에 나도 그런 아이들과 함께 지내던 시절이 있었지…… 녀석들은 지금 어떻게들 되었을까. 아직도 거기서 그러고들 지내고 있을까—. 지내시다가 가끔 그런 생각이라도 해 주시면 우린 더 이상 바랄 게 없어요."

녀석들은 오히려 그런 생각일랑 염두에도 두지 말라는 것이었다.

"형님 일이나 잘되면 그만이지 뭐하러 다시 이런 데를 생각해요? 그럴려면 공부는 뭐하러 하세요?"

방울이 녀석까지 그런 식으로 어른스럽게 타일러 오는 판이었다.

하지만 나는 그런 녀석들을 볼 때마다, 녀석들이 대범하면 대범해질수록 마음이 더욱 무거웠다.

한데다 또 한 가지 때맞춰 뜻하지 않은 일까지 생겼다.

하루는 또 자릿세를 받아 가는 패거리들이 일방적으로 엉뚱한 요구를 내놓고 돌아갔다. 해가 바뀌었으니, 자릿세를 배로 올린다는 것이었다.

녀석들은 그저 말만 전하고 돌아간 것이 아니었다. 요구를 당장 이행하지 않으면 아예 내쫓겠다는 것이었다. 그러면서 녀석들은 다만 사흘 간의 짧은 여유를 주고 갔다.

그리고 그 사흘 뒤에 녀석들은 정확하게 다시 나타났다.

하지만 아이들은 저들의 요구를 말 한마디 없이 죽은 듯이 따를 수가 없었다. 자릿세를 바치기 전에 이렇게저렇게 사정들을 하였다. 하지만 패거리들에겐 소용이 없었다. 아이들이 순순히 말을 듣지 않을 기미를 보이자, 패거리들은 다짜고짜 난장판부터 벌이고 나섰다. 자리를 집어 내던지고 약통을 마구 발길로 짓밟아 부쉈다. 사정이나 애원도 소용이 없었다. 옆에 어른거리는 아이들에겐 주먹질까지도 서슴지 않았다.

거기까지는 실상 전부터도 늘 있어 온 관례적인 행사일 뿐이라 하였다. 자릿세의 인상은 으레 그런 식의 소동을 한 차례씩 치르고 난 끝에 마지막 매듭이 지어진다 하였다.

그런데 이번에는 그 피해가 유달랐다. 방울이 녀석이 무슨 맘을 먹었던지 겁없이 녀석들에게 달려든 탓이었다.

"이 씨팔 놈들아. 네까짓 놈들을 내가 그냥 놔 둘 줄 아냐!"

벽력 같은 소리를 내지르며 녀석은 저보다 몸뚱이가 세 배도 넘는 패거리들 중의 한 녀석에게로 번개같이 달려 들어가선 그의 팔뚝을 사정없이 물어뜯어 놓은 것이다.

결과는 물론 일만 더 크게 벌여 놓은 꼴이었다. 패거리들의 행패나 공갈은 더 말할 필요가 없었다. 안된 것은 그보다 방울이 녀석의 봉욕이었다. 팔을 물린 녀석이 엉겁결에 방울이를 떼치려고 주먹으로 모질게 녀석의 얼굴을 후려쳐 버린 것이다. 그리고 그 바람에 방울이 녀석은 불시에 앞니를 두 개나 잃게 되었고…….

어떻게 병원까지 가서 응급치료를 받고 오기는 했지만, 그 날 밤부터 퉁퉁 부은 얼굴에 저녁조차 못 먹고 앓아 대기만 하는 녀석 곁에서 나는 다시 자신이 끝없이 원망스러워지고 있었다. 그리고 애처롭게 앓아 대는 방울이 녀석을 곁에서 돌보면서, 한편으로는 패거리들의 횡포에 시달리는 아이들의 곤욕을 무력하게 지켜 보고만 있어야 했던 그 며칠 동안, 신학교 진학에 대한 그 오랜 의구심과 망설임이 더욱더 무겁게 내 마음을 짓눌러 왔다.

—이래도 나는 목사가 되겠다고 기어코 이들을 떠나야 하는가.

—그 길밖엔 정말로 힘을 구할 방법이 없다는 말인가…….

이번에는 새삼 그 목사가 되겠다는 내 결정에 대해서까지 심각한 회의가 일었다.

하다 보니 도대체 나는 뭐가 옳고 뭐가 그른지 확신이 전혀 서오지 않았다. 학교를 가야 하는 건 분명한 사정인데, 그게 그저 최선의 길이라는 자신있는 확신을 가질 수가 없었다. 방울이나 아이들에게, 무엇보다도 나 자신에게 그것을 떳떳이 주장할 수가 없었다……. 같은 생각으로 며칠을 끌어도 해답의 길은 늘 제자리에서 맴돌았다. 해답은 이미 나의 능력 밖에 있는 것 같았다. 나는 밤낮없이 기도를 드렸으나, 나의 정성이 부족했음인지, 기도 속에도 해답이 없었다.

그러던 어느 날이었다. 내게 문득 한 가지 생각이 떠올랐다.

아버지에 대한 생각이었다.

내게 그토록 목사가 되라고 권하시던 아버지—, 목사가 되겠노라는 아들의 결심을 그토록 참을성 있게 기다려 주시던 아버지—, 그러나 내가 끝내 배반을 하고 돌아서 버렸던 아버지—, 그 아버지에게 내 물음을 드려 보고 싶었다. 그 목사님 아버지라면 이번에도 내게 밝은 해답을 주실 수 있을 것 같았다.

그야 나는 그 아버지를 배반하고 돌아선 자식이기는 하였다. 뿐더러 나는 육신의 아버지로서조차 신세를 안 지겠다며 당신을 몰래 떠나온 처지였다.

하지만 아버지는 언제나 기다려 주실 분이었다. 그리고 이제 내가 당신에게 물으려는 것은 바로 당신의 기다림에 대한 아들의 마지막 응답인 셈이었다…….

거기까지만 생각해도 나는 어느새 무거운 마음이 한결 가볍게 걷히는 것 같았다.

28

방울이의 상처가 좀 우선해지고, 개학일도 아직 일주일쯤 남은 2월 하순의 어느 날, 나는 결국 그 아버지에게 가기 위해 청량리역으로 나가 기차를 탔다.

아버지가 아직 영월에 계시기 때문이었다. 영월읍에서도 다시 차를 바꿔 타고 한참을 더 가야 하는 상동읍 탄광촌에 아버지의 교회가 있었다. 언젠가 내게 목사가 되라는 설득을 하시느라 고무줄 끝에 돌멩이를 매달고 맴을 돌리게 하셨던 바로 그 교회였다.

그런데 나는 아이들의 인도를 받아 가며 서두를 대로 서둘러 나선 길인데도 차 시간이 너무 늦고 있었다. 영월읍에서 기차를 내렸을 때 날이 이미 저물어 들었다. 게다가 다 늦게 웬 눈발까지 선득선득 얼굴을 때려 오기 시작했다.

하지만 나는 이 날로 기어코 목적지까지 닿아야 하였다.

나는 다시 상동읍으로 나가는 버스를 바꿔 탔다. 정류소를 묻고 출발을 기다린 시간이 다시 한참을 늦게 하였다.

버스가 눈길을 벌벌 기어 올라 상동읍에 닿았을 때는 밤 열 시가 넘고 있었다. 게다가 발밑이 미끄럽고 수걱거리는 것이 상동 쪽에는 눈이 더 많이 쌓인 것 같았다.

나는 거기서부터 다시 더듬걸음으로 기억 속의 교회길을 찾아나섰다.

아버지의 교회는 버스 정류소에서 바로 보건 진료소 쪽 골목길로 꺾어 들어, 1,2킬로미터 남짓 되는 오르막길을 하나 넘어선 곳에 있었다. 오르막길을 넘어서면 진료소가 있었고, 아버지의 교회는 거기서 다시 3백 미터 정도의 공지를 건너 내려간 아래쪽 동네의 입구에 있었다.

나는 그 진료소를 기준으로 골목길까진 쉽게 물어들 수 있었다. 눈길이 꽤 미끄럽기는 하였지만, 그럭저럭 언덕길도 반나마나 올라섰다.

그런데 실상은 거기서부터가 문제였다.

언덕길의 중간쯤부터는 인가가 거의 없었다. 밤이 너무 늦은 시간이라 지나가는 행인도 만날 수 없었다. 행인의 발길이 끊어진 길목은 눈 속으로 행방이 사라지고 말았다. 여기나 저기나 발목을 덮어 오는 눈 속에서 어디가 길바닥인지를 분간해 낼 수가 없었다. 걸핏하면 방향을 벗어나고, 걸핏하면 길가로 미끄러져 넘어졌다.

나는 생각다 못해 길가 주변을 더듬어서 나무 막대를 하나 찾아 냈다. 그리고 그 나무 막대를 지팡이 삼아 한 걸음 한 걸음씩 바닥을 확인해 가며 언덕길을 올라갔다. 지팡이를 찍어 봐서 바닥이 딱딱하게 받혀 오면 길이었고, 그냥 눈만 서걱거리면 길 밖이었다. 시간은 몹시 더디 먹었지만, 나는 그리 서두를 일도 없는 터라 세월아 네월아 그런 식으로 천천히 언덕길을 올라갔다.

그래저래 내가 그 언덕길을 다 올라섰을 때는 이미 자정이 넘고 있었다. 하지만 나는 이제 마음이 제법 놓여 왔다. 코끝으론 벌써 소독약 냄새가 어렴풋하게 묻어 왔다. 진료소를 옳게 찾아 낸 것이다. 거기서부터는 그저 내리막길을 잠시만 내려가면 되었다.

나는 추위에 몸이 얼어붙은데다 하루 종일 굶은 속에 시장기까지 심하게 겹쳐 왔지만, 마음만은 그래도 한결 뿌듯했다. 오랜만에 아버지를 찾아가는 길이었다. 그것도 아버지의 뜻을 거역하고 돌아선 아들이 다시 당신의 뜻을 물으러 가는 길이었다. 감회가 어리지 않을 수 없었다. 그만한 추위와 어려움쯤은 오히려 뜻이 있는 것일 수도 있었다.

나는 잠시 숨을 돌리고 나서 다시 마지막 내리막길을 더듬어 내려가기 시작했다.

그러나 거기서 큰 실수가 생기고 말았다. 기억이 너무 오랜 탓이었을까, 아니면 그간에 주위가 그만큼 달라져 버린 것이었을까. 나는 거기서 그만 길목을 잘못 들어서 버린 것이었다. 아무리 내려가도 교회가 안 나왔다. 그새 그쪽으론 인가들이 그렇게 산을 덮어 올랐는지, 주위가 공지처럼 느껴지지도 않았다. 길가에 군데군데 인가의 담벼락과 대문들이 만져졌다. 그런가 하면 나는 또 어느새 공지 같은 곳으로 굴러 나와 방향 없이 눈 속을 허우적대고 있었다. 옛날 교회 근처의 지형지물 같은 것은 아무것도 다시 만나 볼 수가 없었다.

나는 아무래도 안 되겠다 싶었다. 언덕 꼭대기에서부터

길을 다시 더듬어 내려오는 수밖에 없었다. 나는 다시 언덕의 위쪽을 향해 길을 거꾸로 더듬어 오르기 시작했다.

하지만 한번 방향이 빗나간 발길은 이제 그 언덕 꼭대기조차 다시 찾아 낼 수가 없었다. 길을 오르면서 진료소의 소독약 냄새를 찾아보려고 애를 썼지만, 추위에 후각까지 얼어붙고 말았는지, 그것마저 전혀 헛수고였다. 혹은 내가 애초 진료소의 방향을 헛짚고 있는 일일 수도 있었다.

—소리를 쳐서 사람을 불러 볼까.

몇 차례의 시도가 헛된 헤매임으로 끝나고 나자, 문득 그런 생각까지 들었다.

하지만 나는 이내 고개를 가로 젓고 말았다. 그건 처음부터 생각하지 않은 일이었다.

—이것을 차라리 시험으로 받아들여야 한다.

남의 도움으로는 그 어려움을 벗어나고 싶지가 않았다. 그것은 내가 마지막으로 나의 길을 물으러 가는 길이었다. 그 길을 어렵게 만든 것은 우연한 일이 아닐 수 있었다. 나는 언제부턴가 이미 그런 생각이 들고 있었다. 길을 더욱 어렵게 하여 끝내 아버지를 못 만나게 하시거나, 어려운 시련을 겪게 한 끝에 비로소 옳은 길을 인도해 주시거나, 어느 쪽이든 주님의 뜻이었다.

—모든 것을 그냥 주님의 뜻에 맡기자.

어려움이 크면 클수록 나는 그것을 주님의 뜻으로 여기고 사람의 도움을 단념하였다. 그리고 다시 나의 힘으로 더듬질을 끝없이 계속해 나갔다.

—저의 길을 바르게 인도하옵소서. 하오나 이것이 주님의 뜻이라면 모든 걸 주님의 뜻대로 하옵소서.

하지만 그 주님에게서조차 응답이 없었다. 나의 앞에는 끝없는 어둠뿐이었다. 배고픔과 추위와 얼어붙은 눈 속의 헤매임뿐이었다.

나는 마침내 더 이상 헤매임을 계속할 수가 없었다. 허기와 추위와 피로 때문에 몸을 더 이상 움직일 수 없었다. 정신마저 가물가물 흐려 왔다.

그리고 그 때 마침 나는 어느 집 처마 밑에서 눈 의지를 한 곳 찾아 낼 수 있었다.

나는 끝내 그 곳으로 풀썩 지친 몸뚱이를 내던지고 말았다.

그리고 나서 시간이 또 얼마나 흘렀을까. 남의 집 처마 밑에 몸을 비스듬히 의지하고 앉아 꿈인지 생시인지 모를 몽롱한 의식 속을 끝없이 헤매고 있을 때였다. 그러면서도 아직 가물가물 꺼져 들어가는 의식을 놓치지 않으려 마지막 안간힘을 다하고 있을 때였다.

—떼엥, 떼엥…….

꿈속에서처럼 문득 어디선가 종소리가 들려 왔다.

그 소리에 나는 금세 소스라치듯 정신이 되돌아왔다. 정신이 들고 보니 그것은 새벽 예배 시간을 알리는 교회 종소리였다. 그리고 그것은 좀더 나중사 확인된 일이었지만,

내가 그토록 찾아 헤매던 아버지의 교회 종소리였다.

—떼엥, 떼엥…….

거리도 먼 곳이 아니었다.

종소리는 마치 나를 재촉해 부르듯 그 차갑고 어두운 새벽 하늘에 끝없이 맑게 울려 퍼졌다.

아버지를 찾아가는 길에서 나는 이미 그렇듯 분명한 응답을 얻고 있었다.

나는 아버지를 뵙고서도 그걸 굳이 다시 물으려 하지 않았다.

뿐만 아니라 아버지로서도 이미 거기에 대한 당신의 응답을 마련하고 계셨다.

아버지는 교회 옆집에 장님 할머니 세 분을 모셔다 함께 돌보고 계셨다.

기력을 회복하느라 한 이틀 자리에 누워 지내는데, 늘상 내 곁을 떠나지 않는 할머니 한 분이 계셨다. 알고 보니 그 할머니가 앞을 못 보는 장님이었다.

할머니는 원래 교회 아랫동네에서 주벽이 몹시 심한 남편과 가난하게 살고 있었는데, 그나마도 어두운 눈을 의지할 소생이 하나도 없어 나중에는 집 없는 아이를 하나 주워다 양딸을 삼아 길러 왔다 하였다. 그런데 그 남편이 이태 전에 그만 술병으로 세상을 떠나고, 남편이 세상을 떠난 두 달 뒤에는 다시 나이 열여덟이 된 딸아이까지 집을 나가 소식이 영 끊기고 말았댔다. 의지가지가 없어진 할머니는 이 집 저 집 동네를 떠돌며 손품팔이로 어려운 연명을 해 왔는데, 어느 날 그 할머니의 소식을 듣고 교회 목사님이 찾아왔더라는 것이다.

할머니는 아버지의 주선으로 교회 옆집에 방을 하나 얻어들게 되었고, 그 때부터 아버지의 보살핌을 받아 살아오고 있다는 것이다. 게다가 또 어떻게 그런 소문을 들었던지, 얼마 뒤에는 다른 장님 할머니들이 한두 달 건너 두 사람이나 아버지의 교회를 찾아와, 아버지는 그 할머니들까지 함께 지내게 하여 주었다고 하였다.

"목사님은 주님의 특별한 은혜를 받으신 분입니다. 그 은혜로 우리 육신과 마음의 눈을 함께 밝혀 주신 분입니다."

할머니는 그저 모든 것을 감사하며 기쁜 마음으로 살아가고 있었다.

"주님의 은총을 입지 않으셨다면 자기 육신의 눈을 가진 사람이 어찌 눈먼 사람의 어둠을 압니까?"

나중에 기력이 나서 옆집으로 할머니들의 거처를 찾아가 보니, 다른 할머니들도 한결같이 모두 같은 말씀이었다.

그것은 물론 그 할머니들에 대한 아버지의 자상스런 보살핌 때문이었다. 아버지는 심지어 할머니들의 변소걸음까지도 자상한 신경을 써 주고 계셨다. 눈이 멀어 가장 불편한 일이 무엇이냐고 하니까, 변소길을 찾아다니는 것이라 하더랬다. 그래 아버지는 할머니들의 방문 앞에서부터 변소문까지 새끼줄을 길게 걸어매 놓았다.

하지만 그건 차라리 중요한 것이 아니었다. 중요한 것은 그 할머니들의 말씀대로 스스로의 마음을 밝히는 것이었다. 주님의 말씀과 은혜로 스스로의 마음을 밝힘으로써 남의 어두움을 볼 수 있게 되는 것이었다. 그리고 그 어둠을 함께하는 것이었다. 그게 가장 소중스런 힘이요 큰 능력이었다. 내가 먼저 주님의 말씀으로 고난받은 이웃들과 어둠을 함께할 마음의 눈을 밝히는 것이 중요했다.

아버지가 장님 할머니들을 보살피고 계시는 것보다 더 분명한 당신의 응답은 있을 수 없었다.

나는 그 아버지에게 나의 생각을 물을 필요가 없었다. 나는 그냥 아버지 곁에서 며칠을 지냈다. 그리고 다시 서울로 떠나오던 마지막 날에야 나의 결심과 그간의 일들을 아버지에게 말했다.

아버지의 기쁨은 형언할 수 없었다.

"기쁘고 감사한 일이옵니다. 이 기쁨은 육신의 자식을 다시 찾음에서가 아니옵니다."

이때나 저때나 아버지는 나에게 하실 말씀을 기도로 대신하시는 버릇이 계셨다. 아버지는 나의 말을 들으시자 기쁨에 떨리는 목소리로 다시 나의 손을 붙잡고 감사의 기도를 시작하셨다.

"저의 참 기쁨은 보는 눈으로 당신을 부정하던 자식이 이제 그 육신의 눈은 멀었으되 마음의 눈으로 당신을 보게 된 일이옵고, 또 그 자식이 이제 그의 가련한 이웃들에게 당신의 사랑을 전하기 위하여 당신의 종이 되고자 결심한 일이옵니다……."

기도 끝에 아버지는 내가 그 길을 가는 데 필요한 일이 있으면 당신의 힘이 닿는 데까지 나를 돕고 싶다 하셨다. 서울의 집은 이미 처분이 끝나 이런저런 뒷일들(아이들의 장래와 진료비로 둘러 댄 그간의 부채들) 치다꺼리에 충당되고 말았지만, 내가 그 동안 이웃하고 지내 온 아이들에 대해서 마음이 걸리면 좋은 길을 함께 의논해 보자 하셨다.

하지만 나는 그것으로 그만 아버지와 어머니를 하직하고 혼자 다시 서울로 돌아왔다.

아이들의 일은 그렇게 간단하지도 않았거니와, 섣부른 도움이나 간섭 따위를 오히려 싫어할 터이기 때문이었다. 그들에겐 주는 것보다 함께하는 것이 중요했다. 내가 아직 함께할 수 없는 일을 아버지에게 떠맡길 수도 없는 일이었다.

나는 스스로 그 아버지를 찾는 길에 나의 오랜 물음에 대한 소중한 응답을 얻은 것으로 만족해야 하였다.

3

사랑은 자랑하지 아니하며 교만하지 아니하며

무례히 행치 아니하며……

사랑을 부르는 빛

29

학교에 들어간 해의 추수감사절—.

이 날 저녁 기숙사 식당 식탁엔 감사절 특별 메뉴로 닭다리 튀김이 올라 있었다. 식탁에 올려진 닭다리 튀김은 변화를 모르던 기숙사 식단에 물린 학생들의 식욕을 몹시 들뜨게 하였다. 학생들은 무엇보다 식탁 위의 닭다리 튀김을 위하여 특별한 감사의 기도를 올렸다. 그런데 우리가 기도를 끝내고 막 그 닭튀김 접시로 달려들려던 참이었다.

공교롭게도 이 때 갑자기 식당의 불이 꺼졌다.

"이런 젠장! 하필이면 이런 때에 정전이 될 게 뭐야."

"잠깐만 모두 기다려라. 정전이 아니라 간단한 고장이라 금방 다시 고장을 고친다."

여기저기서 갑자기 맥이 빠진 불평소리가 들려 왔다. 한편에선 불을 다시 밝히기 위하여 이리 뛰고 저리 뛰며 서두르는 소리도 들렸다.

우리는 어둠 속에 앉아 기다리는 수밖에 없었다. 기다리기가 뭣했던지 누군가가 먼저 노래를 부르기 시작했다. 거기에 이어 다른 학생들도 일제히 서로 목청을 합하였다. 깜깜한 어둠 속에 노래를 부르며 불이 들어오기를 기다리는 것이었다.

하지만 나는 노래를 부르지 않았다. 불이 들어오고 나가는 것은 나하곤 원래 상관이 없는 일이었다. 나는 슬그머니 입가에 장난스런 웃음기가 떠올랐다. 노랫소리가 요란한 것이 내겐 더욱 안성맞춤이었다.

나는 다른 학생들이 목청을 돋워 노래를 부르는 동안 먼저 내 몫의 닭다리를 집어 뜯기 시작했다. 시간이 그리 오래 걸릴 게 없었다. 맛을 생각할 겨를도 없었다. 나는 금세 작업을 끝내고 옆자리 친구의 접시를 더듬었다. 그리고 그 친구의 닭다리와 살을 발라 먹은 내 것을 접시에서 서로 바꿔 놓고 나서, 이제는 나도 다시 다른 친구들처럼 노래를 부르며 불이 들어오기를 기다렸다.

불은 거기서도 노래를 두어 곡이나 더 부르고 난 다음에야 들어왔다. 그리고 불이 들어오자마자 이내 옆자리 녀석의 놀라는 소리가 들렸다.

"아니 이거…… 내 다리 어디 갔어?"

물으나마나 뼈다귀만 남은 접시의 닭다리를 보고 놀라는 소리였다.

하지만 나는 그저 능청을 부리고 있었다.

"왜 네 다리가 없어졌어? 어느 다리가 없어진 거야?"

시치밀 뗀 채 녀석의 다리를 두 손으로 더듬었다.

"네 다리 둘 다 여기 있지 않아. 어느 다리가 없어졌다는 거야."

"그 다리말고 닭다리 말이야. 여긴 모두 예수꾼들뿐인데, 내 닭다리의 살코기가 없어졌어."

녀석은 어이가 없어하면서도 그것이 어느 녀석의 짓인지 범인을 찾느라 주위를 열심히 탐색하고 있었다. 그리고는 끝내 웃음을 못 참고 있는 나를 다짜고짜 추궁하고 들었다.

"아니 이거 안 형이 바로 범인인 게로구만 그래. 난 설마 안 형이야 그럴 수가 있을라고 했더니……. 그래 어느새 그렇게 감쪽같이 해치웠지?"

"눈을 못 보니까 난 안심을 했다 이거지. 하지만 난 원래 등불 같은 것하곤 상관이 없는 사람 아닌가. 그래 그냥 혼자서 먼저 식사를 한 거지."

"듣고 보니 하긴 내가 오해였군. 하지만 그렇더라도 난 안 형이 그토록 동작이 날쌜 줄은 몰랐군. 눈 감으면 코 베어 간다는 소리는 들었지만, 글쎄 앞을 못 보는 안 형한테 두 눈 멀쩡한 내가 코앞에서 닭다릴 강탈당하다니…… 그것 참 허허……."

녀석은 더욱 어이가 없어하며 허허 유쾌하게 웃음을 터

뜨렸다. 물론 모든 걸 짓궂은 장난으로 알아차린 까닭이었다. 나도 그걸 알았기 때문에 한마디 더 농을 덧붙이지 않을 수 없었다.

"글쎄, 그러게 눈을 보는 게 얼마나 불편한 노릇이냐구……. 나 한 사람을 빼고 이 곳엔 모두가 그런 어둠의 병신들뿐이니 말이지 허허……."

앞을 못 보는 자가 건안의 정상인을 거꾸로 병신으로 몰아붙인 희한한 희극의 한 토막이었다.

2년에 걸친 나의 신학교 시절은 그런 식으로 제법 즐겁고 평온한 것이었다.

하지만 여기서 그 과정을 모두 설명할 필요는 없으리라.

그것은 한마디로 내게 다시 세상으로 돌아갈 과정의 길목이요 준비의 기간이었다. 나는 먼저 나 자신의 믿음을 깊게 하고, 그리고 실명의 불편을 극복하여 정상인들과 같은 행위의 자유를 도모해 나갈 제2감관들의 단련을 꾀해야 하였다. 그것은 이를테면 나 자신 속에 있는 어둠을 씻어내고, 그 대신 밝은 빛을 채워 가는 일이었다. 그리하여 나 자신의 삶이 먼저 하나님의 말씀과 사랑으로 밝아져야 했다.

그것은 물론 말이나 생각처럼 쉬운 일이 아니었다. 불편하고 어려운 일이 한두 가지가 아니었다.

우선 불편하고 힘이 드는 것은 학습진도를 따라가는 일

이었다. 초·중·고등학교를 막론하고 이 무렵 우리 나라의 학교치고 맹인 학교들을 위한 학습시설이 마련된 곳은 거의 없었다. 그 점은 물론 우리 학교라고 예외일 수 없었다. 맹인 학생들의 숙식생활이나 수강의 편의를 위한 시설은 말할 것도 없고(아니 맹인 학생이 전교생을 통틀어 나 한 사람뿐이었는 데서랴), 점자 서적 한 권 제대로 마련되어 있는 게 없었다.

어떤 방법을 이용해서든지 해결책을 스스로 찾아야 하였다. 실명의 약점을 스스로 보충하여 건안의 학생들을 쫓아가야 하였다.

좀처럼 해서는 쉬운 일이 아니었다. 예를 들어, 다른 학생들의 학습 과정은 청각에서 시각으로 옮겨지는 강의와 필기의 과정뿐이었다. 그리고 이들은 시험이나 리포트도 시각에서 다시 시각으로 전하는 간단한 필기의 과정만 거치면 그만이었다. 나의 경우는 그 과정이 몇 겹으로 복잡했다.

내게선 강의가 곧장 필기로 옮겨질 수 없었다. 나는 먼저 교수의 강의를 녹음기에 녹음하고, 그것을 다시 점자로 옮겨 적는 이중의 과정이 필요했다. 학습 결과를 제출하는 데에도 그런 과정이 역순으로 한 번 더 필요했다. 시험답안지나 리포트를 제출할 때 점자 기록을 내놓을 수는 없었다. 나는 먼저 점자 답안지를 작성하고, 그것을 다시 한글 문장으로 풀어 써야 하였다. 그것도 한글 문장은 필기가 불가능하므로 한글 타자기를 사용해야 하였다.

뿐만이 아니었다. 리포트를 써야 할 경우에는 더욱 복잡한 절차가 필요했다. 한신대학의 수업과정엔 숙제도 많았고 시험도 많았다. 한 주일이면 반드시 두세 건 정도의 리포트 숙제가 있었다. 리포트 한 건을 작성해 내는 데는 적어도 네댓 권 정도의 참고 서적이 필요했다. 하지만 학교엔 점자 서적이 없었다. 동료들의 신세를 지는 수밖에 다른 도리가 없었다.

"입 수고를 좀 겸해 주시라구."

나는 동료들이 책을 읽을 때마다 일부러 음독을 주문하곤 하였다. 그리고 그 음독을 따라서 내용을 점자타자로 요약해 내었다. 마지막으로 리포트를 모두 완성하여 한글 문장으로 타자해 나갈 때도 문제가 자주 생겼다. 타자를 해 나가다가 깜박 줄거리를 놓치고 마는 수가 있었다. 그럴 땐 다시 앞에서부터 내용을 정리해 내려와야 하였다. 그런데 나는 앞에서 타자한 문장의 내용을 볼 수가 없었다. 어디에서 문장이 멈추고 있는지 매듭을 전혀 찾을 수 없었다.

그런 때도 나는 다시 이웃 동료를 불러 댈 수밖에 없었다. 번거롭기가 이루 말할 수 없었다.

하지만 나는 모든 걸 참고 이겨 나갔다. 그리고 그런 불편과 시련들을 새빛을 찾아 자신을 채우려는 내게 오히려 필요한 일들로 여겼다. 아니 나는 그것들을 참고 이겨 나갔다기보다 스스로 즐겁게 행하여 나갔다.

거기에는 물론 그렇게나마 나의 일을 스스로 감당하도록 해 준 여러 후원자들의 도움이 있었다. 경제적인 문제와 관련해서 톰 프랜시스 목사가 있었고, 기숙사 생활이나 학습상의 문제들과 관련해서는 인정 많은 기숙사의 동료들이 있었다. 나는 이들에게 감사하고, 그리고 무엇보다도 나 자신의 능력 안에서 그렇게 할 수 있음을 감사했다.

나는 차츰 마음으로부터 나의 실명을 의식하지 않게 되어 갔다. 그렇다고 그 육신의 결함을 부인할 수는 없었지만, 나는 그것으로 자신을 친구들과 떼어 놓으려 하거나, 적어도 그것을 나의 불운이나 무능의 구실로 삼으려는 생각은 없어졌다. 그렇게 나는 차츰 건안의 동료들과 다른 데가 없이 섞여 들고 있었다.

앞을 못 보는 자의 특권이라고나 할까. 억지 소리로 들릴지도 모르지만 때로는 오히려 앞을 보는 사람들보다 은밀스런 이점을 누릴 수도 있었다.

기숙사의 소등시각은 밤 열 시로 언제나 변동이 없었다. 그것은 시험기간이 되어도 예외가 전혀 인정되지 않았다. 시험 준비가 미진한 학생들은 그 소등시각에 애를 먹는 일이 많았다. 공부가 아무리 밀려 있어도 밤 열 시가 지나면 속수무책이었다. 나는 그 소등시각에 구애받을 일이 없었다. 나의 점자 노트를 읽는 데는 애초부터 등불이 필요없었다. 그것을 읽기에는 오히려 불이 꺼지고 친구들이 잠든 조용한 시간일수록 더 좋았다.

말할 것도 없이 그 점자 노트를 읽는 나의 눈은 검지손가락 끄트머리였다. 나의 그 손가락 눈은 건안인들의 육안보다도 신경을 더 써야 하였다. 손끝을 다쳤을 때는 말할 것도 없었다. 몸이 조금 피곤하거나 신경이 혼란스러울 때는 감각을 모으기가 매우 힘들었다. 소등시각 후에 친구들이 모두 잠들고 주위가 조용해지면 나의 독서는 그만큼 능률을 올릴 수 있었다.

한번은 우연찮은 부주의로 그 손가락 눈을 상하는 바람에 몹시 애를 먹은 일도 있었다. 계단을 오르다 넘어져서 하필이면 그 손가락 끝을 다친 것이다. 손가락 끝을 붕대로 감는 건 나에겐 안대로 눈을 가린 것과 한가지였다.

하지만 그런 특별한 경우를 제외하고 나면, 소등시간은 내게 누구보다 유리한 학습시간이었다. 소등이 되고 나면 나는 아예 편안히 침대에 드러누워 은밀히 점자 노트를 읽었다. 점자 노트를 읽기 피곤해지면 녹음 테이프를 듣기도 하였다. 점자 노트나 녹음 테이프로 혼자 은밀히 공부를 하다 보면 때때로 나는 어이없게도 '보는 병신들'을 생각하게 되곤 하였다.

—이 보는 병신들아, 그래 이런 땐 본다는 게 얼마나 불편한 일이냐.

쓴웃음을 지으며 그렇게 혼자 중얼거려 볼 때도 있었다. 앞에서 말한 닭다리 탈취 사건도 말하자면 그런 '보는 병신들의 불편'의 일례에 속할 일이었다.

그런 걸 과연 보는 자의 불익으로 말할 수 있다면, 그 반대의 경우는 분명 못 보는 자의 유익이 되는 셈이었다. 이처럼 나는 그 신학교 재학 2년 동안 곳곳에서 그 기이한 못 보는 자의 이점을 톡톡히 누리고 지낸 셈이었다.

이런 경우도 있었다.

기숙사 생활에서 가장 싫은 일 중의 하나가 아침 기상 후의 체조시간이었다. 곤한 아침 잠을 깨우는 그 체조시간은 눈이 성하거나 멀거나 누구 하나 좋아하는 친구가 없었다. 싫어하는 사람의 불참을 용납하면 아무도 체조시간에 나갈 사람이 없었다. 그래 이 시간만은 오히려 어떤 예외도 용납되지가 않았다. 앞을 보지 못하는 나까지도 이 시간은 무조건 참가해야 하였다.

하지만 나는 끝내 그 곤욕에서 벗어날 수 있었다. 굳이 벗어나려 해서가 아니었다. 나는 그냥 다른 동료들과 함께 체조 시간에 참가했다. 그리고 내 나름대로 열심히 체조를 하였다. 그걸 다른 친구들이 참아 주지 못했다. 순서를 알 수 없었기 때문이었다. 앉을 때 서고 설 때 앉고, 다리운동할 때 팔운동하고, 팔운동할 때 다리운동하고, 그런 식으로 나의 체조는 뒤죽박죽이 될 수밖에 없었다. 다른 친구들은 웃느라 체조를 못했다. 운동이 온통 난장판이 되곤 하였다.

"안 형은 제발 좀 나오지 말아 줘. 안 형 때문에 이 시간이 온통 엉망진창이 되니까."

"정 체조를 하고 싶으면 달밤에나 혼자 나와서 하라구. 그게 안 형한텐 제격일 테니까."

끝내는 동료들이 애원을 해 왔다. 그리고 시간 책임자도 그걸 마침내 인정하게 되었다.

나의 주장 때문이 아니었다. 일부러 그랬던 것도 아니었다. 나는 별로 우스울 일도 없었다. 우스워진 것은 친구들 쪽이었다. 그 친구 녀석들이 우스워져서 내게 특권을 부여한 것이었다.

그런 걸 굳이 눈이 먼 자의 특권이라 한다면, 그야 우스운 노릇일 수도 있으리라. 하지만 그게 진짜 특권이거나 아니거나 내겐 별 차이가 없었다. 나는 요컨대 그런 식으로 나의 신체적 결함을 극복해 나가려 하였고, 적어도 그것을 나의 무기력이나 불운의 구실로 삼으려 하지는 않았다는 말이다.

모든 불편을 운명으로 받아들이고, 그 위에서 나의 재활을 성취하려 한 것이다. 심지어는 차마 말 못 할 불편과 어쩔 수 없는 낭패의 흔적들마저도 나 스스로 동료들 사이에서 우스갯거리로 만들고 말았다.

학교 안에서 나의 거동은 거의 숙소와 강의실 사이를 오가는 것뿐이었다. 거기에 식당과 변소길을 찾아다니는 것이 고작이었다. 그것도 대개는 친구들의 부축을 받았기 때문에 그다지 불편을 느낄 수가 없었다.

"안 형, 그래 어딜 갈 거야? 내가 거기까지 데려다 주지.”

강의실이고 화장실이고 평소 나는 방문을 열고 나가 서 있기만 하면 되었다. 지나가는 동료들이 스스로 안내를 청해 왔기 때문이었다.

하지만 인심이 항상 그런 것만은 아니었다. 시험기간이 다가오면 동료들의 태도가 감쪽같이 달라졌다. 시험기간엔 할 일 없이 문 밖을 지나다니는 친구도 드물었고, 나의 방에 찾아오는 사람은 더구나 없었다. 간혹 방문 앞을 지나가는 동료가 있더라도 나를 알은 체해 주는 친구는 드물었다. 내가 매달리는 게 거북하기 때문이었다. 강의실이나 화장실 따위를 오가는 정도라면 문제가 없겠지만, 강의 노트라도 한 차례 읽어 달라는 날엔 그런 낭패가 없기 때문이었다. 선불리 접근을 해 올 수가 없었다. 잘못 알은 체를 하고 나섰다가 곤욕을 치르느니보다 발자국소리로 사람을 구분해 내는 재간도 없겠다, 그냥 모른 척 지나가 버리는 게 상수였으리라.

그래서 나는 시험기간만 다가오면 그 때부터 동료들의 도움을 단념하는 수밖에 없었다. 하지만 그렇다고 문 밖을 나다닐 일이 없어지는 것은 아니었다. 시험기간엔 오히려 더 바깥 출입이 빈번해지게 마련이었다. 주위가 빌수록 사사건건 묻고 싶고 확인하고 싶은 것이 많았다. 식당이나 화장실 출입은 물론이고, 이 때만은 무슨 물을 것이 생길 때마다 나 혼자서 남의 방을 찾아가야 하였다. 한데다 시험 때가 되면 마음은 또 왜 그렇게 조급하고 허둥거리는지.

나는 자연히 방향을 잘못 잡아 여기저기 이마를 찧어 대기 일쑤였다. 평소에도 종종 그런 일은 있었지만, 시험기간만 되면 그런 충돌이 유난히 심했다. 게다가 거기엔 참 이상한 조화가 있었다. 기둥이나 벽 같은 데에 몸을 부딪쳐도 상처를 입는 곳은 무슨 박치기 선수처럼 반드시 이마였다. 다른 곳이 다치는 경우는 드물었다. 아차 실수를 했다 하면, 예외 없이 이마가 깨지거나 멍이 들었다.

시험기간이 가까워 오면 나의 이마엔 어느새 그 상처나 피멍이 하나씩 둘씩 자리를 잡기 시작했다. 그게 시험기의 신호이기도 하였다. 나는 그것을 별이라 하였다. 그리고 나는 장군이라 자칭했다. 시험기가 가까워지면 나는 하룻밤 사이에 준장이 되고, 다시 몇 밤이 지나지 않아서 소장이나 중장으로 진급을 거듭했다. 시험이 거의 끝나 갈 때가 되면 그 사이에 딱지가 아물어 떨어진 것도 있었지만, 그렇게 한두 차례 강등을 겪으면서도 중장 정도의 계급은 늘 거뜬히 유지하고 있었다.

"이번엔 겨우 중장으로 끝났어."

나는 실없이 지껄이곤 하였다. 그러면 동료들도 허물없이 응대했다.

"중장도 백 번 축하할 일이지. 대장은 다음 번 시험 때 따라구."

따지고 보면 치기가 좀 만만하고 그러면서도 마음 아픈 농지거리가 아니었다. 나는 그런 치기를 괘념하지 않았다. 그리고 아픔을 내색하지 않았다. 동료들도 사정을 알고 있기 때문이었다. 사정을 알고 있기 때문에 그런 식으로 서로 면구스러움을 씻어야 하였다. 그것이 서로 상대방을 용서하고 용서받는 길이었다. 그리고 나는 다시 그런 식으로 녀석들에게로 돌아가고, 녀석들은 내게로 돌아오는 것이었다.

내겐 그나마도 고마운 일이었다.

30

나는 차츰 나의 안이 밝은 빛으로 차오르는 것을 느끼기 시작했다. 그 빛은 나의 마음뿐만 아니라 육신 속의 어둠에도 함께 비춰 들기 시작하는 것 같았다. 그것은 물론 하나님의 말씀과 사랑에 대한 나의 간절하고도 끊임없는 열망의 덕이었을 것이다. 하지만 그것은 나 혼자만의 노력에 의해서라기보다 동료들의 그 허심탄회한 이해와 도움의 덕이라 할 수도 있었다.

학교 동료들은 이제 거의 나의 불구를 괘념하지 않았다. 나를 자신들과 똑같은 건강인으로 대할 수는 없었지만, 적어도 그것을 불편스럽게 회피해야 할 일로는 여기지 않았다. 녀석들은 서슴없이 나의 불구를 입에 올렸고, 그로 인한 웃음거리도 숨기려 하지 않았다. 그게 이를테면 나를 거북하게 경계하거나 마음으로 기피하지 않는다는 증거였다.

내가 머리를 내렸을 때였다.

나는 처음 학교 기숙사에 들어갈 때부터 머리를 늘 단정히 하는 버릇이 있었다. 불구자 특유의 불결감 같은 것을 풍기지 않기 위해서였다. 언제나 단정하게 머리를 빗고 깨끗하게 기름을 바르고 다녔다. 한 1년 그런 식으로 지내다 보니 이마가 도대체 당해 내질 못했다. 나는 어떻게든 이마를 보호할 방책을 마련해야 하였다. 그래 지혜를 짜낸 것이 부딪칠 때의 충격을 줄이자는 것이었다. 이발소를 다니기도 번거로운 일의 하나였다.

나는 그만 앞머리를 이마로 내리고 말았다.

그런데 그렇게 단발머리형으로 이마를 덮어 내린 머리 모양이 친구 녀석들에겐 또 우스운 연상을 자아내게 한 모양이었다.

"그거 참, 희한하게 생긴 철모를 마련했군."

머리를 내려뜨리고 나선 나를 보고 녀석들이 놀려 대는 소리였다.

나는 무슨 일에서나 거의 녀석들과 따로 구별이 되는 일이 없었다. 내가 그걸 원하지 않았고, 녀석들도 그걸 고집하지 않았다. 그 아침 체조시간 한 가지를 제외하면, 심지어 무슨 운동 시합 같은 것이 있을 때마저 나는 결코 처음부터 열외로 제외되는 일이 없었다.

나는 그 빛으로 하여 이제 육신과 마음이 그만큼 자유롭고 편해진 것이었다. 그리고 그만큼 재활의 가능성과 힘을 얻어 갔다.

그것은 결코 앞을 못 보는 자의 악착스런 집념이 결과한 터무니없는 역설이나 환상만은 아니었다.

인천에 소재한 국립결핵요양원에 아름다운 꽃시계 동산이 꾸며져 있다는 말을 들은 일이 있었다.

졸업을 한 학기 남겨 두고 있던 78년 가을 어느 일요일, 나는 그 국화꽃 동산을 구경하고 싶어 기어코 기숙사 친구 하나를 졸라 가지고 인천으로 내려갔다.

요양원에 도착해 보니 과연 갖가지 종류의 국화꽃을 심어 꾸며 놓은 그 꽃시계 동산은 내가 듣고 상상한 것 이상으로 아름다웠다. 나는 그 맑은 공기로 하늘을 보았고, 은은한 향기로 아름다운 꽃빛깔을 보았다. 손등에 내려앉은 따뜻한 햇볕으론 삼라만상의 숨결을 느꼈다. 동산 꽃밭에 선 수천 수만의 꽃송이들이 나를 향해 미소짓고 있었다. 그리고 생명의 기쁨을 합창하고 있었다. 나는 그토록 마음이 평화롭고 온화해질 수가 없었다. 가슴 뿌듯한 삶의 충일감이 그처럼 나를 벅차게 해 올 수 없었다.

나는 오래오래 그 꽃동산을 떠나지 못하고 있었다. 손으로는 따스한 햇볕을 즐기고, 코와 입으로는 은은한 꽃향기를 들여마시고, 그리고 귀로는 화사한 생명의 합창소리를 들으며, 나는 그 동산 주위를 끝없이 맴돌았다.

한동안 그러고 넋이 빠져 있는데, 동행한 친구가 어디론가 나의 손을 끌고 갔다. 누가 나를 부른다는 것이었다.

친구의 안내를 따라가 보니 벤치가 있고 사람이 있었다.

"미안합니다. 이야기를 좀 하고 싶어서요……."

벤치 위로 자리를 잡아 앉기를 기다렸다가 나를 부른 사람이 말했다. 그리고 그는 이 요양원에 입원해 있는 환자의 한 사람이라고 자기 소개를 하였다.

"결핵이지요. 결핵 3기랍니다."

그는 그렇게 자기 소개를 해놓고는 어찌 된 일인지 더 이상 말을 이어 나가지 않았다. 내가 누구냐고 묻지도 않았고, 자기 용건을 말하지도 않았다. 이야기를 하고 싶어 불렀다는 사람이 그냥 침묵만 지키고 있었다.

"이야기를 하시겠다고……."

기다리다 못해 친구가 마침내 사내를 슬그머니 재촉하고 나섰다. 그래도 그는 아랑곳이 없었다. 그저 가만히 입을 다문 채 나의 얼굴만 들여다보고 있었다. 나는 직감으로 빤히 그것을 느낄 수 있었다.

긴 침묵 끝에 비로소 입을 열어 온 그의 첫마디가 그것을 증명했다.

"사는 게 그토록 즐거운신가요?"

이윽고 사내는 마치 혼잣말이라도 하듯이 내게 그렇게

물어 왔다.

나는 처음 그 말을 얼핏 이해할 수가 없었다. 그가 내게 무얼 묻고 있는지 진심을 가려 낼 수 없었기 때문이었다.

나는 잠시 조용한 미소로 사내의 말뜻을 새겨 보고 있었다. 하니까 그는 구태여 나의 대답을 들을 필요도 없다는 듯 혼자서 말을 계속해 나갔다.

"아까부터 나는 여기 앉아 선생의 모습을 지켜 보고 있었지요. 그런데 참 뭐라고 할까, 선생의 표정이 그토록 평화롭고 행복해 보일 수가 없었어요……. 아니 이건 선생한테 실례가 될는지도 모르겠습니다만, 끝내 웃음기가 떠날 줄 모르는 선생의 그 맑고 부드럽고 행복스런 얼굴빛, 그게 도대체 무엇 때문인지 알 수가 없었어요. 무엇이 그토록 선생을 즐겁고 행복하게 해 주고 있는 것인지를 말입니다. 산다는 것이 저토록 행복한 것일까……. 그래 선생, 선생한테는 정말 그게 그토록 행복한 것인가요?"

나는 비로소 그가 묻고 있는 말의 참뜻을 알 수 있었다.

하지만 이번에도 그것은 내가 굳이 대답해 줄 필요가 없는 말이었다. 묻는 사람 자신의 말 속에 이미 해답이 담겨 있었다. 그 자신도 그걸 분명히 알고 있었다.

나는 이번에도 그냥 웃고만 있었다. 그리고 그게 우리가 주고받은 대화의 전부였다.

"아마 두 분 다 아직 학생이신가 본데…… 두 분 학교하고 이름이라도 좀……."

헤어지려 할 때 아쉬운 듯 그는 한마디를 더 물었을 뿐이었다. 하지만 그것은 참으로 내게 귀한 일깨움을 준 경험이었다.

나는 그 때 이미 그에게 무엇인가를 주고 그와 함께하고 있었음이 분명했다. 그리고 그를 통하여 내 편에서도 또한 소중한 일깨움을 얻고 있었다.

그것은 내게 어떤 새로운 자신감 같은 것을 심어 주었다. 그리고 뒷날 나의 약속을 이행해 나갈 가장 소중한 담보이자 열쇠가 되어 주고 있었다. 더욱이 그 사내의 편지를 받고부터는 그런 나의 깨달음이 더욱 깊어졌다.

인천에 다녀온 지 한 달쯤 뒤였다.

그 사내로부터 다시 뜻밖의 편지가 한 장 날아들었다. 그 편지에서 사내 역시 나와 거의 같은 생각을 적고 있었다.

그 날 내가 안 선생님을 만난 건 나의 큰 행운이었습니다. 왜냐하면 나는 그 날 내 생명의 은인을 만나고 있었던 셈이니까요……. 알고 보면 그 날은 바로 나의 재생의 날이었습니다.

사내는 그 날의 만남에 대하여 스스로 그렇게 감사하고 있었다. 그리고 그는 계속해서 이렇게 쓰고 있었다.

나는 그 날까지 내 육신과 영혼을 모두 단념해 버리고 있었습니다. 차도가 없는 투병기간이 어지간했어야지요. 난 더 이상

투병생활을 버티어 나갈 수가 없었습니다. 그럴 힘이나 의욕들이 다해 버린 지 오래였어요……. 그런데 그 날 안 선생을 만났어요. 그리고 그 눈부신 생명의 빛을 보았던 것입니다. 무엇이 저토록 저이의 얼굴을 기쁨으로 충만하게 하고 있는가. 앞을 못 보는 저 사람에게도 생명은 저토록 즐겁고 소중한 것인데…….

나는 그 날부터 다시 희망을 갖기 시작했습니다. 치료 지시도 열심히 따르고 동료들과의 사귐도 부지런히 했습니다. 그리고 이제 그 덕분으로 병세도 상당히 호전되어 가는 기분입니다. 아마 언젠가는 결국 병을 이겨 낼 듯 싶습니다. 아니 기어코 이겨 내고 말 것입니다.

31

그러나 나의 학교생활 동안의 책무는 내 안의 어둠을 몰아내고 빛을 채우는 일만은 아니었다.

나는 한편으로 뒤에 남겨 두고 온 형제들에게로 돌아가 그들과 함께할 방법을 찾아야 했다. 나는 그들과 무엇을 어떻게 나누어 지고 함께할 것인가, 그리하여 그들의 삶이 어떻게 스스로 값지고 힘있는 것이 되게 할 것인가, 그것을 위하여 나는 지금부터 무엇을 생각하고 준비해야 할 것인가…….

나는 끊임없이 그런 일들을 염두에 두고 지냈다. 때로 진용이가 학교에 찾아오거나, 내 쪽에서 틈을 내어 노량진의 그 다방 골목을 찾아갔을 때, 그리고 그 어려운 처지들이 갈수록 더 힘겨워져 가고 있음을 볼 때, 나는 한시도 그걸 잊고 지낼 수가 없었다.

요양원 친구를 만난 경험은 거기에 대해서도 상당히 소중한 해답을 주었다. 아흔아홉을 모두 빼앗기고 겨우 하나가 남았더라도, 그 남은 하나의 삶을 감사와 기쁨으로 열심히 사는 것, 그것을 열심히 살아 보이는 것 자체로도 나는 이미 그들에게 무엇인가를 주고 함께할 수가 있었다. 그것은 아직 그들의 삶을 버릴 수 없는 것으로, 힘을 다해서 살아 낼 만한 것으로 용기와 희망을 일깨워 줄 수 있었다. 그리고 그 작은 것 안에서 스스로 위로와 삶의 보람을 찾아 내게 할 수도 있었다. 그들은 그들이 가진 것이 적었으므로 누구보다 그렇게 되기가 쉬웠다. 내가 돌아가 함께할 곳은 가진 것이 적은 형제들이라는 것, 그것 자체가 내겐 이미 내가 할 일의 해답인 셈이었다…….

하지만 역시 그것만으로는 부족했다. 내가 그저 나의 삶을 열심히 살아 보이는 것만으로 그들에게 위로나 용기를 주기에는 그들이 짊어진 짐들이 너무 크고 무거웠다. 무엇인가 더 구체적인 힘으로 그들과 함께할 수 있어야 했다. 그들의 짐을 함께 나눠 질 구체적인 방도가 마련되어야 하였다.

하지만 나는 아직 그런 방도를 찾을 수가 없었다. 그걸 찾기에는 나의 지혜나 능력이 너무 모자랐다. 나는 하염없이 고심만 하고 있었다.

그러던 어느 날—.

하루는 학교를 졸업한 선배님 한 분이 자기 집으로 기숙생 몇 명을 초대했다. 학교생활이 고달플 터이니 저녁이나 한 끼씩 하고 가라는 것이었다.

우리는 물론 즐거운 마음으로 초대에 응하여 시간을 재촉해 선배님의 집을 찾아갔다. 그리고 이내 푸짐하게 차려진 음식상 앞에 자리를 잡고 앉았다.

오랜만의 성찬이라 나는 식욕이 한껏 부풀었다. 냄새가 요란하니 코부터 우선 즐거웠다.

그런데 나는 실상 그 냄새나 즐기는 게 고작이었다. 자리가 쉬운 편이 아니었다. 이 날 저녁 그 선배님의 댁에는 우리들만 초대를 받은 것이 아니었다. 후배들 일에 관심이 많은 선배님 몇 분이 부부 동반으로 자리를 같이하고 있었다. 처음 대하는 선배님 앞이라 아무래도 분위기가 만만찮았다. 그런 어려운 느낌은 동행한 친구들도 마찬가지였던 모양이다.

"많이 먹어 응? 많이들 먹으라구."

주인 선배님은 특히 나의 등까지 두드려 주며 많이 먹을 것을 권하고 지나갔다.

하지만 막상 식사가 시작되고 보니, 나는 무엇 한 가지 마음대로 집어다 먹을 수가 없었다. 기숙사 안이라면 식단도 뻔했고, 옆 친구에게 물을 수도 있었다. 그러나 이 날은 경망스럽게 이쪽 저쪽으로 물어 댈 수가 없었다. 옆에 녀석까지 점잔을 빼느라 차림새를 한마디도 일러 주지 않았다. 아쉽고 답답했지만 어쩔 수가 없었다. 이건 영락없는 여우와 황새의 초대놀음 격이었다.

그렇다고 그냥 그러고 가만히 앉아 있을 수는 없었다. 슬그머니 손을 올려 식탁 앞을 더듬어 보니, 짐작대로 밥그릇이 잡혀 왔다. 밥그릇 오른쪽에 국그릇이 있을 건 만져 보지 않아도 알 수 있는 일이었다. 나는 그저 그 밥하고 국그릇만 비우기 시작했다. 젓가락만 뻗으면 이것저것 닿아 오는 것이 있을 터이지만, 그것이 무엇인지는 알아 낼 재간이 없었다. 잘못 젓가락을 휘저어 댔다간 웃음거리가 되고 말 위험이 컸다. 이 날만은 왠지 그렇게 되는 것이 민망스럽고 부끄러웠다.

나는 계속 말없이 혼자 애꿎은 밥그릇만 비우고 있었다.

"여기 고기도 좀 먹어."

그제서야 겨우 옆에 녀석이 고기 한 점을 집어 놓아 주었다. 녀석은 또 그러고 나선 나를 까맣게 잊어버렸다.

하하 웃고 죽죽 마시고, 자리는 바야흐로 저희들끼리 한창 흥이 오르고 있었다.

분위기가 그쯤 부드러워지자 나는 비로소 좀 여유가 생겼다. 그리고 한 가지 방법이 떠올랐다.

"여러분 미안합니다."

나는 잠시 기회를 엿보다가 일부러 좀 장난기를 섞어 큰 소리로 말했다.

"저 이거 이웃 인심이 고약해서 코만 즐거웠는데요……. 이제 방법을 한 가지 생각해 냈어요"

"아니, 누가 곁에서 좀 거들어 주지 않았나?"

잠시 주위가 조용해진 다음 주인 선배님의 소리가 들려왔다. 그러나 그건 아직 나의 속셈을 모르는 소리였다. 나는 그럴수록 더 장난기를 과장하여 다음 말을 계속해 나갔다.

"아니 이젠 번거롭게 거들지 않아도 좋아요. 제가 주문한 대로 접시들만 좀 옮겨 놔 주세요. 그럼 혼자서도 먹고 싶은 걸 마음대로 찾아 먹을 수 있으니까요."

나는 나의 점자 시계판을 생각하고 있었다. 그리고 그 시계판의 시간 방향으로 음식 접시들을 동그랗게 옮겨 놓게 하였다.

"이렇게 놓아 주면 됩니다. 일곱 시 쪽엔 이렇게 밥그릇을 놓고, 다섯 시 쪽엔 국그릇을 놓습니다……. 그럼 다음 접시엔 뭐가 담겼습니까?"

"이건 호박전인데요."

"그럼 그건 아홉 시 방향으로 놓아 주세요."

나는 차례차례 그런 식으로 다시 상차림의 순서를 바꿔 나갔다.

"하하, 그거 참 머리 하나 기차게 돌아가는군."

"그래 필요가 지혜를 낳는다는 거지."

주위에선 그제서야 나의 묘책을 알아차리고 허물없는 농담을 던져 왔다. 그리고 나는 그제서야 남의 도움 없이 내가 먹고 싶은 것을 구미대로 찾아 먹을 수가 있었다.

그뿐만이 아니었다. 나는 그 때부터 그 시계 방향을 이용하여 이야기에도 차츰 끼여들 수 있었다.

나는 애초 사람을 기억하고 구별하는 데에 목소리밖에는 의지할 것이 없었다. 게다가 한쪽 귀를 잃고 난 후로는 청력마저 신통치가 못했다. 자주 대하는 경우를 제외하곤 사람을 구별하기가 매우 힘들었다. 더욱이 그것이 초면 석상일 땐 누가 누군지 알 수가 없었다. 상대를 구별하지 못하는 처지에선 대화가 거의 일방적일 수밖에 없었다. 내가 먼저 누구에게 말을 건넬 수는 없었다. 다른 사람이 건네온 말에 이쪽의 대답만 가능했다.

그런데 그 좌중의 목소리를 시계 방향으로 읽어 나가니 한 사람 한 사람 구별이 쉬웠다.

"아홉 시 방향은 김 선배님이시지요……."

"세 시 방향의 송 선배님께 여쭙니다……."

나는 그 시계 방향을 따라 사람을 익히고, 비로소 양자간에 서로 상대가 정해진 대화를 주고받을 수 있게 된 것이다…….

눈이 먼 사람이라면 흔히 겪을 수 있고, 생각해 낼 수 있음직한 일이었다. 하지만 그것은 내게 특별하고도 새로운 경험이었다.

참으로 뜻깊은 저녁이었다. 그것은 내가 시계 바늘의 방향을 이용하고 먹고 싶은 것을 마음대로 먹을 수 있게 되어서가 아니었다. 그것들도 물론 뜻있는 경험이요 발견임에는 틀림이 없었다. 그러나 그보다 더 중요한 것은 그 날 저녁 비로소 내가 돌아가 함께할 곳을 다시 찾을 수 있게 된 일이었다. 그것은 나와 같이 눈이 먼 사람들이었다.

나는 뭔가 아직도 오만한 생각에 취해 있었음이 분명했다. 처지가 아무리 가난하고 짊어진 짐이 무겁다 하더라도 앞을 볼 수 있는 사람들은 아직도 스스로 그것을 짊어질 마지막 능력이 남은 사람들이었다. 하지만 하루 스물네 시간, 일 년 열두 달을 깜깜한 어둠 속에 갇혀 지내야 하는 사람들은 자기 육신의 짐조차 감당해 가기 어려운 사람들이었다. 먹고 잠자고 움직이는 일에서부터 모든 능력의 손이 묶여 버린 사람들이었다.

나는 비로소 아버지를 찾아갔을 때 만난 장님 할머니들이 머리에 떠올랐다. 그 땐 미처 그것을 보고도 그런 생각을 못 했던 게 이상했다.

낮고 어렵고 못 가진 자들에게서 주님의 영광이 더욱 빛날 수 있는 것이라면, 나는 당연히 그 서울역이나 노량진의 아이들보다 더 낮고 고난스럽고 못 가진 사람들이 있음을 알아야 했었다. 더욱이 이미 그런 사람들이 내 곁에 있었고, 내가 그 어두움을 알고 있었다면 나는 더욱 그래야 했었다.

내가 가진 지혜나 능력은 너무도 작고 보잘것없었다. 하지만 그것이 작고 보잘것없는 것일수록 그들에겐 그것이 큰 소용이 될 수 있었다. 그 할머니들에게 변소길을 인도해 줄 새끼줄을 매어 주는 것과 같은 작은 도움을 통하여, 그들에겐 단지 그것만으로도 그 어두운 몸과 마음의 눈을 밝혀 줄 수 있었다. 고난을 당한 자가 고난을 알 듯이, 어두움의 어려움을 아는 것이 중요했다. 같은 어두움을 살지 않은 사람은 그 어두움을 알기가 어려웠다. 악의라곤 전혀 있을 수가 없었지만, 나를 초대해 준 선배님까지도 거기까지는 알지 못했었다.

함께한다는 것—앞을 보는 자는 그 맹인의 어둠을 함께 하기가 어려웠다. 나는 우선 그 어둠을 함께할 수 있었다.

앞을 볼 수 있는 사람의 일은 앞을 보는 사람들의 일로 남겨 두는 것이 차라리 옳은 일이었다. 주님 앞에 굳게 약속을 한 일은 있지만, 그러나 그것은 아직 그 앞을 못 보는 사람들의 다음 다음번 일이었다. 그것은 진용이나 방울이도 나를 용서할 수 있어야 하였다. 눈을 뜨고 보는 자들에겐 눈먼 자의 손길이 오히려 오만스런 허풍이 될 수도 있었다.

그 날 저녁의 일은 내게 비로소 그것들을 깨닫게 하였다. 주님께선 그것을 위하여 나의 눈을 멀게 하신 것이었다.

눈이 먼 자들에게로 돌아가게 하기 위하여, 그리고 같이 눈이 먼 자로서 그들의 짐을 나눠 지게 하기 위하여…….

그 너무도 당연한 일을 너무도 늦게 깨달은 것이기는 하였다.

그러나 나는 이제 그것으로 나의 소명을 실현해 나갈 나의 장소를 찾게 된 것이다. 그것은 또한 내가 학교 시절에 무엇을 어떻게 준비할 것인가 하는 것에 대한 깨달음도 되었다. 내가 어디로 돌아갈 것인가와, 돌아가기 위해 무엇을 어떻게 준비할 것인가는 서로 다른 문제가 아니었다. 진실로 돌아갈 곳이 정해짐은 내가 그 곳에서 해야 할 일과 할 수 있는 일이 정해짐이었다.

내가 그들에게로 돌아가 함께할 수 있는 일이란 우선 이 날 저녁에 경험한 것과 같은 일들이었다.

나는 먼저 그들이 앞을 못 봄으로 하여 겪는 현실적인 어려움부터 함께 이겨 나가야 했다. 그리고 고난과 소외에서 자활의 힘을 기르고, 스스로의 처지를 개선해 나갈 기구와 조직을 이루어 나가야 했다. 그리하여 마침내는 가진 자에게서나 못 가진 자에게서나, 높은 사람에게서나 낮은 사람에게서나, 어디서나 한결같은 주님의 사랑을 알게 하여야 했다.

그러자면 먼저 나 자신부터 맹인 사회의 실태와 바른 처지를 알아야 했다. 그것이 우선 먼저 내가 해야 할 일이었다.

낮은 데로 임하소서

32

한국맹인진흥회—.

79년 봄, 나는 마침내 학교를 졸업했다. 그리고 한 사람의 공인 교역자로 내가 오랫동안 기다려 오던 나의 소명의 자리로 돌아갔다.

거기서 맨 처음 시작한 일이 그 한국맹인진흥회의 설립이었다. 그것으로 무슨 한국 맹인 사회의 일들을 모두 떠맡고 나서겠다거나, 그런 명분을 내세워 그 사회를 온통 대표하려는 어쭙잖은 야망이 있어서가 아니었다.

"무엇보다도 우리 맹인들의 일은 맹인들이 함께 모여 의논해 나갈 일정한 장소가 하나 있어야 할 것 같아요."

맹인들 자체의 복지 문제에 관심을 가져 온 사람들은 누구나 그런 말을 하였다. 우리는 그 맹인 사회의 실태를 파악하고 사업을 주도해 나갈 근거지로서 편리한 대로 우선 그런 이름의 모임을 만든 것이었다. 학교 시절부터 몇몇 맹인들과 미리 이야기해 온 바가 있었으므로, 그 일엔 그리 큰 어려움이 없었다. 물리치료사라는 직명의 밤 안마사 강용만 씨와 맹아 학교의 송석우 씨, 그리고 나와 일반 교회에 나가고 있는 교인 몇 사람을 포함하여 우리는 곧 모임을 이끌어 나갈 맹인들만의 임원진을 구성했다.

임원진까지 구성하고 나니 이번에는 모임의 얼굴 격인 간판도 내걸고, 실질적으로 일을 이끌어 나갈 사무실도 하나쯤은 마련해야 하였다.

다소간의 경비가 필요한 것은 말할 것도 없었다. 우리는 임원으로 선정된 사람들끼리 얼마씩의 자금을 갹출했다. 나도 그 동안 학비 가운데서 얼마씩 떼어 저축한 예금을 찾아 보탰다. 그럭저럭 하다 보니 작은 사무실을 하나 얻을 만큼의 금액이 되었다.

우리는 곧 삼양동 한 구석에 네 평 남짓한 사무실을 마련했다. 삼양동까지 사무실을 얻어 들어간 것은 진용이의 권유가 있었기 때문이었다.

"우리 동네로 오세요. 우리 동넨 집세도 싸구요, 그리고 가난하고 할 일 없는 사람들이 많으니까 형님네 일을 도울 사람이 많을 거예요. 형님네하고 가까이 있으면 저도 뭔가 할 일이 있을 거구요."

사무실을 얻어야 할 계제에 이르자 진용이가 그렇게 의견을 말해 왔다. 듣고 보니 딴은 틀린 소리가 아니었다. 앞을 못 보는 사람들에겐 위치가 너무 동떨어졌지만, 마련된 자금으로는 다른 곳은 감히 엄두조차 내 볼 수가 없었다. 아니, 그보다도 진용이의 말 속엔 더욱 중요한 일깨움이 있었다. 진용인 자기네 동네가 가난하니까 우리의 일을 거들어 줄 사람들이 많으리라 하였다. 그리고 자기도 그러고 싶노라 하였다. 진용이의 말대로 우리에겐 물론 도움을 받을 사람이 많은 것도 중요했다. 하지만 우리가 도움을 받을 수 있고 없고보다도 우리가 가야 할 곳이 바로 그런 곳이었다. 가난하고 낮고 어두운 곳, 할 일 없이 버려져 소망이 없는 곳, 그런 곳이 바로 우리가 찾아가 함께해야 할 곳이었다.

우리는 바로 그 진용이네 마을로 사무실을 얻어 들어가기로 하였다. 그리고 진용인 며칠 동안의 수색 끝에 좁고 한적한 도로가에다 네 평짜리 목조건물의 2층 방을 하나 얻었다.

우리는 그 곳에다 곧 '한국맹인진흥회' 의 간판을 걸었다. 그리고 미리 계획해 온 일들을 착수해 들어갔다.

거기까지는 그럭저럭 일이 제법 잘 되어 간 셈이었다.

그런데 바야흐로 거기서부터가 문제였다. 계획한 일들을 실현해 나가는 데 갖가지 어려움이 겹쳐 들기 시작했다.

우리가 처음 계획한 일이란 규모가 그리 대단한 것이 아니었다. 우리는 먼저 처지가 어려운 맹인들의 생계에 구체적이고도 실질적인 도움을 줄 수 있는 일부터 시작해야 한다고 생각했다. 그래 우리는 그 출발로 보리차 공장을 하나 운영하기로 하였다. 그것은 자금이 크게 필요한 일도 아니었고, 판로만 제대로 연결되면 맹인들이 자력으로 모든 공정을 감당해 나갈 수 있는 가장 단순한 작업이기 때문이었다. 그리고 그 일을 통하여 우리는 맹인들의 자활의욕을 고취시켜 나갈 수도 있었고, 일반에 흩어진 맹인들의 관심을 한 곳에 끌어 모을 수 있는 이점도 있었다.

두번째로 우리가 계획한 일은 점자 월간지 〈새빛〉의 출간이었다. 국내 맹인들을 위한 유일한 점자 월간지 〈새빛〉은 한국기독교서회에서 진작부터 발행되어 오고 있었다. 그런데 그 잡지가 이 무렵엔 재정난으로 발간이 중단되고 있었다. 잡지 발간을 도와 오던 외국 복지재단의 재정 지원이 끊어져 버린 때문이었다. 우리는 어떻게 하든지 그 점자 월간지의 판권을 인수하여 〈새빛〉을 다시 꾸며 내기로 하였다.

마지막으로 계획한 일은 앞서의 두 사업 성과를 통하여 일반 맹인들의 관심을 한 곳에 집결시키고, 보다 깊은 맹인 사회의 실태를 파악하여 그것을 좀더 유용한 힘으로 조직해 나가자는 것이었다. 물론 이 세번째 일은 앞의 두 사업이 어느 정도 성과를 거두고 났을 때나 실제적인 착수가 가능한 일이었다.

우리는 먼저 두 가지 일부터 서두르기 시작했다. 사무실을 얻고 남은 돈으로 동네 빈터에 천막을 둘러쳤다. 그리고 알음알음으로 모여온 맹인들에게 그 보리차 제조의 공정을 익히게 하였다. 진용이가 신문팔이를 걷어치우고 그 일에 앞장서 나섰음은 물론이었다.

〈새빛〉의 판권도 별 어려움 없이 인수받을 수 있었다.

거기까지도 일은 제법 순조롭게 흘러간 셈이었다.

하지만 바로 거기서부터가 절벽이었다.

임원들끼리 주머니를 털어 모은 자금은 그쯤에서 벌써 바닥이 나고 말았다. 그렇다고 누구에게 다시 손을 벌리고 나설 데도 없었다. 얼마간이라도 숨통이 열리려면 보리차 공장이 돌아가야 하였다.

보리차가 그럭저럭 만들어지고 있기는 하였다. 그런데 팔려 나가는 양이 형편없었다. 사전에 거래를 약속받은 곳이 몇 군데 있기는 했지만, 그걸로는 전혀 감당이 안 되었다.

새 판로의 개척이 문제였다. 하지만 그건 보통 어려운 문제가 아니었다. 가 볼 만한 곳도 흔치 않았고, 가 봐 줄 사람도 발들이 모자랐다. 시일이 많이 필요한 일이었다.

공장은 일을 하나마나였다.

공장 일이나 자금 형편이 그 지경이고 보니, 〈새빛〉의 속간은 생각조차 할 수 없었다. 잡지의 모양을 갖추자면 70~80페이지 정도의 책은 되어야 하고, 그러자면 필자 원고료를 제외하고라도 제작비가 최소한 50만 원 정도는 있어야 하였다. 그것도 지대라는 건 한 푼도 받을 수 없는 순전한 무가지가 되어야 했다. 책 한 권에 2천 원의 제작비가 먹힐 판인데, 그걸 부담하고 잡지를 사볼 맹인은 없었다. 잡지는 어차피 비매품으로 배부될 수밖에 없는 실정이었다. 그런데 그 50만 원의 대금을 마련해 낼 길이 어디서 쉽게 찾아질 리 없었다.

나는 다시 기진맥진이었다. 판로가 막혀 공장이 멈추게 된 것보다도, 자금이 없어 〈새빛〉의 출간을 못하게 된 것보다도 사람들의 무관심이 나를 더욱 지치게 만들었다.

처음부터 전혀 예상을 못 해 본 바는 아니었지만, 우리의 일에 먼저 실망을 하고 관심을 거두어들여 버린 건 처지가 같은 맹인들 자신이었다. 처음 진흥회의 간판이 내걸리고 공장 일이 시작된다 할 때는 그래도 여기저기서 일을 찾아 모여 온 사람이 많았었다. 그런데 저들은 원래 그렇게 속아 살아온 경험들이 많았기 때문이었을까. 맹인들은 아무래도 마음을 잘 합해 오려고 하지 않았다. 누구도 공장일을 제 일처럼 알뜰히 돌볼 줄을 몰랐다.

"도대체 이런 식으로 어느 세월에……."

일을 하면서도 그저 건성들이었고, 혼자 취해 갈 이득이나 생각하곤 하였다. 이쪽이 하고자 하는 일에 대해선 터무니없는 시비나 의심을 일삼을 뿐, 근본부터 믿음은 지니려 하지 않았다. 그리고 일이 어렵게 꼬여 드는 기미가 보이자, 거보란 듯 재빨리 발길들을 되돌려 가 버리고 말았다.

"글쎄, 억지론 일이 안 된다니까……. 우리가 괜히 너무 주제넘은 꿈을 꾸고 나섰어."

임원들 가운데서조차 남의 일이나 되듯 그런 불평의 소리가 쉽게 오가고 있었다. 주머니를 한번 더 털어 보자는 소리는 아예 엄두조차 낼 수 없었다.

나는 그 사람들의 무관심이 무엇보다 견디기 힘들었다. 밤낮 가리지 않고 남의 일에만 매달려 온 진용이를 보기가 민망스러울 지경이었다.

진용이로서도 물론 실망이 대단했다. 그것은 물론 맹인들의 일에 대한 맹인들 자신의 차가운 무관심 때문이기도 했겠지만, 그 위에 진용인 그 자신의 믿음에서조차 뜻밖의 배반을 겪고 있었다.

진용은 그 동네에 사무실을 정하면 일을 도울 사람이 많으리라 했다.

하지만 동네 사람들의 마음은 진용의 말과는 같지 않았다. 맹인들 스스로도 자신들의 일을 시답잖게 여기는 마당에 두 눈 멀쩡한 동네 이웃이 그것을 앞장 서 환영할 리 없었다. 일을 도우려기는커녕 처음부터 심한 경계심들만 드러냈다. 그리고 틈만 있으면 우리의 일을 빈정대고 나섰다.

"이거 이러다가 이 동네가 온통 장님 천지가 되는 거 아니여."

"동네 공터에다 천막을 치고 들려면 당국의 허가가 있어야 헐 텐디 말여……."

사사건건 시비를 걸고 나서거나, 잘해야 그저 냉랭한 시선으로 되어 가는 낌새나 지켜 보는 정도였다. 진용이가 몇 차례씩 설득과 호소를 되풀이하는 모양이었으나, 그것을 곱게 보고 손을 거들러 나서는 사람은 한 사람도 없었다.

하지만 진용이는 용기를 잃지 않았다. 진용은 또 진용이 대로의 삶의 경험과 지혜를 쌓아 온 아이였다. 녀석은 자신의 삶에 대해 스스로의 믿음을 잃지 않는 아이였다. 녀석은 실망 속에서도 꺾이지 않았다. 누가 그를 실망시키든 말든 자신의 할 일을 버리지 않았다. 그리고 성심과 노력을 다했다.

그건 내게 크나큰 힘이었다.

첫번째로 시도한 우리의 일은 이미 무참한 실패로 끝나고 있음이 분명했다. 그리고 그 실패를 안고 있는 나의 곁에는 다시 진용이 하나가 남아 있을 뿐이었다. 하지만 나는 그 진용이 하나로 충분했다. 진용이를 두고 내가 먼저 주저앉을 수는 없었다. 나는 스스로 나의 용기를 북돋워 나갔다. 나에게는 아직도 나와 함께하실 주님이 계셨다. 내게 밝은 소명을 주시고, 그 곳으로 나를 인도해 주신 주님이셨다. 그 주님께서 아직도 나와 함께하고 계셨다. 그리고 무엇보다 아직도 진용이 내 곁에 있었다.

뿐만이 아니었다. 나는 이미 나의 이웃들에게 헤아릴 수 없이 많은 빚을 진 몸이었다. 2년 동안의 신학교 과정은 내가 갚아야 할 빚의 짐이었다. 도움을 받은 것은 이방인이었지만, 내게 주어진 그 도움과 그 고난스런 처지의 아이들을 떠나 지낸 2년의 세월은 내가 이 곳에서 다시 보상을 하고 되갚아 주어야 할 가장 확실한 빚의 무게였다. 그 2년의 세월만큼이나 빚의 무게를 더해 돌아가는 것, 그게 나의 약속이었었다. 그런 빚은 또한 내 대신으로 세 눈먼 할머니를 돌보고 계신 아버지에 대해서도 마찬가지였다. 그 빚을 갚는 일을 시작도 제대로 해 보지 못하고 제풀에 주저앉고 말 수는 없었다.

33

나는 다시 힘을 돋워 일을 해 나가기 시작했다.

이제부터는 한 몸으로 1인 3역, 4역씩을 감당해 나가지 않으면 안 되었다. 공장을 다시 돌아가게 하기 위해 보리차 판로도 찾아다녀야 하였고, 〈새빛〉 발간에 필요한 자금 조달을 위해선 초청예배나 강연회 같은 델 쉴새없이 응해 다녀야 하였다. 잠자리는 사무실을 그냥 대용으로 사용하고 있었지만, 그 사무실을 관리하고 진용이와 몇몇 남은 식구들의 식생활이나마 도모해 나가기 위해선 여기저기 잡지 같은 데에다 글을 써 보내기도 해야 했다. 친구들이나 교계의 도움을 입은 덕이었지만, 어쨌거나 이 무렵엔 초청 예배나 강연회의 기회가 많았던 게 무척 다행이었다.

나는 친구들이나 교회, 사회단체, 어디든지 말이 될 만한 곳이면 진용이를 의지해 찾아가 도움을 청하고 일을 만들었다. 그리고 밤에는 밤대로 또 진용이를 의지해 가며 밖으로 내보낼 원고를 만들었다.

하지만 내가 쏘다니며 기울인 노력에 비해 거둬 들인 성과는 너무 보잘것이 없었다. 주위의 이해가 아직도 모자랐기 때문이었다.

이해가 모자란 것은 가까운 친구들도 역시 마찬가지였다.

내가 맨 먼저 찾아간 것은 고등학교 동창 친구들이었다. 나는 이제 다시 세상으로 나와 사는 마당이었다. 그런 내 소식도 전할 겸 도움의 길을 구하기 위해서였다.

하지만 그 친구들에겐 언제나 나 한 사람의 처지만이 문제였다.

"보리차를 사 주는 일이야 우리 사무실에선 문제가 없지. 필요하다면 다른 사무실들두 알아 봐 줄 수 있는 일이구."

친구들은 대개 보리차쯤 사 주는 덴 마음이 푼푼했다. 그러나 그 이상은 말이 안 되었다.

"하지만 실상 그런 일보다도 자네 처지부터 안정이 되어야지."

보리차도 좋고 맹인 복지도 좋지만, 그보다 먼저 나의 처지부터 안정을 얻도록 하라는 것이었다. 학교를 졸업할 무렵부터 주위에서 자주 들어 오던 소리였다.

학교를 졸업할 때부터 주위에서는 이제 나더러 집으로 돌아가는 것이 어떻겠느냐고들 하였다. 부모님에게든 아이들에게든 집으로 돌아가 심신의 안정을 얻은 다음에도 하고 싶은 일을 할 수 있지 않느냐는 조언들이었다. 학교 친구들도 그랬고 맹인 교우들도 그랬다. 오랜만에 소식을 듣고 졸업식을 보러 온 몇몇 친구들도 똑같은 소리였다.

그러나 나는 물론 그럴 수는 없었다. 돌아갈래야 이미 돌아갈 곳도 없었다. 그야 옛 아내와 아이들의 뒷소식이 전혀 궁금하지 않은 건 아니었다. 하지만 나는 이미 단념을 한 지 오래였다. 누구에게 원망 같은 것이 남아 있어서가 아니었다. 원망은커녕 아내에 대해선 마음으로 감사를 하고 있었다. 아내가 나를 떠나 주지 않았다면, 나는 한낱 무력한 장님으로 오로지 그 식구들의 시중에나 의지해 근근이 살아갈 수밖에 없었을 것이다. 하지만 그것은 영겁의 어둠 속에 갇힌 자의 원망과 저주에 가득 찬 무력한 삶에 불과했을 것이다. 아내가 나를 떠남으로 하여 나는 비로소 소외된 자들의 삶을 만나 나의 참 소명을 찾게 되었고, 영혼의 눈을 뜨게 된 것이었다.

아내는 내게 소명을 얻게 하고 나의 어둠을 걷어 간 여자였다. 그것은 오히려 하나님의 역사였다. 아내에 대한 원망은 없었다. 그것이 진실로 하나님의 역사였다면, 아내로서도 그것은 어쩔 수 없었을 일이었다. 그리고 이제는 그 아내도 하나님의 크고 넓은 섭리 속에 함께 용서받고 있을 것이었다.

아내에겐 다시 돌아갈 수도 없었고, 저들을 다시 찾아서도 안 되었다. 주님께서 나를 인도하신 소명의 자리를 떠날 수는 없었다. 더욱이 내겐 눈에 보이지 않는 이웃들에 대한 빚과 약속이 있었다.

하지만 친구들은 그러는 나를 이해하지 못했다. 이해를 하려 하지 않았고, 이해가 그리 쉬운 일도 아니었다.

"눈이 멀고 나면 마음도 먼 것인가. 이렇게 딱할 친구가 없구만. 그래 막말로 제 앞도 못 보는 장님 처지에 누구 일을 걱정하게 됐는가 말일세."

친구들은 그저 나의 소망을 불구자 특유의 고집(병신육갑!)으로 돌리면서 눈먼 제 처지 걱정이나 하랬다. 어둠을 같이하느니, 짐을 나누느니 하는 따위의 터무니없는 생각엔 섣불리 간여를 않겠다는 것이었다.

나로서도 친구들로부터 그런 충고를 받아들일 수가 없었다. 그건 나로서도 오히려 귀찮은 간섭일 뿐이었다.

그런데 실상 그 친구들의 충고 가운데엔 소망이나 신념만으론 그냥 넘어갈 수가 없는 대목도 있었다. 맨 처음 내 눈의 증상을 진찰했던 적십자병원의 백 군을 찾아갔을 때였다.

나는 언제부턴가 내가 그 백 군에게 부당한 빚을 지워

주고 있는 듯한 꺼림칙한 느낌을 지녀 왔다. 나는 언제고 백 군에게 나의 재활의지를 알려서 그로부터 그 마음의 빚을 벗겨 주고 싶었다.

그런데 마침 그 무렵 나는 심한 육신의 이상을 느끼고 있었다. 걸핏하면 온몸에 열이 오르고 허리께의 신경통 증세가 도졌다. 혈압도 늘상 정상이 아닌 것 같았다. 하지만 어디 쉽게 알아 볼 곳이 없었다. 나는 친구에게 마음의 빚을 벗겨 줄 겸 적십자병원으로 백 군을 찾아갔다. 백 군이야 물론 안과가 전문이었지만, 그런대로 대강의 증세들을 물어 볼 수는 있을 듯싶었기 때문이었다.

말할 것도 없이 백 군은 나를 몹시 반갑게 맞아 주었다. 그리고 나의 재활을 누구보다 마음으로 기뻐해 주었다. 병원에 보리차를 들여보내는 일에 대해서는 가능한 데까지의 협력을 약속해 주었다.

하지만 그 백 군 역시도 끝내는 나의 일을 만류하고 나섰다.

"이런 몸으로 아무것도 안 되겠군."

피를 몇 방울 뽑고 소변을 받아다 검사를 시켜 오는 따위로 백 군이 대충 나의 몸을 살피고 나서 건네 온 첫마디가 그랬다.

"이 정도로는 아직 자세한 증세를 알 수 없지만, 한동안은 그냥 좀 쉬어야겠어."

신경통 증세는 둘째로 치더라도, 호흡 기능, 영양 상태,

혈액순환 따위의 기초 기능들이 하나도 정상인 게 없다는 걱정이었다. 특히 심장 기능이 약해진데다 혈압은 또 위험스러울 정도로 높고 불규칙하다는 것이었다.

"모처럼 시작한 일에 물을 끼얹는 것 같아 안됐지만, 이런 몸으로는 아무 일도 못한다구. 내가 입원을 주선할 테니까 우리 병원에서 자세한 검사부터 좀 받아가 보구서……."

백 군은 당장 입원 절차부터 서두르라 하였다.

그건 아닌게 아니라 의욕이나 신념만으로는 쉽게 이겨낼 수 없는 장애거리였다. 그렇다고 나는 그 백 군의 충고나 호의를 받아들일 처지도 아니었다. 혹을 떼러 갔다 얻어 붙이게 된 격이랄까. 나는 오히려 그 백 군의 권유를 뿌리치고 병원을 도망쳐 나오기에 급급해진 꼴이었다…….

모든 것은 그저 하나님의 뜻이었다. 이젠 그저 모든 것을 하나님의 뜻에 맡기고 거기 의지하고 따르는 수밖에 없었다.

백 군을 만나고 나서도 나는 여전히 쉬지 않고 일을 계속해 나갔다.

그 무렵엔 아직 영수증 보상제도가 실시되고 있던 때였다.

백 군을 찾아가기 전 어느 날, 나는 그것에 홀연 생각이 미쳤다. 그 날부터 틈이 생기는 대로 거리의 음식점이나 다방들을 두루 찾아다녔다. 금액이 큰 영수증은 차례가 올리 없으니, 금액이 작은 음식점이나 다방들의 영수증을 얻어 모았다.

그것도 물론 쉬운 일이 아니었다. 다방이나 음식점들은 이쪽 뜻을 이해해 주는 곳이 드물었다. 간신히 부탁을 해 놓고 며칠 뒤에 다시 가 보면 잊어버리고 있기 일쑤였다. 새마을 운동이나 다른 이름있는 봉사단체들에다 미리 모아 보냈노라는 곳도 있었다.

어쩌다 몇 장씩 모아 놓은 영수증들을 거두어 온 다음에도 뒷정리가 이만저만 복잡하지 않았다. 그 일은 주로 진용이가 도맡아 처리해 나갔는데, 녀석이 혼자 밤을 새워 가며 영수증을 붙이고 계산을 하고 하여, 이튿날 은행으로 가지고 가 봐야 받아 오는 돈은 겨우 몇 백 원 정도였다.

하지만 영수증을 모으는 일이야말로 우리들의 수입 가운데서는 가장 확실하고 지속적인 항목이었다. 〈새빛〉을 찍어낼 수 있는 가장 현실적인 가능책이었다. 큰 금액은 아니었지만, 하루하루 통장 예금액이 불어나고 있었다.

예배 인도나 강연 초청은 날마다 있는 일이 아니었다. 그런 일이 없는 날이면, 나는 진용이와 삼양동 일대에서부터 미아리 쪽으로 거리 거리의 접객업소들을 뒤지고 다녔다.

백 군으로부터 건강에 대한 걱정을 듣고 난 다음에도 나는 여전히 그 일을 그치지 않았다.

그러던 어느 날이었다. 이 날도 나는 진용이와 함께 모처럼 청량리 근처까지 진출하여 네거리 음식점들을 돌아가고 있었다.

규모가 번듯한 어느 냉면집에서였다.

"기억해 두긴 하지요."

사정을 대충 설명 듣고 난 계산대의 여자는 건성스럽게 대답을 흐렸다. 하더니 그녀는 이내 다시 내가 수없이 들어온 말을 한마디 더 덧붙였다.

"하지만 요즘은 영수증을 내놓으라는 단체들이 하두 많아 놔서요."

결국은 기대를 갖지 말라는 소리였다. 찾아든 곳마다 같은 반응이었다. 영수증이 좀 모일 만한 규모의 음식점들은 거의 모두가 같은 소리였다. 좀더 이름이 있는 단체거나, 그런 단체들의 생색을 내 줄 수 있는 명분이 아니고서는 영수증을 모으는 것도 막다른 골목이었다.

"필요하면 이거라도 드릴 테니 가져가 보시구려."

발길을 돌이켜 나오려는데 여자가 뒤미처 생각이 난 듯 영수증 몇 장을 건네 주었다.

"석 장이에요."

진용이가 문을 나오면서 맥없이 속삭여 왔다.

그런데 그 때—나는 갑자기 나의 의식이 까만 허공 속으로 둥실 떠오르는 것 같은 느낌이 들었다. 그리곤 이내 발밑에서 아무것도 느낄 수 없게 되고 말았다.

34

내가 의식을 되찾은 것은 그로부터 여덟 시간이 지난 이날 저녁 시립 ×부 병원 응급실에서였다.

정신을 되찾고 나자 나는 얼마 후 다시 일반 환자들의 입원실로 병실이 옮겨졌다. 모두 진용이가 나서서 서두른 조처였고, 그가 내 곁에 있어 준 덕이었다.

"여기저기 몸이 조금씩 나빠진 것밖에 다른 큰 걱정은 없대요. 기력이 달려 가라앉은 거니까 여기서 며칠 동안 쉬는 게 좋겠다구요."

일반 병실로 자리를 옮겨 오자 진용이 짐짓 그렇게 대수롭잖은 소리로 안심을 시켜 왔다.

하지만 나는 이제 완전히 절망이었다. 그 동안 뛰어다니며 이루어 온 일들이 순식간에 모두 허사가 되고 만 느낌이었다. 병원 치료비는 어떻게 감당해 낼 것이며, 그것은 설사 그간의 저축으로 충당해 낼 수 있다 하더라도, 그 또한 얼마나 부질없고 허무한 낭빈가 말이다.

무엇인가 나는 그 동안 주님의 참뜻에서 크게 어긋나고 있었던 것만 같았다. 내가 주님의 뜻에 어긋나고 있음에 그런 좌절을 내리신 것 같았다.

—제 뜻대로 마옵시고 주님의 뜻대로 이루게 하옵소서. 그것이 주님의 뜻이 아니옵고 제 뜻이었다면 저로 하여금 그 주님의 참뜻을 알게 하소서…….

나는 다만 간절한 기도로 주님의 참뜻을 기원했다. 그리고 그만 거기서 주저앉지 않도록 재기의 용기를 간구하였다.

그런데 참 놀라운 일이었다. 나의 졸도는 아닌게 아니라 쇠약한 육신의 변고만은 아니었음이 분명했다. 그 또한 나에겐 없어서는 아니될 주님의 역사의 과정이었는지 모른다. 이튿날 저녁 무렵부터 나의 주변에선 예기치 않았던 일들이 일어났다.

첫번째로 생긴 반가운 일은 내 옛날 친구들의 병문안이었다. 이튿날 저녁 진용이와 내가 망연스레 앞일을 걱정하고 있는데, 뜻하지 않게 그 옛날 서울역 주변의 재건대 아이들이 떼거리로 병실로 몰려 들어왔다.

"형님, 이게 웬일이십니까. 형님이 이렇게까지 되신 줄은 몰랐습니다."

알고 보니 거기엔 이미 그렇게 되어질 사연이 있었다. 녀석들은 이 날짜 석간 신문에서 나의 일을 보고 알았노라 하였다. 아이들은 병원까지 그 신문을 한 장 들고 온 참이었다.

"신문에서 형님 소식을 보고 이렇게 함께 달려온 거예요. 여기 이렇게 형님의 이야기가 실려 있어요. 읽을 테니 좀 들어 보시겠어요?"

아이 하나가 자초지종을 고하곤 다짜고짜 기사를 읽어 내려가기 시작했다.

"불우 도우려고 쓰러진 학사 맹인— 큰 제목은 이렇구요. 그 옆에다 작은 제목으로, '도봉구 삼양동 맹인진흥회장 안요한 씨' 라는 소개가 있어요. 그럼 기사를 읽을게요……. 맹인도 사회에 이바지할 수 있다. 실명의 고통을 무릅쓰고, 자신보다 더 불우한 맹인들의 생계와 복지 향상을 위해 일하고자 그 자금을 마련하기 위해 동분서주하던 한국맹인진흥회의 안요한(나이 40세) 회장이 어제 낮 청량리의 한 냉면집에서 보상금 청구용 영수증을 수집해 나오다 몸이 지쳐 쓰러졌다……."

기사는 그런 식으로 서두를 시작하여, 내가 지금까지 지내 온 삶의 과정하며, 방금 내가 시작하고 있는 일과 앞으로 하려는 일들을 비교적 소상히 소개하고 있었다. 알고 보니, 전날 내가 병원에 들어왔을 때 우연찮게 기자 한 사람이 진용이를 찾아와 이런저런 자세한 이야기들을 묻고 나선 사진까지 몇 장 찍어 갔다는 것이었다. 그것이 바로 이 날 저녁 신문에 실려 나온 것이었다. 그리고 그 서울역 근처의 재건대 아이들이 기사를 보고 쫓아온 것이었다.

"형님, 우리가 형님한테 뭐 좀 도와 드릴 일이 없을까요?"

아이들은 기사를 모두 읽어 주고 나서 한동안 또 저희 나름의 위로와 격려의 말들을 아끼지 않았다. 그리고 처지가 변변치 못하니 크게 도움이 될 수는 없으나 마음의 정성이나 전하고 싶다고 2만여 원의 성금을 내놓았다. 그러고 나서도 녀석들은 또 무슨 도울 일이 없느냐며 한참씩 궁리를 하다가 돌아갔다.

그런데 그 서울역 아이들이 돌아가고 나니, 이번에는 또 한 시간도 못 되어 노량진의 아이들이 몰려들었다. 방울이 녀석까지 포함한 노량진의 아이들 역시 같은 경로로 사정을 알게 되고, 같은 마음으로 찾아온 것이었다. 그리고 이들도 또 얼마씩 모아 온 돈을 내놓고는 같은 궁리를 되풀이하다 돌아갔다.

나는 다시 마음 밑바닥이 뜨거운 것으로 차오르기 시작했다.

말할 것도 없이 나는 아이들이 고마웠다. 나로 하여금 그 아이들을 찾아가게 인도해 주고, 그 아이들로 인하여 나의 소명을 찾게 해 주신 주님은 이제 다시 내가 가장 어두운 절망의 밑바닥에 가라앉아 있을 때 그 아이들을 보내어 당신의 사랑을 보여 주신 것이었다.

나는 그 하나님께 새삼 감사했다. 그리고 새로운 힘과 용기를 얻었다.

—이것은 주님께서 아직도 나를 버리지 않으심이다. 주님께선 나를 다시 당신의 뜻하심 안에 있는 새로운 길로 인도해 주려 하심인 것이다.

나는 감사와 간구의 기도로 이 날 밤을 온통 지새우다시피 하였다.

그런데 다음 날은 보다 놀라운 일이 일어났다.

다음 날 오후 병실을 찾아온 담당 간호사는 나의 입원이 병원 당국에서 무수가 진료 케이스로 결정났다는 전언이었다. 병원엔 원래 일정 비율의 무수가 진료 제도가 마련되어 있는데, 나의 병세나 처지에 관해 병원 당국에서 그 동안 조사해 온 자료에 의하여 그런 결정이 났다는 설명이었다.

더욱 놀라운 일은 병원의 그런 특혜 조처만이 아니었다. 간호사는 먼저 그 병원측의 결정을 알리고 나서 다시 웬 돈뭉치 하나를 꺼내 놓았다.

"이건 30만 원이에요."

간호사는 진용이에게 돈을 건네고 나서 그 돈의 내력을 설명했다.

"아까 오전 중에 웬 나이 지긋하신 남자 어른 한 분이 병원을 찾아오셨어요……."

한 예순 살쯤 되어 보이는 남자가 병원을 찾아와서 나의 병태와 입원비의 사정들을 꼬치꼬치 모두 캐어 묻더라는 것이다. 그리고 나의 병세가 크게 염려스럽지 않음을 알고는 입원비에 충당하라며 그 돈 30만 원을 내놓고 갔다는 것이었다. 환자를 한번 만나 보지 않겠느냐니까, 그것은 필요가 없다더랬다.

남자는 그저 신문을 보고 찾아왔노라는 말뿐, 자기 이름도 대지 않았고, 환자에겐 굳이 그가 병원을 찾아온 일조차 알릴 필요가 없노라더랬다.

"그래 병원에선 그냥 돈을 맡아 뒀다가 입원비 정산 때나 말씀을 드리려 했지요. 우리 병원에선 그런 일이 전에도 가끔씩 있어 왔거든요. 그런데 이젠 선생님에게 무수가 결정이 내려졌으니 돈을 맡아 둘 필요가 없어진 거예요."

간호사는 그렇게 돈을 돌려주게 된 사연을 말했다.

생각조차 전혀 못 해 본 일이었다. 아니, 확실치는 않았지만 나에게도 이미 그가 누군지 마음 속에 문득 떠오르는 사람이 있었다.

그건 물론 아버지였다.

아버지는 그 동안 강원도 상동에서 인천 변두리의 한 작은 교회로 당신의 목회소를 옮겨 와 계셨다. 그 아버지는 전에도 한두 번 나를 조용히 찾아오신 일이 있었다. 한 번은 바로 교회를 인천으로 옮겨 오신 뒤였고, 다른 한 번은 나의 신학교 졸업식 때였다. 물론 두 번 다 어머니와 함께였다. 하지만 아버지는 그 상동에서의 상면 이후로 필요없이 나를 간섭해 오시는 일이 없으셨다. 나를 찾아오셔서도 그냥 먼 데서 동정이나 지켜보고 계시다가 마지막으로 발길을 돌이키려 하실 때나 겨우 몇 마디씩 알은 체의 말씀을 주셨을 뿐이었다.

"너의 뜻이 이미 거기에 있으니 나는 그저 이렇게 멀리서 지켜보고 있기나 할 수밖에 없구나."

무엇을 생각하고 무엇을 바라든, 그것들은 이제 오로지 나의 기도와 능력 안에서 이루어져야 할 것임을 알고 계신 아버지였다.

"네가 무엇을 시작하든지, 이번에는 며칠 내게로 와서 쉬어 가는 게 어떻겠느냐."

졸업식을 보러 오셨을 땐 한두 마디 그렇게 권해 오기도 하셨지만, 그 때도 굳이 그 아버지로서의 노파심을 지나치게 내세우지 않으시던 분이었다.

"아버님의 염려가 제겐 오히려 마음을 무겁게 해 오는 것 같습니다."

나의 그런 한마디에 아버지는 그저,

"그래, 알겠다. 언제 어디서나 이 아비보다 너의 주님께 힘을 구하거라."

짧은 당부의 말씀을 남기고는 간단히 발길을 돌려 가신 분이었다.

하고 가신 것 이모저모가 아버지임이 거의 분명해 보였다.

하지만 나는 굳이 그것이 누군지를 따지려 하지 않았다. 확인을 해야 할 필요가 없었다. 그렇게 그냥 돌아가신 아버지의 뜻도 그랬기가 쉽겠지만, 나는 차라리 거기 그렇게 주님의 뜻이 임하고 계심으로 받아들이고 싶었다. 내겐 그가 주님의 대리자와 다름이 없었다. 그래 그 자신을 밝히지 않음으로 여겼다.

나는 다시 가슴이 몹시 뜨거워져 올랐다.

그 돈은 누가 나에게 보내 온 것이든 이미 내 개인의 것이 아니었다. 내 육신의 보전을 위하여 혼자 허비할 재물이 아니었다. 그것은 서울역이나 노량진 아이들이 건네고 간 돈의 경우도 마찬가지였다. 나에겐 그 이웃의 사랑과 주님의 뜻을 아는 것으로 족했다. 그것은 좀더 소용이 깊은 곳에, 아이들의 사랑과 주님의 뜻에 합당한 곳에 쓰여져야 하였다. 게다가 나에게는 병원비까지 면제 혜택이 주어지고 있었다.

나는 갑자기 마음이 조급해지기 시작했다. 할 일 없이 그냥 병원에서 기다리고 있기가 뭣했다. 한시라도 빨리 병원을 나가고 싶었다. 그리고 내 소명의 자리로 돌아가고 싶었다.

나의 육신엔 아직도 그만한 힘은 남아 있었다.

나는 진용에게 이 날로 당장 퇴원의사를 알리게 하였다. 진용이는 물론 나를 말렸다. 저 혼자서는 설득이 안 되니까 나중에는 담당의사까지 동원해 왔다. 의사도 아직은 퇴원이 너무 무리라는 만류였다.

하지만 나는 이미 마음의 결정이 내려져 있었다. 주님께서 나를 쓰러지게 하심은 병원 치료를 위해서가 아니었다. 그것은 내게 참 소명을 다시 일깨워 주시기 위함이었다.

내겐 이미 그것이 더할 수 없이 분명했다. 그것이 내게 분명해진 이상 한 시각이라도 더 누워 있을 수가 없었다.

나는 결국 이 날로 다시 삼양동의 사무실로 돌아오고 말았다.

그리고 사무실로 돌아오자 나는 이미 병원에서부터 머리 속에 맴돌던 새로운 계획을 다듬어 나갔다.

그러는 나에겐 또 다른 재촉의 소리들이 있었다.

삼양동으로 돌아오고 나서도 나를 찾아드는 사람들이 끊이지 않았다. 뒤늦게 소식을 알고 찾아온 진흥회 사람들은 말할 것도 없었다. 나에겐 그 진흥회 사람들보다도 더 고맙고 반가운 사람들이 있었다.

병원을 나온 바로 그 날 오후에 진흥회 사무실로 나를 찾아온 세 아가씨가 있었다. 병원을 찾아갔다가 사무실까지 나의 뒤를 쫓아온 그 아가씨들은 예전에 내가 논산에서 불어를 가르친 일이 있는 쌩폴 여고의 졸업생들이었다.

"제가 그 때 철없이 선생님의 눈을 시험한 순옥이에요."

아가씨들은 이미 학교를 졸업하고 서울로 진학을 하거나 직장을 구해 올라와 있었다.

아가씨들은 이 날 병문안만을 간단히 끝내고 돌아갔다.

그런데 한 일주일쯤 뒤엔 같은 학교의 졸업생 아가씨들이 떼를 지어 나타났다. 이번에는 수가 열 명이 넘었다. 그동안 녀석들은 서울에 올라와 있는 동창 아이들을 총동원하여 과외 일을 몇 가지 해 왔다고 하였다. 각자 직장에서 일일 다방을 열기도 하고, 신문이나 선물들을 팔기도 했단다. 그러면서 녀석들은 자신들의 노력으로 모은 것이라며 20여만 원의 돈을 내놓았다. 뿐만 아니라 녀석들 가운데는 태평양화학에 나가는 아이가 몇 있는데, 그 아이들이 회사에 건의하여 회사 규모의 영수증 수집을 시작했다는 것이었다.

"이제 두고 보세요. 굉장한 액수의 영수증이 모일 거예요. 우리들 건의가 받아들여져서 회사에선 시내의 모든 판매 코너에다 영수증 모집함을 설치하도록 했거든요."

그것은 무엇보다 즐거운 소식이었다. 이젠 오히려 영수증을 붙일 일이 걱정이었다.

하지만 녀석들은 거기에 대해서도 이미 계획이 서 있었다.

"영수증을 붙이는 일은 저희들도 계속해서 도와 가겠지만, 저희 회사의 기숙사 애들이 그 일까지 모두 맡아 주기로 했어요."

삼양동의 사무실을 찾아 준 것은 그러나 그 아가씨들만이 아니었다.

아가씨들이 찾아다닌 그 일주일 사이에는 또 나의 귀가를 그토록 권유하던 고등학교 동창생 친구들이 찾아왔다. 이번에는 그 친구들도 그만 맥이 풀리고 말았는지 더 이상 나의 귀가나 안정 같은 건 권해 오지 않았다.

"그거 참, 눈뜬 사람도 못 보는 하나님이 하필이면 왜 앞도 못 보는 장님한테만 보일 게 뭔가."

"하지만 그런 고집쟁이 장님을 친구로 둔 것도 인연이라면 인연일 텐데, 어디 가만히 구경만 하고 앉아 있을 수가 있어야지. 그래 우리 몇이서 조금씩 돈을 모아 왔으니, 이걸로 정말 한번 고집대로 해 보라구."

귀가나 안정의 권유 대신 친구 녀석들은 그런 허물없는 농담 끝에 거금 백만 원을 내놓고 돌아갔다.

소리로 들려 오는 것은 아니었지만, 그 모든 것은 나의 마음 속 계획에 대한 끊임없는 다그침의 소리들과 한가지였다.

더욱이 그 인천 요양원의 사내에게서까지 뜻하지 않던 격려의 편지를 받았을 때 나는 더 이상 지체할 수가 없었다.

> 비록 육신의 눈은 멀었지만, 당신은 그 신념과 사랑으로 자신의 영혼을 밝히셨습니다. 부디 그 신념과 사랑을 버리지 마십시오. 당신의 얼굴에서 그 밝은 빛이 꺼지지 않게 하여 주위의 어둠을 밝히십시오. 그리고 그 당신들의 하나님의 사랑 안에서 더욱더 많은 것을 이루도록 하십시오. 난 비록 기독교인은 아니지만, 당신 스스로 신념을 버리지 않는 한 당신의 하나님도 당신을 버리시지 않으리라 믿습니다…….

그는 용케도 아직 나를 잊지 않고 어느 날 내게 그런 편지를 보내 온 것이다. 그리고 그 편지에서 그는 근간에 한번 나를 서울로 찾아오고 싶다며 우선 그렇게 격려를 보내 왔다.

—하나님의 사랑 안에서, 하나님의 사랑 안에서…….

한마디로, 그 모든 도움과 격려의 말들은 그대로 그냥 나에 대한 재촉의 소리였다.

나는 마침내 나의 계획의 실현에 들어갔다. 나의 계획이란 그러니까 다른 것이 아니었다. 작더라도 먼저 하나님의 집부터 마련하자는 것이었다. 맹인복지를 위한 보리차 공장의 운영도 좋고, 불우 청소년들을 위한 교화사업도 지극히 필요한 일이기는 하였다.

그러나 그 모든 일에는 하나님의 뜻이 앞서야 하였다. 하나님의 말씀과 사랑 안에서 그 일들은 이루어져야 하였다. 불우를 극복하고 일어서려는 맹인들의 의지나 자활에의 노력은 복음화의 과정에서 움이 터나와야 하였다. 하나님의 사랑을 알지 못하고는 의지가 끈질길 수도 없으려니와 기릴 만한 뜻이 담길 수도 없었다. 사람이 이룩하고 얻은 것들을 하나님의 은혜와 영광으로 돌릴 줄 아는 길을 먼저 열어야 하였다. 얻는 것이 없으면 금방 발길을 돌려 버리는 사람들—, 그것이 없이는 먼저처럼 낭패를 당하기 십상이었다.

그런데 나는 여태까지 그 순서를 거꾸로 잡고 있었다. 하나님을 매우 섭섭하게 해 드렸음이 분명했다.

나는 먼저 복음의 집을 마련해야 했다. 그것이 곧 그들과 함께함의 시작이 되어야 했다. 그리하여 먼저 하나님의 말씀과 사랑을 알게 하고, 나의 일함이 나와 이웃에 대한 사랑이 됨을 알게 하여야 했다.

나는 먼저 그 동안 흐지부지해 오던 진흥회의 임원회의를 다시 열고, 거기서 나의 계획을 털어놓았다.

예상한 대로 반대의 의견들이 분분하였다. 진흥회의 임원들도 대개는 이미 동네 교회들을 나가고 있는 사람들이었다. 하지만 이들은 이미 모여든 성금의 금액을 알고 있었다. 완연히 기대가 깨진 기색들이었다.

"복음화가 시급한 일이기는 하지만, 그렇더라도 우리 처지에 교회부터 세울 필요가 있을까요?"

"굳이 교회에 나가야 한다면 각자 자기 동네 교회에 나가게 할 수도 있는 일 아니겠습니까?"

교회를 세우는 것은 힘에 벅찬 일이기도 하려니와 그보다는 역시 공장을 다시 여는 일이 우선 급하고 유익한 일이 아니겠느냐는 주장이었다. 성금이 꽤 모아진 기미를 알고 공장을 떠났던 사람들도 다시 모여들어 그쪽 일 소식을 궁금해하고 있다는 다그침이었다.

하지만 나는 물러서지 않았다. 나의 믿음으로는 적어도 그렇게 모인 성금들이 보리차 공장을 다시 열게 하기 위한 것은 아니었다. 그것은 그저 나눠 먹기 꼴이 되어 버리기 쉬웠다. 그러다 더 이상 나눌 것이 없어질 땐 그 때는 또 어떻게 될 것인가…….

마음부터 먼저 합해야 한다, 마음을 합하고 앉을 자리가 필요하다, 자기들 동네를 찾는 것하고는 또 다른 사랑과 믿음과 화합의 자리가 필요하다, 그리고 그 자리는 예배와 설교와 찬송 이외에도 더 많은 일에 쓰여질 수가 있다, 교회를 먼저 세워야 하는 것은 더 의심할 여지가 없는 일이다…….

나는 그런저런 이유들 외에도 임원들을 끈질기게 설득해 나갔다.

교회는 물론 규모가 그리 클 필요가 없다, 경비가 크게 들 일도 없다, 큼지막한 마룻방 하나 정도를 구하면 우선은 그것으로 족할 것이다, 그리고 십자가를 세우고 함께 예배를 드릴 수만 있으면 족하다…….

임원들도 끝내는 입을 다물고 말았다. 그래 나는 그쯤에서 그만 임원들의 의견이 어지간히 한데로 모아진 걸로 치고 마지막 결론을 내렸다.

"그럼, 우선 먼저 사람들이 모여 앉아 예배를 드릴 만한 방부터 한 곳을 물색해 봅시다."

그러나 사실은 아직도 거북한 문제가 남아 있었다.

교회를 세움으로 인한 복음화의 당사자인 맹인 자신들의 생각이 그것이었다.

다음 날 아침, 소식을 전해 들은 한 맹인이 사무실로 일찍 나를 찾아왔다.

"공장을 제쳐두고 예배당부터 세운다는 건 말이 안 됩니다……."

그는 사무실에 들어서자 다짜고짜 나의 예배당 개회의

부당성을 들어 세찬 어조로 공박을 시작했다.

"전 원래 할 말이 있을 수 없는 사람입니다. 우리 진흥회의 임원도 아니고, 또 교회를 세울 자금을 모으는 데 도움을 드린 바도 없으니까요. 목사님네들이 마련해 낸 돈 목사님네들이 알아서 하실 일이지요. 우리는 그저 하시는 대로 따라가기만 하면 되는 일이에요. 하지만 그 예배당이라는 것이 어차피 우리 맹인들을 위한 거라니까 바로 그 예배의 은혜를 입을 당사자인 제 생각도 한마디쯤 말씀을 드리고 싶습니다."

서두에서부터 제법 만만찮은 비난기와 이죽거림이 섞인 말투였다.

"저는 목사님께서 예배당을 세우시려는 동기를 알고 있습니다. 목사님은 전에도 가끔 말씀하셨지요. 우리가 눈이 먼 것은 우리의 죄가 아니요, 하나님의 영광을 나타내게 하기 위함이라고요. 목사님이 예배당을 세우시려는 것도 바로 우리들에게 그 하나님의 영광이라는 것을 나타내게 할 자리를 갖게 하려는 것 아닙니까?"

어디서 미리 말을 맞추어 가지고 온 것인지, 사내의 이야기에는 조리도 꽤 있어 보이는 편이었다. 그는 말없이 듣고만 앉아 있는 내게 계속해서 공박을 해 왔다.

"그런데 전 사실 아직 그런 은혜나 하나님의 영광 같은 건 생각해 볼 겨를이 없습니다. 전 그저 길거리에 나앉아 행인들이 던져 주는 동전푼들을 얻어먹고 살기에나 바쁜

놈이니까요. 양재기 안에 똑 소리를 내고 떨어지면 이건 십원짜리요, 뚝하고 떨어지면 이번엔 백원짜리라, 어쩌다 한 번씩 푸석거리는 소리라도 들리면 이건 지폐구나, 가슴이 설레는 그런 거렁뱅이 장님이란 말입니다. 그런데 그게, 그렇게 사는 게 어디 하나님의 영광을 나타내는 겁니까……?"

"……."

"말씀 좀 해 보십시오. 하나님은 어디에 당신의 영광을 나타낼 데가 없어 하필이면 이런 우리에게서 그걸 나타내셔야 하시는가 말입니다. 그래 목사님은 송구스럽게도 우리들에게서 그 하나님의 영광을 나타나게 하시려고 기어코 교회부터 세워야겠다는 말씀입니까?"

그는 자기 흥분에 못 이겨 나를 향해 마구 삿대질까지도 서슴지 않았다. 나는 더 이상 듣고만 있을 수가 없었다. 나로서도 그의 말을 전혀 이해할 수 없는 건 아니었지만, 어쨌거나 이젠 그의 기세등등한 추궁을 그냥 내버려 두고 있을 수는 없었다.

"그렇습니다. 그렇게 사는 것도 하나님의 영광을 나타내드리는 길이 될 수가 있습니다."

마침내 나는 천천히 입을 열어 말하기 시작했다.

"그리고 하나님께선 그런 당신이 필요하셨던 것입니다. 당신의 삶이 이 세상 가운데서 낮고 보잘것없는 것일수록 하나님의 영광은 그 곳에서 더욱 크게 나타내 주실 수 있기 때문입니다."

"허허, 이거 참, 목사님은 지금 누구 약을 올리시는 겁니까. 하나님은 그래 당신의 영광을 더욱더 크게 나타내기 위해 일부러 나를 요 모양 요 꼴로 만드셨단 말입니까. 도대체 그건 무슨 심술로요? 사지가 멀쩡하고 배가 좀 부른 다음에는 그놈의 영광이라는 걸 나타낼 수가 없답니까?"

사내는 이제 마구 욕지거리까지 내뱉고 있었다. 하지만 나는 사내처럼 흥분을 해서는 안 되었다. 그럴수록 나는 목소리를 침착하게 가라앉혀 나갔다.

"하나님께선 일부러 그러실 수도 있는 일입니다. 하나님께서 굳이 노형으로 인하여 당신의 영광을 보이려 하셨다면 말씀입니다. 하지만 그에 앞서 제 말씀은 오히려 그토록 낮고 보잘것없는 노형의 삶이라 하더라도 하나님의 사랑과 위로는 다른 누구하고도 다름없이 똑같이 깃들이고 있다는 뜻입니다……. 내 한 가지만 노형에게 물어 봅시다."

"무얼 말이오?"

"노형은 날마다 길거리에 나앉아 행인들의 동정을 기다린다 하셨지요. 그런데 혹시 그 행인들 가운데서 어떤 사람이 일부러 노형에게로 다가와 고맙다고 말을 하고 간 사람은 없었소?"

"……?"

"그런 사람이 한 사람이라도 있었으면 어디 한번 솔직하게 말해 보아요."

"그런 일이 한두 번 있기는 했지요. 하지만 그런 소리를 지껄이고 가는 인간들은 대개 실없는 심술쟁이가 아니면 못난 엄살쟁이 나부랭이들이었겠지요. 그것도 아니면 동전 한두 푼 내놓고 무슨 큰 선심이나 쓴 듯이 뽐내고 싶어하는 허풍쟁이쯤 되거나……."

잠시 생각을 더듬고 난 사내는 저주 섞인 소리로 시인해 왔다. 하지만 그건 물론 내가 기대한 대답은 아니었다. 나는 다시 차근차근 말했다.

"아니오, 그건 노형의 오해일 겁니다. 물론 그런 사람도 없지는 않았겠지요. 하지만 개중에는 이런 사람도 있었지 않을까, 한번 상상을 해 보세요……. 어떤 사람이 그 때 말 못할 사정으로 죽음을 결심하고 약을 구해 지니고 그 곳을 지나가고 있었다고 합시다. 그 때 그가 우연히 당신의 고난스런 모습을 봅니다. 그리고 혼자서 생각을 합니다. 우리의 생명은 저처럼 귀하고 소중한 것을, 저 앞을 못 보는 사람조차 저토록 간절하게 자기의 삶을 살아가고 있는데…… 그리하여 문득 그는 생명의 소중함을 깨닫고 당신에게로 다가와 자신을 깨우쳐 주고 새로운 힘을 준 은혜에 진심으로 감사합니다……. 노형에게 다가와 고맙다는 말을 속삭이고 간 사람 가운데는 분명히 그런 사람이 한 사람쯤은 있었을 것입니다……."

나는 인천의 요양원에서 만난 그 결핵환자의 경우를 생

각하며 사내를 열심히 설득했다. 사내는 이제 말없이 침묵을 지키고 있었다. 이번에는 내 쪽에서 혼잣말을 계속해 나갔다.

"당신이 길거리에 나앉아 동전 구걸하고 있을 때, 그 앞으로는 가지가지 고난과 외로움을 지고 가는 사람들이 얼마든지 많았을 것입니다. 어쩌면 그들 모두가 자신의 죽음의 길을 생각하며 그 죽음의 길을 걸어가고 있었는지도 모릅니다. 그러다 그들이 당신을 보고 자신의 고난과 외로움을 위로받고 새로운 삶에의 용기를 얻어 갔다면, 당신은 바로 그의 구원자인 것입니다. 그것이 비록 한두 사람에 그친 일이라 하더라도 그 뜻이 작은 것은 아닙니다. 당신은 그 낮고 작은 삶을 스스로 소중히 함으로써 자신의 삶뿐만 아니라 다른 사람의 그것까지 구원의 용기로 채워 준 것입니다. 그것이 어찌 만물의 창조주이신 하나님의 영광과 사랑을 나타냄이 아닙니까. 그리고 그럴진대 우리의 삶을 어찌 낮고 작은 것이라 불평을 하며 부인할 수가 있느냔 말입니다."

"……."

"용기를 잃지 않도록 하십시오. 그야 물론 초라하고 고난스런 삶이 자랑스럽고 즐거운 것은 아닙니다. 길거리에 나앉아 구걸질을 해야 하는 것을 축복받은 삶이라 할 수도 없겠구요. 하지만 어차피 한번 먼 눈을 불평하고 원망한들 무슨 소용입니까. 제 말은 그런 어려운 삶 속에서마저도 뜻이나 보람을 찾을 수가 있으니, 그것을 더욱더 소중히 여겨서 오히려 그 눈을 뜬 사람들보다도 먼저 참 지혜를 깨달아 가자는 것이지요……. 육신의 눈이 멀었다고 세상이 모두 암흑은 아닙니다. 인간은 원래 세 가지의 눈을 가지고 있습니다. 하나는 그저 단순히 사물을 보는 육신의 눈이요, 그 두번째는 생각하고 이해하는 마음의 눈입니다. 하지만 그들보다 더 밝고 소중한 것은 우리들 속에 깊이 숨어 있는 영혼의 눈입니다. 그 영혼의 눈은 하나님을 보는 눈입니다. 육신의 눈과 마음의 눈으로는 하나님을 보거나 만날 수가 없습니다. 우리는 그 영혼의 눈으로써야 비로소 하나님을 보고 만날 수 있습니다. 우리는 하루빨리 그 영혼의 눈을 뜨는 것이 중요합니다……. 고난받음이 유익이라는 성경 말씀이 있습니다. 육신의 눈을 멀게 한 것은 우리에게 그 영혼의 눈을 일찍 뜨게 하기 위함인지도 모릅니다. 우리는 차라리 그 육신의 암흑을 통하여 누구보다 일찍 영혼의 눈을 뜰 수 있게끔 선택을 받고 있는 것인지도 모른단 말입니다."

"……."

"고난은 다만 우리에게만 있는 것이 아닙니다. 육신과 마음을 아프게 찌르고 괴롭히는 가시는 저 예수님의 제자이신 바울에게도 있었습니다. 앞을 어둡게 하는 몹쓸 안질과 사람들에게 쫓기는 박해와 환난, 그리고 자신의 안위와 두려움 때문에 주님을 부인한 양심의 가시—그러나 바울은 아픈 가시들을 끝없는 회개와 굳은 믿음으로 오히려 자신과 이웃에 어둠을 밝히는 사랑의 가시로 바꾸었습니다……."

사내는 이제 뭔가 마음 속에 지펴 드는 것이 있었는지 서슬이 훨씬 누그러져 있었다. 그는 한동안 말없이 무거운 침묵 속에서 나의 이야기만 듣고 앉아 있었다. 하더니 이윽고 그는 다시 미진스런 목소리로 물어 왔다.

"그렇다면, 가령 이런 목숨이나마 목사님의 말씀처럼 그 하나님의 영광을 나타낼 수가 있다고 합시다. 그리고 우리는 그 하나님의 영광을 위해 이런 삶이나마 불평을 말고 소중하게 아끼며 견디어 나가야 한다고 합시다. 하지만 그렇더라도 우리의 목숨은 너무도 긴 것이 아닙니까. 이런 비참스런 육신의 짐을 지고 언제까지 우리가 기다려야 합니까. 우리가 이 짐을 벗는 것은 언제가 되어야 한다는 것입니까? 참고 기다리는 것이 언제까지입니까……?"

아직도 불평이 섞인 소리이긴 했지만, 그보다도 이제 사내의 어조는 울음에 가까운 호소로 변해 갔다.

나는 그럴수록 사내 앞에 가능한 데까지 솔직해지지 않으면 안 되었다.

"언제까지라고 말할 수는 없습니다. 그러나 육신의 삶은 유한합니다. 우리의 육신은 누구나 죽음을 맞습니다. 그리고 그것은 언제 우리를 찾아올지 알 수가 없는 일입니다. 누구의 육신이나 죽음을 맞는 것, 그리고 그게 언제가 될지 아무도 모르는 것, 그게 바로 우리 삶이 평등한 증거요, 우리의 하루하루를 누구나가 마지막 순간으로 성심을 다하여 살아야 하는 이유인 거지요. 우리가 이 육신의 고난을 견디고 살아야 하는 것은 바로 그 육신이 죽을 때까지입니다. 그건 길어야 백 년입니다. 하나님의 내세는 영원합니다. 거기에 비하면 우리의 백 년은 짧은 한순간에 지나지 않습니다. 우리의 이 순간의 삶은 그 영원한 영혼의 세계로 들어가려는 짧은 순간에 불과합니다. 우리는 그 과정으로서 이승의 삶을 사는 것입니다. 우리는 짧은 과정마저 지루하다, 힘들다 불평할 수 없습니다. ……뿐만 아니라 우리의 생명은 얼마나 작고 보잘것없습니까. 우주 만물의 창조주이신 하나님 앞에 이 보잘것없는 인간의 존재가 작고 큰 것이 있을 수 없습니다. 좀더 가지고 못 가진 것으로, 육신의 고난이 더하고 덜한 것으로 사람이 낫고 못할 수는 없습니다. 무한의 하나님 앞에는 모두가 한낱 티끌일 뿐입니다. 그러므로 모두가 형제들인 것입니다. 우리는 그저 대양의 한 작은 물방울 같은 존재로 이 짧은 육신의 삶을 같은 운명의 형제끼리 서로 사랑으로 살아 내야 할 뿐인 것입니다."

"……."

"그 짧은 과정마저 불평을 하고 마다할 수는 없습니다. 아무도 감히 항거할 수는 없습니다. 영원한 내세를 믿어야 합니다. 그게 오직 우리가 할 수 있는 일이요, 하나님의 작은 피조물로서 당신을 영광되게 하는 길인 것입니다. 그리고 그런 믿음만이 우리의 힘든 육신의 삶에 가장 큰 위로가 될 것입니다."

사내는 다시 말없이 계속 침묵만 지키고 있었다. 나는 이제 그 사내를 내버려 둔 채 혼자서 그냥 이야기의 결말을 마무리지어 나갔다.

"예배당을 연다고 당장의 고난을 줄일 수는 없습니다. 하지만 교회는 우리들에게 그 삶을 소중하게 아끼며 살아갈 참 용기를 얻게 하는 곳입니다. 하나님의 영광을 나타내는 길은 하나님을 위한 길이 아닙니다. 그것은 바로 우리 인간들의 삶을 위한 길입니다. 하나님의 영광을 나타내고 당신의 사랑을 증거하는 일은 바로 우리 자신을 버리지 않고 사랑하는 일, 우리 자신이 스스로 구원되고 다른 사람들과 동등해지는 길이기 때문입니다……. 교회를 세우는 것은 우리가 먼저 그렇게 되는 길로 나아가려는 것입니다. 바로 여기, 우리들에게서부터 말입니다."

35

수긍이 좀 갔는지 어쨌는지, 그 사내가 돌아간 다음부터는 교회를 설립하는 일에 대하여 더 이상의 불평이 들려오지 않았다. 진흥회의 임원들도 그랬고, 일반 회원들 쪽에서도 그랬다.

하여 나는 곧 교회 일을 서둘러 시작했다.

멀리 알아 볼 일도 없었다. 사무실 아래층 마루방이 열댓 평 정도나 비어 있었다.

나는 곧 그 곳에다 나의 사무실을 끼워 넣어 50만 원 보증금에 만 원의 월세로 계약을 하였다. 그리고 날짜를 서둘러 교회 개설에 필요한 사무 절차와 예배당 안팎의 설비를 끝냈다.

—새빛교회.

교회 이름은 그렇게 정했다.

그리고—79년 6월 마지막 주일을 택하여 우리는 그 맹인을 위한 맹인의 교회를 여는 소망의 첫 예배를 드렸다.

그런데 실상은 거기서부터가 또 새로운 고비였다.

교회는 열었으나 예배를 드리러 오는 사람이 없었다. 아니 전혀 사람이 없는 것은 아니었다. 맹인이나 건안인들 양쪽 다 몇 사람씩은 예배를 나와 주었다. 하지만 아직 맹인들의 수는 거론을 할 계제가 아니었다. 우선의 문제는 오히려 건안인들의 숫자에 있었다. 그런데 그 건안인들의 마음씀이 영 기대 바깥이었다. 인근 동네에 안내문을 몇 장씩 돌린 것 외에는 특별히 사람을 청하지 않은 탓도 있었겠지만, 첫 예배가 있던 날 교회를 찾아 준 사람은 진흥회 임원들과 그들이 인도해 온 맹인들을 모두 합해도 스무 명이 채 되지 않았다. 그것도 어떻게 알고 찾아왔는지, 손

상묵이라 자신을 소개한 이웃 동네 교회 목사님 한 분이 자기 목회 신도들 몇몇과 함께 예배에 동참해 준 것을 빼고 나면, 그 수가 참으로 보잘것없었다.

그야 물론 처음부터 큰 성황을 기대하고 시작한 일은 아니었다. 예배 참가자의 숫자를 굳이 문제 삼을 일도 아니었다.

새빛교회는 애초 맹인들을 위한 맹인들의 교회였다. 맹인들이 교회에 나와 주는 것이 중요했다. 그리고 그 수가 몇이든 그들로 예배를 드려 나가면 될 일이었다. 하지만 그 곳이 비록 맹인의 교회라도 그 맹인들만으로는 예배를 올릴 수가 없다는 데 문제가 있었다. 건안인들이 먼저 교회를 찾아와 주어야 하였다. 그래야 맹인들이 교회를 오갈 길을 인도받을 수 있었다. 교회 안에서도 여러 가지 도움과 안내가 필요했다.

그런데 사정은 그 첫날부터 너무 한심했다. 동네의 반응이 너무들 냉담했다.

그런 사정은 주일이 바뀌어도 달라지지 않았다. 기대를 할 수도 없는 일이었지만, 다음 주일부터는 그 손 목사님의 교회에서마저 사람이 안 오니, 우리는 더욱 속수무책이 될 수밖에 없었다.

그런 가운데에도 희망을 느낄 수 있는 일은 시일이 지남에 따라 맹인 신도 수가 조금씩 늘어 가고 있는 추이였다. 주일이 거듭되어 감에 따라 맹인들은 그래도 한 사람 두 사람 가족들에 의지해 예배에 나오는 숫자가 늘어 갔다. 한데다 맹인들은 원래 그 육신의 문들이 모두 깜깜하게 닫혀 지내 온 사람들이었다. 빛을 받아 본 일이 없는 영혼들이었다. 이들은 다투어 하나님의 말씀에 깊이 마음들을 열었다. 그리고 육신이 아닌 영혼의 문으로 받아들여진 말씀은 여느 사람들에게서보다 훨씬 빠르고 강한 믿음을 유발시켜 나갔다. 마음의 문이 열리기는 어려웠지만, 그 문이 열리고 나면, 그 문으로 얻어들인 것들을 고집스럽게 믿고 매달렸다.

맹인들에게는 그런대로 세찬 믿음의 불길이 당겨지고 있는 셈이었다.

나는 그 영혼이 목말라 하는 사람들을 위해 혼신의 정성으로 예배를 인도했다.

그런데 아무래도 동네 사람들의 태도는 변할 줄을 몰랐다. 이 동네라고 믿는 사람들이 없지는 않을 텐데, 그 교인들마저 자리를 함께해 주려는 사람이 한 사람도 없었다.

맹인들의 불편은 덜어질 길이 없었다. 의지할 가족이라도 있는 사람들은 그래도 오가는 불편이나 덜 수가 있었지만, 그럴 사정이 못 되는 사람들은 아예 예배를 나올 수도 없었다. 생각다 못해 나는 다시 진용이에게 의지해 일대 주택가들을 돌아다니며 안내문도 돌리고 설득도 해 보았다.

하지만 그것도 별 소용이 없었다.

어렵게 찾아 만나 본 한동네 기독교인들의 태도는 더욱 냉담했다.

"좋은 일을 하시는군요. 하지만 우린 벌써 다른 교회를 나가고 있어서요……."

말들은 그렇게 점잖게 하고 있었지만, 속으로는 맹인이 무슨 성한 사람들 전도 사업이냐는 낌새들이었다. 당신네 맹인들끼리나 잘 해 보라는 식이었다. 아예 이부터 들어가지 않았다. 희망을 걸기가 어려울 것 같았다.

그런데다 내겐 다시 가슴 아픈 일이 한 가지 생겼다.

7월 하순경의 어느 주일날이었다. 이 무렵엔 여름 장마로 날씨가 연일 흐렸다. 한데다 그 주일날에 와서는 비까지 심하게 내렸다.

나는 아침부터 걱정이 되었다.

—이 빗속을 불편한 몸들로 어떻게 예까지 올 수가 있을까.

가족의 안내를 받는다 하더라도 그런 빗속을 오기란 여간한 정성과 열의가 아니고선 쉬운 일이 아니었다. 비가 개기를 빌고 빌었다.

하지만 비는 그쳐 주지 않았다. 예배를 드리러 오는 사람도 한 사람이 없었다. 비는 예배시간으로 정해진 열 시가 되도록 계속 내렸고, 그 때까지도 교회를 찾아드는 사람이라곤 그림자 하나 기척이 없었다. 일이 물론 다르기는 했지만, 이 날따라 그 진흥회의 임원이라는 사람들조차 소식이 전혀 감감이었다.

"오늘은 아무도 안 오시려나 봐요."

진용이 몇 번씩 예배실을 오르내리며 같은 소리를 반복해 올 뿐이었다.

사정은 이제 거의 분명해지고 있었다. 하지만 나는 아직도 단념하기가 싫었다. 불편한 사정들은 짐작을 하면서도 행여나 하는 희망을 버리고 싶지가 않았다.

—빗길이라 이렇게 시간들이 늦고 있는지도 모르지.

나는 마침내 사무실을 나와 아래층 예배실로 내려갔다. 나중엔 다시 예배실에서 나와 아예 문 밖의 처마에 기대서서 발자국소리를 기다리기 시작했다.

누구 한 사람이라도 예배에 나오기는 나올 것만 같았다. 시간이 얼마를 늦게 되더라도 그런 사람은 있어야 하였다.

나는 그들의 불편한 발길을 거기서 그렇게 맞고 싶어한 것이었다.

하지만 결국은 모두가 헛일이었다. 교회를 찾아오는 사람은 끝내 아무도 없었다.

열한 시가 지나도 감감 소식이었다. 귀에 들려 오는 것은 그저 사방에 가득한 빗줄기소리뿐, 교회를 찾아드는 사람의 발자국소리는 전혀 찾아볼 수가 없었다.

흩날리는 빗방울에 나는 어느새 얼굴과 옷깃이 물기로 축축히 젖어 들고 있었다. 나는 이제 그 비를 피해 사무실로 계단을 다시 기어 올라갈 생각도 없었다. 거기서 그냥 단념을 하고 돌아설 마음이 생기지 않았다.

"이젠 그만 올라가세요."

진용이 다시 몇 차례 계단을 내려와 채근하였으나, 나는 그냥 그 소리에도 아랑곳을 않은 채 화석처럼 그 자리에 몸이 굳어져 서 있기만 하였다. 그리고 언제까지나 그 요란스러운 빗소리 속에 넋없이 자신을 내맡기고 있었다.

……손 목사님을 찾아간 것은 이 날 오후였다.

우리 교회의 첫 예배가 있던 날 손 목사님은 청함도 없이 자기 교회의 교인들을 이끌고 자리를 함께하러 와 주신 분이었다.

그 손 목사님을 한번 찾아가 보고 싶었다. 찾아가서 이야기나 좀 들어 보고 싶었다. 나이가 그리 많지는 않았지만, 그 손 목사님이라면 이쪽 사정에 필요한 처방이 있을지도 몰랐다. 아니, 특별한 도움이나 의논을 청할 일이 아니더라도 그냥 한번 그 목사님을 찾아가 이쪽 심사라도 털어놓고 싶었다.

목사님은 생각했던 대로 진용에게 의지해 가며 빗속을 찾아온 나를 무척이나 따뜻이 맞이해 주었다. 하지만 결과부터 말하자면, 손 목사님을 만난 일도 내겐 별반 도움이 안 되었다.

"저 높은 곳을 향하여…… 이 땅의 교인들에겐 이것이 주님의 나라를 위한 참회의 기도소리가 아니라, 그 높은 곳을 다투는 목청 높은 구호의 소리인 것 같습니다……."

나의 이야기를 모두 듣고 난 목사님은 첫날부터 보아 온 우리쪽 사정이 대강 다 짐작된 모양이었다. 이야기를 다 듣고 나서도 그는 한참이나 더 침묵을 지킨 끝에 무거운 목소리로 그렇게 말했다. 그리고는 다시 독백을 하듯이 긴 설명을 덧붙여 나갔다.

"이 땅의 교인들에겐 하나님이 다 같은 분이 아니십니다. 제 동네 교회를 두고 일부러 다른 먼 동네까지 예배를 드리러 다니는 교인들이 많거든요. 크고 높은 곳에서 예배들을 드리고 싶어서지요. 큰 교회들을 찾는 거예요. 거기에 맞춰 큰 교회에서들은 또 교세를 과시하듯 교인들을 실어 나를 버스까지 굴리구요……. 헌금을 내는 것도 마찬가집니다. 자기가 따르고 존경하는 목사님을 위해 큰 교회에 헌금을 내는 거—그게 아마 동네의 가난한 교회에서보다는 큰 영광을 나타내는 일이겠지요. 하지만 그게 어디 하나님의 나라에 자신의 믿음을 바치는 일입니까. 믿음보다도 다툼을 바침이요, 바침보다는 구함 쪽이지요. ……그렇습니다. 자기의 바침을 큰 곳에서 크게 증거하고자 하는 마음, 그것은 실상 구하는 마음이지요—사정은 대개 그렇습니다. 누굴 나무라고 원망할 수가 없는 일이에요, 이 땅의 교인들이 정말로 더 못한 이웃들과 함께하려는 일에서보다는 한사코 높은 곳에서 구하는 데서 은혜 입기를 바라는 한에서는 말입니다. 그러는 한에선 언제나 부자 교회엔 부자 하나님이 계시고, 우리같이 가난하고 초라한 교회엔 힘없는 가난뱅이 하나님밖엔 임하실 수 없으니까요. 이미 자신들의 예배소가 정해져 있다고 말한 사람들은 아마 그런 사람들일 겁니다."

목사님의 어조엔 어느새 제법 뜨거운 열기가 어리고 있었다. 하지만 그것도 그저 부질없고 피곤하기만 한 노릇이라는 듯 이내 다시 목소리가 힘없이 가라앉고 말았다.

"그런 사람들은 아마 우리 교회에도 나오고 있는 게 아닐 테지만, 우리 교회에 나오는 사람들도 사정은 역시 마찬가집니다. 우리 교회 사람들도 더 낮은 곳에 바치는 일보다는 더 높은 곳을 향해 구하는 일에 익숙해 있으니까요……. 아직은 어쩔 수 없는 일이에요."

손 목사님의 그 마지막 말에는 바깥에서 계속 들려 오고 있는 빗소리보다 더 쓸쓸한 체념기가 스미고 있었다.

손 목사님은 한마디로 교회라고 다 같은 하나님의 교회로 여겨지지 않는다는 말이었다. 그의 말은 무슨 교파 같은 걸 염두에 두고 하는 소리가 아니었다. 부자들은 부자 교회에서 부자 하나님을 만나고, 가난한 사람들은 가난한 교회에서 가난한 하나님을 따로따로 만나는 식이라는 것이었다.

그렇다면 앞을 못 보는 맹인들의 교회엔 장님 하나님이 임하실 수밖에 없었다.

하나님의 말씀과 사랑을 구하는 교인들이 그런 식일진대, 하물며 건안의 비교인들의 경우라면 말을 할 것이 없었다.

나는 오히려 마음만 더욱 무거워지고 있었다. 전부터 어슴푸레 느껴져 온 일이기는 하였지만, 이 날 손 목사님으로부터 그걸 한 번 더 확인받은 셈이었다.

하지만 그게 정말 사실이라면 나로서도 그것은 어쩔 수 없는 일이었다. 쓸데없는 기대나 희망은 일찍 버리는 게 좋을 것 같았다. 아닌게 아니라 이제부턴 맹인들끼리의 하나님을 모시고 맹인들만의 예배를 드리는 수밖에 없었다.

손 목사님을 만나고 돌아오자 나는 마침내 그렇게 혼자 마음을 작정했다.

그런데 그게 차라리 잘된 일이었는지도 모른다. 왜냐하면 실상은 나 자신 여태까지 높은 곳에서 늘 구함만을 원해 오지 않았다고 장담할 수가 없었기 때문이다. 그런데 그 높은 곳에서 구하는 일을 단념하고 나자 진짜 동참자가 나타난 것이다. 당연한 일이었지만, 그것은 누가 구하고 누가 베푸는 자리의 그런 관계가 아니었다. 그것은 서로 낮고 서로가 아프며, 그 낮고 아픔을 함께 나누는 동참과 동행의 화합스런 자리였다.

내가 그들을 잊고 있었음이 잘못이었다.

딱한 사정을 보고 진용이가 그새 또 소식을 알린 모양이었다.

하루는 그 서울역의 재건대 아이들이 다시 교회를 찾아왔다. 그리고 이젠 자기들이 모든 안내를 도맡겠다고 나섰다.

"형님, 이제 걱정하실 것 없어요. 그 사람들 예밸 오가는 일도 도울 겸 일주일에 하루쯤은 우리도 형님네 교회에서 함께 지내고 싶으니까요."

녀석들은 당장 다음 주일 예배 때부터라도 맹인들 안내를 시작하겠다는 것이었다.

그것은 내게 참으로 이중의 기쁨이었다. 하나는 맹인 성도들의 불편을 덜어 줄 수 있는 기쁨이요, 다른 하나는 바로 그 어려운 아이들 자신들에 대한 복음화의 길이 열린 기쁨이었다.

36

이 세상은 요란하나 나의 마음은 늘 편하다…….

재건대 아이들의 봉사활동은 내가 바란 것 이상으로 열성적이고 성공적이었다.

아이들과 맹인들은 주일마다 서로 자리를 나란히 하고 목청 높여 함께 찬송가를 불렀다. 안내가 시작될 때부터 예상된 일이었지만, 맹인들을 늘 곁에 붙어 돕다 보니 자연히 그렇게 되어진 일이었다. 그것도 일정하게 정해진 예배시간만이 아니었다. 더운 날씨에 모처럼 어려운 걸음들을 해 온 탓도 있었지만, 맹인들은 대개 예배시간이 끝나고서도 하루 종일 그냥 교회를 떠날 줄 몰랐다. 일종의 부흥회와도 같이 때없이 노래들을 부르고 기도를 올렸다. 아이들도 자연히 그 맹인들과 함께 노래를 부르고 기도를 올리게 될 수밖에 없었다. 그러면서 녀석들도 그걸 지루해하거나 귀찮아하지 않았다.

—맹인들을 쓸데없이 동정하려고 하지 마라. 다만 너희들의 진심만을 주도록 하여라. 맹인들이 세상을 받아들이는 것은 마음의 문을 통해서이다. 눈을 못 보는 맹인들에게 세상을 느끼고 받아들이는 문은 그 마음의 문 하나뿐이다. 그러니 이들이야말로 진실과 거짓을 누구보다 잘 가려내는 사람들인 것이다. 그리고 한번 마음으로 받아들인 진실은 절대로 다시 놓치지 않으려는 사람들이 바로 이들이다. 진실엔 배신을 모르는 게 이 사람들이다……. 이 일이 지루하거나 귀찮아질 때는 차라리 거기서 그만두는 것이 나을 게다. 억지나 거짓으로 꾸며 하는 일은 아예 시작을 않음만도 못하다…….

아이들이 처음 맹인들의 길 인도를 자청하고 나섰을 때 내가 아이들에게 일러 준 말이었다. 뿐더러 나는 그 맹인들의 불구에 대해 다시 이런 당부도 덧붙여 두었었다.

—그렇다고 행여 그 사람들의 육신의 감각을 시험하거나 무시하려 들어서도 안 된다. 맹인들은 눈으로 그것을 보지 못할 뿐 다른 감관으로 그것들을 대신 느낀다. 감촉으로

느끼고, 향기로 느끼고, 또 마음으로 느낀다. 따뜻한 것은 밝은 것이다. 차가운 것은 어두운 것이다. 그리고 반질반질한 것은 빛나는 것이고 거칠고 울퉁불퉁한 것은 캄캄한 것이다. 달고 향기로운 것은 밝게 느끼고 시고 독한 것은 어둡게 느낀다. 무엇보다도 따뜻하고 진실한 것은 그 마음으로 밝은 빛을 느낀다. 맹인들도 그렇게 빛을 느낀다. 그것은 어쩌면 눈을 뜬 사람보다도 더 분명하고 밝은 빛이 될 수도 있는 것이다. 아무쪼록 너희들의 마음이 그 사람들에게 향기롭고 밝은 빛으로 임해졌으면 좋겠다…….

하지만 그것은 다 내 부질없는 충고였다.

나의 충고나 당부가 아니더라도 저들은 스스로 그렇게 하였을 것임에 틀림없었다. 맹인들의 불구를 시험하고 멸시하기엔 저들 편에서도 가진 것이 너무 적었다. 맹인들을 속이고 거짓을 행하기엔 아이들이 지닌 것이 진실뿐이었다. 저들은 어차피 자신들의 진실밖엔 거짓으로 주고받을 다른 것이 없었다.

맹인들의 그 극성스런 기도와 찬송을 귀찮아하기는커녕 시일이 지남에 따라 저들 쪽에서 오히려 먼저 찬송을 인도하고 기도의 시간을 원해 왔다. 그러면서 저들은 자신들도 무엇인가 베풀 수 있음을, 그 주는 자의 즐거움과 보람으로 스스로 보답을 받고 있었다.

주일날만 되면 좁은 예배당은 하루 종일 훈훈한 인정과 믿음의 열기로 가득했다. 참으로 만날 사람들끼리의 만남이요, 그런 만남의 자리인 셈이었다.

게다가 주일 예배가 거듭해 가면서부터는 동네 아이들까지 하나 둘씩 교회에 나오기 시작했고, 그런 아이들일수록 예외 없이 스스로 봉사를 자원해 왔다. 나중엔 영수증을 모아 나르는 태평양화학의 아가씨들까지 저들의 예배안내를 자청하고 나섰으나, 이번엔 이쪽에서 오히려 손이 남아돌아 사양을 해야 했을 정도였다.

그러던 어느 주일날 저녁 때였다.

이 날도 나는 예정에 없던 오후 예배를 한 차례 더 드리고 나서, 사무실 겸 숙소로 정해진 내 2층 방으로 쉬러 올라와 있던 참이었다.

"웬 남자 어른 한 분이 목사님을 좀 뵙고 싶어하는데요."

진용이 금방 나를 따라 올라와 고했다. 나는 물론 사양해야 할 이유가 없었다. 나를 보겠다는 사람이 어디 계시냐고 모셔 오라니까 진용이 다시 한마딜 덧붙였다.

"그런데 그분 언젠가도 한 번 우리 교회에 오신 분 같아요."

나는 진용에게 미처 다음 말을 물을 틈이 없었다. 그가 사람을 데리러 갈 필요도 없었다. 방문객이 벌써 진용이를 가로막고 문 앞에 서 있었다.

"고맙다, 이젠 됐다."

진용이에게 이르는 목소리가 들려 왔다. 아니 그건 그저 목소리가 아니었다. 나는 순식간에 예감이 작동했다. 그리고 문을 들어서서 나를 건너다보고 계신 아버지의 모습을 역력히 보았다.

나는 한동안 까닭도 없이 그 자리에 그냥 못박힌 듯 서 있었다. 아버지 쪽에서도 나를 그냥 말없이 조용히 기다리고 계셨다.

"아버님, 아버님께서 절 예까지 찾아 주셨군요."

이윽고 나는 마음을 가라앉히고 침착하게 말했다.

"그래, 내가 왔다. 이젠 보지 않고도 날 알아보는구나."

아버지는 그제서야 한마디하시고 한두 발짝 내게로 발걸음을 옮겨 오셨다. 그리고는 가만히 나의 손등을 덮어 쥐셨다.

"몸도 아직은 성하지 못할 텐데, 이건 참으로 고마운 일이구나……. 난 네가 언젠가는 결국 이런 모습으로 돌아오게 될 줄 믿고 있었다만, 오늘은 이렇게 네가 자랑스러울 수가 없구나."

아버지는 거의 목이 메이고 계셨다. 나는 그럴수록 자신의 감정을 억제해야 했다.

"하지만 아버님께서는 아마 저희 교회가 처음이 아니시지요?"

나는 아버지에게 자리를 권하며 밝은 목소리로 앞지르고 나섰다. 그 동안 통 연락을 드려 본 일은 없었지만, 방금 전에 진용이가 한 말이 떠올랐기 때문이었다. 그리고 아버지라면 능히 그러실 수도 있을 분이라는 생각이 들었기 때문이었다.

아버지는 역시 내가 짐작한 대로였다.

"그래, 그것도 알고 있었구나. 하긴 네가 첫 예배를 드리던 날에도 다녀갔었지."

쉽게 사실을 시인해 오셨다.

"그런데 아버님께서는 저희의 첫 예배날을 어떻게 아셨습니까?"

"그거야 네가 알려 주지 않더라도 주님께서 늘 그렇게 해 주신다."

"병원에 오신 것도 그래서였습니까? 그 때는 신문을 보신 때문이셨을 텐데요."

나는 다시 병원을 찾아 주신 아버지를 생각하며 한 번 더 그렇게 확인해 보았다. 그러자 아버지는 이번에도 역시 짐작 그대로였다.

"그래, 그 때도 한 번 찾아갔었지. 하지만 신문에 너의 이야기가 나오고, 내가 그것을 보게 된 것도 모두 주님의 고마운 뜻이 아니었겠느냐."

아버지는 그렇게 농담조의 물음을 가볍게 나무라시며, 간단히 사실을 시인해 오셨다.

"참 그 때 아버님께서 주고 가신 돈은 그 동안 참 유용하게 썼습니다. 하지만 아버님도 늘 어려우실 텐데……."

나는 이제 아버지 앞에 굳이 언동을 과장할 필요가 없었다. 확인해 드려야 할 것은 확인을 해 드려야 할 것 같았다. 그래 그렇게 말씀을 드린 것이 이번에는 오히려 당신을 거북하게 해 드린 것 같았다.

"그 이야긴 그만두거라. 그게 아니더라도 난 네게 늘 빚을 지고 사는 아비가 아니냐."

빚을 져 온 걸로 말하면 내 쪽이 분명한데, 아버지는 오히려 그런 엉뚱한 말씀으로 나의 말을 중단시켜 버렸다.

하지만 어쨌거나 나는 그런 아버지의 마음을 이해할 수 있을 것 같았다. 그런 이야기는 나로서도 어쩐지 새삼스럽고 어색하기만 하였다.

"그런데 아버님은 어떻게 한 번도 알은 체를 않으시고…… 번번이 그냥 돌아가시고 마셨습니까?"

나는 다시 아버지에 대한 원망 쪽으로 화제를 돌렸다. 아버지의 사정이나 심중을 뻔히 알고 있으면서도 말이 막힌 김에 그냥 한번 물어 본 것뿐이었다.

그런데 그 때 아버지의 대답이 예상 밖이었다.

"그건 너의 못난 어미 때문이었지."

엉뚱한 데서 어머니의 말씀이 튀어나오고 계셨다.

"어머님이 어째서요? 어머님은 아직 저의 일을 모르고 계십니까?"

어머님의 말씀이 나온 김에 나는 어머니의 소식도 물을 겸해 아버지를 계속 추궁하고 들었다.

"모를 리가 있느냐. 너의 어미도 벌써 너의 교회를 다녀갔는걸. 너의 첫 예배 말이다. 네가 쓰러진 건 내가 부러 신문을 못 보게 하여 비밀로 했지만, 그 땐 너의 어미도 나하고 함께 너를 보러 오지 않았겠느냐."

"그런데 어떻게 그냥 말씀들도 없이 돌아가고 마셨습니까?"

아버지는 원래 그런 분이라 치더라도 어머니는 좀 이상하다 싶었다. 그런데 그 물음에 대한 아버지의 대답이 역시 아버지다우셨다.

"아녀자 마음이라 눈물이 오죽 많았어야 말이다……."

아버지나 어머니는 그냥 먼저 예배부터 드리고 나서 나를 잠시 보고 가실 참이셨단다. 그런데 그 예배를 드리는 동안 어머니는 내내 눈물만 흘리고 계셨다는 것이다. 그래 아버지는 나를 만나 볼 생각을 단념하고 예배가 끝나는 대로 그냥 어머니를 달래어 돌아가고 마셨다는 것이다. 너무 눈물을 흘리다 보니 어머니도 그런 식으로는 안 되겠다 싶으셨던지, 순순히 아버지를 따라 나서시더라고.

"그래 네 어미하고 난 약속을 하였다. 눈물을 안 보일 자신이 있을 때라야 너를 만나러 오겠다고 말이다……. 그야 나도 네 어미가 그렇게 눈물을 흘리는 것이 네가 대견스럽고 고마워서인 줄은 모르는 게 아니다. 하지만 우린 이 날을 위해 여태까지 참고 기다려 온 것이 아니냐. 그만큼 참고 기다릴 줄 알았으면 눈물도 너무 흘릴 일이 아니다. 그래 네 어민 밝은 웃음으로 너를 축복할 수 있을 때까지 기다리기로 한 거다……. 그래 오늘도 이렇게 나 혼자서만

오게 된 거구."

아버지의 말씀을 듣고 나자 나는 더 이상 할 말이 없었다. 모처럼 아버지를 마주한 때문일까. 할 말이 없는 대신 마음은 그토록 포근해 올 수가 없었다.

"아버님과 어머님껜 용서를 빌어야 할 일이 너무도 많습니다."

나는 다만 그 한마디로 부모님들께 대한 감사의 마음을 대신할 수밖에 없었다.

그런데 이 날은 아버지가 아무래도 좀 예사롭지가 않으셨다. 언제나 늘 말씀이 적으신 아버지였다. 다른 때 같으면 그쯤에서 그만 자리를 일어나고 마셨을 아버지였다. 한데 이 날따라 아버지는 이것저것 예상외로 말씀이 길었다.

"네가 무슨 용서를 빌어야 할 일이 있겠느냐. 용서를 빌어야 할 쪽은 오히려 너의 어미나 내 쪽이어야 할 게다……."

아버지는 잠시 동안의 침묵 끝에 다시 말씀을 잇고 계셨다.

"네가 용서를 빌어야 할 분은 오직 주님 한 분뿐이실 게다. 하지만 너는 이제 이렇게 충직한 주님의 종으로 돌아와 있지 않느냐. 네게 이런 교회를 갖게 하심은 주님께서도 이제 너를 용서하고 계심일 것이다……."

마음이 편해 미처 생각을 못한 일이었지만, 나는 비로소 그 아버지가 이상스럽게 느껴지기 시작했다. 아버지가 일부러 2층까지 나를 보러 오신 것은 그런 말씀들 때문만이 아니신 것 같았다. 말씀이 따로 간직되고 계신 것만 같았다.

“절 괜히 부끄럽게 하십니다. 제가 여기서 하는 일이 무언데요.”

아버지의 말씀은 내게 무엇보다 큰 위로와 용기를 주었다. 하지만 아직도 나는 아버지의 마음 속의 말씀이 기다려지고 있었다.

그러거나 말거나 아버지는 당신의 말씀을 계속해 나가셨다.

“이 아비 앞에서까지 너무 그렇게 겸손해할 것은 없다. 네가 자랑스럽고 부러운 것은 이 아비의 숨김없는 진심이다……. 부러운 일이 한두 가지가 아니다. 나는 오늘 이 나이까지 이 교회 저 교회에서 기도와 예배를 경험해 왔지만, 오늘 이 곳에서와 같은 간절한 기도와 감사의 예배를 경험한 일은 많지 않았다. 앞을 못 보는 사람들이 더듬더듬 점자 찬송가를 더듬어 노래할 때, 그 어두운 손놀림으로 점자 성경책을 어루만지며 주님의 복음을 찾아 헤맬 때, 나는 어느 누가 저토록 간절하고 절실한 소망으로 주의 사랑을 갈구하던가, 주위를 돌아보지 않을 수 없었다. 그리고 너의 설교가 계속될 때 그 색안경으로 가려진 병든 눈들에서 끝없는 감사의 눈물이 흐를 때 나는 어느 누가 저토록 주님을 깊이 사랑하던 자가 있었던가를 생각해 보지 않을 수 없었다……. 가난하고 고난받은 이웃을 사랑해 보지 못한 사람들이 어찌 주님의 사랑인들 알 수가 있으랴마는, 나는 여태도 그 가엾고 힘없는 사람들에게서 주님의 사랑이 그토록 크게 빛날 줄은 미처 모르고 있었던 것 같구나……. 그들과 같이 눈이 먼 네가 이제 여기 주님의 자리를 마련하여 그들을 사랑으로 인도하고 있음이 어찌 감사하고 부러운 일이 아니겠느냐."

아버지는 스스로 감동하고 스스로 감사하고 계셨다.

그런데 바로 거기서부터였다.

일방적으로 혼자 말씀을 계속해 오시던 아버지가 거기서 웬일인지 어조가 갑자기 새삼스럽게 달라지며 나의 주의를 일깨워 오셨다.

"아마도 그런 너의 교회 안의 일들은 네가 나보다 속속들이 알 게다. 하지만 한 가지 지금 너에게 물어 보고 싶은 것이 있구나."

뭔가 내게 물으실 것이 있다는 아버지의 말씀에 나는 문득 마음이 다시 긴장되기 시작했다. 아버지가 비로소 본론을 꺼내고 계신 듯싶었기 때문이었다.

"나는 물론 너의 그런 지극한 믿음과 사랑이 그 맹인들에게와 똑같이 다른 건강한 사람들에게도 같이 하기를 바랄 줄 믿는다. 이건 너의 교회에 눈을 뜬 사람들도 여러 사람이 나오고 있기에 말이다만, 그야 그 주님의 사랑과 축복이 눈뜬 자와 눈먼 자를 구분해 임할 수는 없으실 일이 아니냐. 하지만 나는 아직도 너에게 다짐을 한 가지 받아 두고 싶구나. 그 눈을 뜬 사람 중에 한 사람이 혹시 너에게 어떤 빚을 지고 있다면, 그리고 너 자신은 이미 그 빚을 잊고 있을지도 모르지만, 그가 그렇게 생각하고 그 빚을 뒤늦게나마 갚고 싶어한다면—, 아니 그보다도 너의 교회에 서라야 비로소 주님의 용서와 축복을 구할 수가 있다면, 너는 진심으로 그를 위해 용서와 축복의 기도를 행할 수가 있겠느냐?"

아버지의 말씀은 어느새 그 물음이란 것에 다짐 쪽으로 표현이 바뀌고 있었다. 하지만 어쨌거나 아버지는 이제 그 다짐의 말씀 속에서 나에 대한 당신의 마지막 용건을 털어놓고 계셨다.

나는 아버지의 말씀을 듣고 있는 동안 금세 어떤 예감이 움직이기 시작했다. 더 말씀을 듣지 않아도 묻고 계신 사연을 알 수 있을 것 같았다. 잠시 마음 속에서 혼란이 일었다.

하지만 나는 곧 자신을 가다듬고 나서 침착한 목소리로 아버지에게 말했다.

"아버님 말씀은 알겠습니다. 저의 생각도 아버님 말씀대롭니다. 전 물론 누구에게 빚을 지게 한 일은 없습니다. 빚을 진 것은 언제나 제 쪽이었습니다. 그러나 만약 제게 그런 생각을 지닌 사람이 있다 하더라도 그와 저는 이미 주님의 사랑 안에 함께 있을 것입니다. 그를 위해 함께 용서를 구하는 기도를 행하겠습니다."

"그것이 일찍이 너의 곁에 있었던 여자라도 말이냐?"

아버지는 마침내 실토를 해 오셨다. 이미 짐작을 하고 있던 일이었지만, 그 짐작이 막상 사실로 드러나자 나는 잠시 동안 다시 말이 막혔다.

그러나 이제 그 시간은 오래 걸리지 않았다. 나는 이내 침착을 되찾고 평소부터 지녀왔음직한 나의 생각을 담담하게 말했다.

"그것은 그 여자의 빚이 될 수가 없습니다. 그로 하여 저는 오히려 제 생명의 소명을 얻었습니다. 그 여자라면 오히려 더욱 그렇게 할 수가 있을 것 같습니다."

아버지는 비로소 안심이 되신 듯 다시 내게로 자리를 건너오셔서 손목을 꼭 부여잡으셨다. 그리고 다른 때 같으면 그쯤에서 또 기도를 하셨을 아버지가 이번에는 그 기도조차 잊으시고 말도 없이 한동안 나의 손등만 두드리고 계셨다. 그러시다 아버지는 뒤늦게 나의 궁금증이 헤아려지신 듯 손목을 놓고 말씀하셨다.

"그래, 이젠 안심이 되는구나……. 사실을 말하면 이렇게 된 거다. 아까 내가 너의 교회를 들어서니 맨 앞줄 쪽에 앉아 있는 여자 하나가 왠지 자꾸 눈에 띄어 들어오더구나. 자리가 맨 앞쪽인 데다, 대개는 맹인 곁에 건안인이 한 사람씩 앉은 식이었는데, 그 여잔 어린 계집아이들을 양쪽으로 하나씩 데리고 앉았질 않았겠느냐. 그런데 그게 예배를 끝내고 나갈 때 보니 바로 그 아이들이더구나……."

"……."

"그런데도 난 미처 그 아이들을 만나 볼 수가 없었구나. 저들을 만나는 것이 좋을지 어떨지, 그리고 네가 저들의 참예를 알고 있는지 어떤지, 기미를 살피느라 망설이고 있는데, 아이들이 그새 뒷문으로 예배당을 나가 버리지 않겠냐. 나는 미처 마음의 작정도 내릴 겨를이 없이 급히 뒤를 쫓아가 봤지만, 아이들은 벌써 길을 저만큼 내려가고 있더구나……. 난 그만 거기서 생각이 달라져 오더구나. 아이들을 그냥 내버려 두어 주는 것이 낫겠다고 말이다."

"……."

"그래 난 그 아이들 대신 너를 이렇게 보러 온 게다……."

나는 이제 일의 자초지종이나 아버지의 심중을 헤아릴 수가 있었다.

아버지는 언젠가 그 여자가 내 앞에 정면으로 나서게 될 때를 위해 나를 미리 찾아 주신 것이었다. 그리고 내게 다짐을 받아 두고 싶어지신 것이었다.

나는 이제 차라리 마음이 훨씬 가벼워진 것 같았다. 그리고 그 아버지에게 내가 다짐을 해 드려야 할 말도 머리 속에 분명히 떠오르고 있었다.

"아버님이 그냥 모른 체하신 것은 잘하신 듯싶군요."

나는 일부러 목소리를 가볍게 하여 아버지에게 한 번 더 다짐을 드렸다.

"하지만 저나 그 사람에 대해선 조금도 염려를 하실 게 없습니다. 제 마음은 아까 말씀드린 대로 어느 쪽이 되든 상관이 없습니다만, 그 사람이 여길 다시 찾게 될지 어떨지도 모르는 일 아닙니까?"

나는 될수록 아버지를 마음 편하게 해 드리려 하였다. 하지만 이번에도 나는 속단을 하고 있었다. 그러는 나를 아버지는 다시 한 번 더 조용히 일깨우셨다.

"아니다. 그 아이들 앞으로도 너의 교회를 찾을 것 같더구나. 길을 내려갈 때 그 아이들도 또한 한 맹인을 이끌어 가고 있더라. 그게 그럴 수 있는 일이 아니겠느냐?"

37

아버지가 교회를 찾아 주신 일 외에도 내겐 또 한 가지 기쁜 일이 생겼다.

아버지가 교회를 다녀가시고 난 바로 다음 주일날이었다.

진용이가 낮예배가 끝난 후 희한한 소식 한 가지를 가지고 올라왔다. 예배실 한쪽에 마련해 둔 헌금함에 5백 원짜리 헌금 한 장이 들어왔다는 것이었다.

헌금함을 마련한 것은 개회 당시부터 내가 당부해 둔 일이었다. 십일조의 헌금은 어느 교회에서나 은혜를 구하고 사랑을 입은 자의 마땅한 의무로 되어 온 일이었다. 우리 교회에서도 돈이 소용되는 일은 한두 가지가 아니었다. 하지만 내가 예배실 한구석에 그 헌금함을 마련하게 한 것은 그런 의무나 필요성 때문에서만이 아니었다. 이 교회에 나오는 사람들은 물질로는 바치거나 베풀 것이 거의 없는 사람들이었다. 사정이 그러다 보니 이웃을 위해 일찍이 무엇을 베풀어 본 일도 없었고, 그걸 생각해 본 일도 없었다. 교회에 나오는 것은 오히려 베풂을 구하기 위함 쪽이었다. 그것은 누구와도 함께함이 아니었다.

바로 거기에 문제가 있었다. 지금은 비록 베풀 것이 없어도 언젠가는 베풀 수가 있어야 하였다. 적어도 그것을 생각할 수는 있어야 하였다. 작은 것이라도 그렇게 하고 싶어져야 하였고, 지닌 것이 없는 자신에게서도 그것을 찾아내는 지혜와 사랑을 배워 나가야 하였다. 그렇게 서로 함께하고 싶은 마음이 생겨야 하였다.

헌금함을 마련한 것은 그것을 배워 주기 위함이었다. 자신의 노력으로 삶을 채워 나가고, 그것이 이웃까지 넘쳐나게 하자는 그 자활의지를 눈뜨게 하는 데에도 그것은 참으로 필요한 것이었다.

물론 당장 기대를 걸 수 있는 일은 아니었다. 헌금함은 과연 있으나마나였다. 몇 달이 지나도록 헌금을 한 사람이 한 사람도 없었다. 헌금함은 그저 먼지만 뒤집어쓴 채 뜻

"그런데 나는 아직 알 수가 없습니다. 이 천금보다 소중한 헌금을 어디에 써야 옳을지를 말입니다……. 이것을 어디에 썼으면 좋겠습니까. 여러분은 과연 이 헌금이 누구를 위해 어떤 곳에 쓰여지는 것이 가장 값지고 보람된 일이라 생각되십니까. 물론 우리들에게 할 일은 많습니다. 그리고 나도 생각되는 곳은 많습니다. 하지만 이 헌금의 값진 뜻을 여러분의 것으로 기리기 위하여 이번만은 여러분의 뜻을 따르겠습니다. 그런 헌금의 뜻을 생각하여 그 용도를 여러분의 뜻으로 정하여 주십시오."

나는 짐짓 헌금의 용도를 신자들의 뜻으로 정하도록 하였다.

사람들은 나의 주문이 얼른 납득이 안 가는 듯 한동안 그저 묵묵히 침묵들만 지키고 있었다. 아무도 선뜻 말을 하고 나서는 사람이 없었다.

당연한 일이었다. 저들은 실상 거의 대부분이 마음 거북한 공치사의 소리를 듣고 있는 셈이었다. 속으론 오히려 부끄러움이나 죄책감 같은 걸 느끼고 있기가 십상이었다. 입을 쉽게 열 수가 없는 처지들이었다.

"누구든지 주저하지 말고 생각들을 좀 말씀해 주십시오. 이 헌금이 어떻게 쓰여야 주님의 사랑과 헌금자의 뜻에 가장 합당한 것이 되겠습니까?"

나는 한 번 더 재촉하였다.

그래도 계속 반응들이 없었다. 실내에는 계속 민망스런

침묵만 흐르고 있었다. 나도 이젠 대답을 강요하듯 말없이 그냥 기다리고 있었다.

그렇게 한동안 시간이 흐른 다음이었다. 그냥 그렇게 앉아 기다리고 있기가 민망스러웠는지 이윽고 한 사람이 자리에서 일어섰다.

"제가 한 말씀 드리겠습니다."

어딘지 목소리가 썩 귀에 익었다. 소리의 남자가 천천히 말을 이어 나갔다.

"목사님의 말씀도 뜻을 알겠지만, 그러나 그건 굳이 저희들에게 물으실 필요가 없는 일인 줄 압니다. 왜냐하면 그건 목사님이나 저희들은 어차피 뜻이 하나일 테니까요. 목사님이나 저희들은 이미 이렇게 주님의 뜻 안에 함께하고 있습니다……. 하지만 그것을 굳이 저희들의 입으로 말하라시면, 목사님께서 기왕부터 염원해 오시던 그 〈새빛〉이라는 책을 내는 데다 보태는 것이 좋겠습니다……."

이야기를 듣다 보니 비로소 목소리의 주인공이 머리에 떠올랐다.

그것은 고맙게도 눈을 뜬 이의 목소리가 아니었다. 언젠가 내게 예배당부터 지을 궁리를 한다고 몹시 추궁해 오던 바로 그 목소리의 주인이었다. 양재기에 동전 떨어지는 소리나 기다리고 앉아 구걸질이나 하고 사는 것이 무슨 하나님의 영광을 나타내는 일이냐고, 그리고 그런 거렁뱅이 장님들을 모아 무얼 하자고 교회부터 세울 생각이냐고, 서슬이 시퍼렇게 저주를 퍼부으며 대들어 오던 바로 그 사나이였다.

헌금을 시작한 것은 그 사람이 분명했다. 아니면 누구도 그 자리에서 그 헌금의 용도를 먼저 말하고 나설 수가 없었다.

그가 좀더 말을 계속해 나가고 있었다.

“우리는 이제 목사님의 인도로 이토록 은혜로운 주님의 자리에서 밝은 평화를 얻고 있습니다. 하지만 바깥 세상에는 아직도 주님의 나라의 빛을 모르고, 이런 밝음이 있는 것조차 모르고 깜깜한 어둠 속을 헤매고 있는 버림받은 형제들이 얼마든지 많습니다. 목사님께서도 이미 다른 길로 준비를 해 오신 줄 압니다만, 이들을 인도할 빛이 있어야 합니다. 우리가 함께 빛을 나눠야 합니다. 그리고 그 일은 실상 우리가 먼저 맡고 나서야 할 일이었습니다. 가진 것은 별로 많지 못하더라도 그 일만은 기어코 우리의 힘으로 해 나갈 수 있어야 합니다. 헌금은 우선 그 형제들을 위한 〈새빛〉을 찍는 데에다 보태어 주십시오. 그야 아직은 5백원의 헌금으로 큰 도움이 될 수는 없겠지요. 하지만 그 5백 원으로도 시작을 삼을 수는 있을 것입니다. 그 일을 한번 시작해 보십시다. 우리의 헌금도 그것으로 이제 막 시작이 된 거니까요.”

에필로그

38

육신의 눈 안 보일 때 신령한 눈 곧 밝아서
저 천성문 보게 되니 복된 생활 내 것이라.

여름이 지나가고 어느새 가을이 다가왔다.

아래층 예배실에서 아직도 그 가을 날씨처럼 맑고 화창한 찬송가 소리가 한창이었다. 예배가 끝나고도 계속 예배실에 남아 있는 사람들의 찬송가 소리였다.

나는 2층 나의 방에서 그 전천후 예배꾼들의 합창소리 속에서 따스하게 젖어 오는 낮꿈을 잠시 즐기고 있었다.

아니 정말로 꿈을 꾸고 있는 것은 물론 아니었다. 실상은 그 안내역 아이들을 위한 새로운 계획으로 상념에 깊이 잠기고 있었다. 눈을 감고 생각하는 것이니 역시 꿈을 꾼다고 할 수밖에 없을까.

학교를 꾸밀 생각이었다. 그것은 일찍이 내가 아이들을 위하여 주님 앞에 굳게 약속한 일이었고, 남은 생명을 담보 삼아서 2년의 세월을 빚낸 일이었다. 그리고 때가 오기를 기다려 온 일이었다.

다른 일들은 이제 거의 시작이 된 셈이었고, 그런대로 기틀도 잡혀 가고 있었다. 교회는 그만하면 별일 없이 예배가 계속되어 나갈 터였고, 이런저런 진흥회 쪽의 사업계획들도 상당한 진척을 이루어 나가고 있었다. 〈새빛〉 발간의 일이나 맹인들을 위한 자활업체의 설립, 그 위에 전국 맹인들의 실태 조사와 복지시책 수립의 일 등등이 이젠 제법 착수 단계에 들어섰거나 착실한 준비 작업이 진행중이었다. 그리고 이젠 진흥회 사람들도 의욕이 대단하여, 〈새빛〉을 찍어 내는 일 한 가지를 제외한 다른 사무들은 거의 다 그쪽 사람들과의 공동 소관사로 넘겨져 있었다. 내가 계획하고 주력을 기울여야 할 일은 이제부터 아이들을 위해 학교를 세워 하루 빨리 그 문을 여는 일이었다.

이제는 때가 왔기 때문이었다. 주님께 대한 약속도 약속이지만, 아이들은 그 맹인들의 예배 인도 일로 스스로 복음화가 이루어지고 있었다. 맹인들을 교회로 인도해 오고, 그들과 함께 찬송가를 부르고 예배를 드리는 것으로 아이들은 저절로 주님의 사랑을 얻고 있었다.

그 아이들에게 이제 '인간의 지식'을 일깨워 주어도 좋을 때가 온 것이다. 그 역시 저들에겐 주님의 사랑과 영광의 증거가 될 수 있는 일이었다.

학교의 윤곽은 이미 오랜 기간에 걸쳐 머리 속에서 다듬어져 오고 있었다. 말할 것도 없이 그것은 낮일을 나가는 아이들의 야간중학 과정이 되어야 하였다. 교사(校舍)는 우선 내 사무실과 예배실을 대용하고, 수업 기간은 방학이 없이 2년 정도로 끝내는 게 좋았다. 수업료는 물론 무료로 되어야 하겠고, 그에 따라 당연히 무료 봉사가 되어야 할 교사진의 구성은 나를 포함하여 뜻을 같이하는 다른 교직자와 일반 봉사단체들의 협조로 어지간히 충당되어 나갈 수 있을 터였다. 마지막으로 학생 모집의 대상—그것은 물론 진용이를 비롯하여 서울역과 노량진의 아이들, 그리고 맹인들을 인도해 오는 동네 아이들 정도로 첫 출발이 되어야겠지만, 형편이 허락되는 데 따라 궁극적으로는 가난하고 일에 바쁜 교회 인근의 모든 저학력의 아이들에까지 넓혀 가야 하였다…….

머리 속 계획은 대개 그런 식이었다.

나는 물론 처음부터 다 일을 계획대로 시작할 수는 없었다. 일을 구체적으로 실현해 나가는 데에는 어려운 장애거리가 없을 수 없기 때문이었다.

어려움을 몇 고비 각오해야 하였다. 교사를 확보하는 일도 그랬고, 아이들을 모으는 일에도 그랬다. 무엇보다도 이젠 그 아이들을 모아들일 일이 문제였다. 교회를 나오고 있는 아이들은 상관이 없을 일이었다. 하지만 눈먼 장님이 눈뜬 아이들에게 공부를 가르치겠다고 나서면 먼저 들려올 소리들이 뻔했다. —장님이 글을 가르쳐? 제 눈앞도 못 가려 비렁질이나 해먹고 사는 꼴에? 그럴 시간 있으면 안마질이나 배워서 제 밥벌이나 제대로 해먹고 살래지. 어쩌다 혹 호기심에 이끌려 찾아온 아이들이 있다 하더라도 그 아이들도 막상 장님 선생이 공부를 가르친다는 일에는 의심을 품지 않을 수 없을 터였다. 그것은 심지어 진용이나 서울역 아이들의 경우에서마저도 같을 수가 있었다. 눈을 뜬 사람들이란 장님을 언제나 어둠의 장막에만 갇혀 사는 줄 아니까. 눈을 보지 못하는 사람은 감촉과 소리들로 사물을 보는 걸 이해하지 못하니까. 그리고 그 감촉과 소리들이 향기로 변하여 그 향기로 사람의 마음을 보고 있음을 알지 못하니까. 감촉과 소리와 향기와 마음이 모두 빛으로 변하여서 눈을 뜨고 보는 사람에게보다 도처에 빛이 있음을 모르니까…….

그런 아이들에 대해선 너무 성급히 일을 서두를 필요가 없었다. 숫자에 신경을 써서는 안 되었다. 처음에는 그저 진용이나 서울역의 아이들 중에서 그것을 원하는 몇몇 아이들을 데리고 나 혼자 조그맣게 시작하는 게 좋았다. 교실도 처음에는 그렇게 넓을 필요가 없었다. 사무실에서 그냥 이 과목 저 과목을 나 혼자서 감당해 나가기 시작한다. 그러자면 내 일은 두 배 세 배로 늘어나게 마련이었다. 감당할 과목 수는 둘째로 치더라도 모든 과목의 교과서들을 미리 다른 사람에게 읽혀서 그것을 점자로 바꿔 두는 일이나, 눈을 감고도 흑판의 판서가 가능하도록 글씨 연습을 해 두는 일 등등…….

하지만 그것은 혼자의 힘으로도 가능한 일이었다. 그쯤은 내게도 이미 자신이 있었다.

아이들을 가르칠 자신이 있었다. 아이들만 잘 가르치게 된다면 다른 일은 저절로 되어 갈 것이었다. 배우는 일에 부족이 없으면 아이들은 저절로 소문을 낼 것이고, 아이들도 차츰 더 모여들 터였다.

……새로 모여든 아이들에겐 믿음을 서둘러 권해서도 안 되었다. 아이들에게 미리 예수를 믿으라면 공연히 반발을 해 오기 일쑤였다. 수업중엔 그저 공부나 가르치고 노래나 부르게 하는 게 좋았다. 그리고 때로 조용한 기도로 피곤한 마음들이나 위로해 주고 축복이나 빌어 주면 좋으리라. 외로움을 덜고 사랑을 느끼면 스스로 주님께로 인도될 수 있었다.

어쨌거나 그런 식으로 아이들이 차츰 늘어나면 거기에 발맞춰 학교의 규모도 그만큼 크게 늘어 갈 터였다.

하지만 그 아이들이나 학교의 규모가 늘어 가면 문제도 그만큼 늘어 갈 것이다. 일할 시간에 학교가 뭐냐고 밤시간에마저 아이를 부려 대는 의붓아비는 없을까. 앓아 누운 노모의 약값을 구하느라 등교를 중단하는 아이들은 없을까. 그런 아이들이 거리를 헤매다 눈물 짓고 찾아드는 일은 없을 것인가…….

나는 이제 그런 일들에 대해서도 미리 각오를 해 두어야 하였다. 그런 일들을 마다해서는 안 되었다. 그런 일이 많고 그런 아이들이 많은 곳일수록 그것이 내가 함께해야 할 곳이었다. 주님의 사랑이 임해야 할 곳이었다. 그 주님의 사랑을 증거해 주는 것이 나의 기쁨이 되어야 했다. 언젠가 그 여름 빗속에서 교인들을 기다리던 그런 시련들이 몇 번이고 다시 되풀이되더라도…….

나의 상념은 끝없이 계속되어 나갔다.

방 안이 갈수록 따스하게 밝아 왔다. 그리고 아스라한 향기가 차 오르고 있었다. 나는 손등으로 그 따스한 햇살을 느끼고, 코끝으로 그 향기를 맡았다. 그리고 그 어두운 귀로, 보이지 않는 눈으로 방 안에 가득한 빛을 보았다. 꿈을 꾸고 있는 것 같았다.

하지만 그것은 꿈 속이 아니었다. 나는 그 때 분명히 나의 방문이 열리는 소리를 듣고 있었다. 그리고 그 빛 속으로 소리를 따라 방으로 들어서는 사람을 보고 있었다.

"목사님, 아까 말씀하신 손님이 오셨어요. 동회에서요."

진용이가 문을 옆으로 비켜서며 손님의 내방을 알렸다. 나의 야간학교 개설 의향에 대해 뭔지 조언을 좀 보태고 싶다고, 아까 방으로 올라오기 전에 한 교인을 통하여 전갈을 미리 보내 온 사람이었다.

"어서 오십시오. 기다리고 있었습니다."

나는 그 동회 사람을 향해 자리를 일어서며 말했다.

그런데 그 때 나의 인사에도 불구하고 손님은 웬일인지 아무 대꾸도 없이 방 안만 이러저리 두리번거리고 있었다. 한동안이나 그러고 나서야 비로소 그는 나의 모습을 알아본 듯 겸연쩍은 소리를 건네 왔다.

"아니, 어떻게 이렇게 어두운 방에서 혼자 그러고 떨고 계십니까?"

나를 얼른 알아보지 못한 데 대한 민망스런 변명이었다.

나는 그제서야 나의 실수를 깨달았다. 나는 잠시 그가 눈을 뜬 사람임을 잊고 있었던 것이다.

"참, 그랬었군요."

나는 곧 손님을 위하여 커튼이 내려진 창문 쪽으로 걸어갔다.

그리고 얼마간 농기가 섞인 소리로 한마디 덧붙였다.

"전 이따금 제가 보는 것만 생각하는 버릇이 있어 놔서요……."

쓰고나서

그는, 사람에겐 사물을 보는 육신의 눈과 이해하고 생각하는 사유의 눈, 그리고 느끼고 직관하는 영혼의 눈까지, 세 가지 차원의 눈이 있다고 말한다. 그리고 그는 이제 그 영혼의 눈을 뜨게 되었으므로, 육신의 눈이 어두운 것을 슬퍼하거나 괴로워하지 않는다고 말한다.

그러면 그 세번째의 영혼의 눈이란 어떤 눈인가. 그리고 그 눈은 어떻게 하여 개안이 이루어질 수 있는가. 이 소설은 그 물음에 대한 해답을 찾아가는 과정에 바쳐진다. 사람은 누구나 자기 영혼의 구원을 꿈꾼다. 그리고 그 길을 얻지 못하고 자기 유한성에 절망하게 된다. 거기서 찾는 것이 절대자의 존재다.

영혼의 눈이란 바로 그 절대자를 볼 수 있고 만나는 눈이다. 그리하여 구원을 얻는 눈이다. 그러나 그 영혼의 눈은 저절로 개안이 이루어질 수가 없다. 그것은 먼저 땅 위에 생명을 얻어 난 자로서의 인간의 소명과 그 소명의 자

설교·묵상/어린이를 위한 책/기타